Für
Elke, Miriam, Anna und Sebastian

Der Weg der dreizehn Tode

Dreizehn sei der Tode Zahl
suchest du Dämonenmacht
zwiefach sie und frei die Wahl
führt dich aus der ew'gen Nacht

Eins der Atem dir genommen
Zwei den Galgen hoch erklommen
Drei das Schwert tut seine Pflicht
Vier das Rad die Knochen bricht

Fünf zerteilet dir die Glieder
Sechs kennst deinen Leib nicht wieder
Sieben bist des Feuers Mahl
Acht durchstoßet dich der Pfahl

Neun wird auf dem Rost dich schmoren
Zehn den Leib mit Feuer bohren
Elfe säget dich entzwei
Zwölf du wünschst den Tod herbei

Dreizehn nimmer endend Pein
die Seele zieht zur Hölle ein.

Dann, so ist all das vollbracht
öffnet sich das Tor zur Welt
durchströmet dich des Lebens Pracht
nimmer dich der Tod behält

Aus dem internen Protokoll der BKA Abteilung Okkulte Straftaten,
Aktenzeichen BKA-OkS-Ru 11/05
Deckname »Dämonenwinter«

Prolog

Selbst durch das grobe Leinen des Sacks, den man ihm über den Kopf gestülpt hatte, konnte Horatio de Alba die wärmenden Strahlen der Wintersonne auf seiner Haut spüren. Er würde den Stern niemals wieder zu Gesicht bekommen. Dies war sein letzter Gang.

Der Alchimist und geheime Forscher der dunklen Künste schaffte es für einen kurzen Augenblick, seine Gedanken und Ängste zurückzudrängen, um nur noch die wohltuende Wärme zu genießen. Doch der derbe Stoß des Henkers, der ihn weiter vorantrieb, unterbrach jäh diesen winzigen Glücksmoment. Den letzten in seinem Leben.

Horatio hatte das Risiko gekannt. Von dem Moment an, als er sich dem Studium der verbotenen Künste hingegeben hatte, war ihm klar gewesen, dass es einst so enden musste – mit seiner Hinrichtung.

Die Menschen hatten schon immer den Drang, das, was sie nicht verstanden, zu zerstören.

In seinem Fall kam noch eine panische Angst hinzu. Angst vor den suggestiven Kräften, die er entdeckt hatte. Vor dem, was die Leute als den bösen Blick bezeichneten.

Bei seiner Verhaftung wurden ihm sofort die Augen verbunden. Während der Folter, unter der man ihm seine Geheimnisse zu entreißen versuchte, hüteten sich seine Peiniger, auch nur in Richtung seiner verborgenen Augen zu schauen, so groß war ihre Angst vor der zwingenden Kraft seines Blickes.

Sie taten gut daran, denn hätten sie ihn auch nur für einen Augenblick direkt angesehen, wäre er jetzt frei.

Horatio spürte plötzlich aufkeimenden Ärger über seine eigene Dummheit.

Hätte er auf die Warnungen seiner Verbündeten gehört, wäre es ihm ein Leichtes gewesen, sich dem Zugriff des Stadtrates zu entziehen. Aber er war an einem entscheidenden Punkt seiner Studien angelangt und wollte seine Arbeit nicht unterbrechen.

Seit dreißig Jahren folgte er einer Spur, die ihn zu den Geheimnissen des ewigen Lebens führen sollte. Stück für Stück hatte er die verborgenen Bestandteile eines bizarren Rituals gesammelt, das ihn für immer vor dem Zugriff der knochigen Hände des Todes bewahren sollte. Er hatte gerade die fertigen Kontrakte aus der Buchdruckerei erhalten, als die Büttel an seiner Tür klopften. In den wenigen Minuten, die ihm blieben, bis sie sich gewaltsam Zutritt verschafften, gelang es ihm, sie sicher zu verstecken. Ein Freund, der für diesen Notfall instruiert war, würde sich später darum kümmern.

Aber was nutzte ihm das? Nun, wo fast alles in die Wege geleitet war, sollte ein schmählicher Tod am Galgen die Arbeit von Jahrzehnten mit einem Schlag zunichte machen. Horatio de Alba hatte es nicht glauben wollen. Selbst während der peinlichen Befragung hatte er sich immer noch als Herr der Lage gefühlt. Sie konnten ihn noch so grausam foltern, niemals würde er seine wahren Geheimnisse preisgeben. Das war auch gar nicht nötig. Horatio wusste genau, was seine Peiniger hören wollten. So erzählte er ihnen das Lügenmärchen vom Pakt mit dem Teufel, vom Hexenflug und Schadenszauber. Billiger Aberglaube! Die Wahrheit lag so viel tiefer und war doch so offensichtlich. Aber diese Narren würden sie nie erkennen.

Doch was nutzte ihm das jetzt? Auch wenn er sich durch sein Geständnis vor dem Flammentod bewahrt hatte, für ihn war der Weg hier zu Ende.

Mit einem Mal meldeten sich Zweifel und Ängste bei Horatio zu Wort. Hier draußen, vor der Unerbittlichkeit des Todes, gab es für ihn nichts, über das er sich erheben konnte, um die Ausweglosigkeit seiner Lage zu kaschieren.

Seine Füße stießen an etwas Hartes. Horatio stolperte und drohte zu stürzen, aber eine starke Hand packte ihn grob am Ärmel und riss ihn hoch. Dann wurden seine Hände an das raue Holz einer Leiter geführt. Er hatte den Galgen erreicht und wurde hinaufgetrieben. Horatio wusste, dass der Henker auf einer zweiten Leiter neben ihm mit hinaufstieg.

Oben angekommen streifte er Horatio die Schlinge über den Kopf und zog sie fest um seinen Hals, ohne ihm den Sack vom Kopf zu nehmen. Sollte er sich nicht bei dem Sturz das Genick brechen, würde das seinen Todeskampf verlängern. Der Alchimist spürte dennoch eine grimmige Zufriedenheit. Selbst jetzt noch, wo er ihnen völlig hilflos ausgeliefert war, hatten sie Angst vor seiner Macht. Wie wäre es gewesen, wenn er sein Ziel erreicht hätte?

Dann, ohne Vorwarnung, wurde er von der Leiter gestoßen.

Im Fallen merkte Horatio, dass seine Angst plötzlich verschwunden war. Stattdessen füllte eine klare, strahlende Erkenntnis sein Denken aus. Dieser Tod war noch nicht sein Ende. Er konnte noch immer das Ritual der dreizehn Tode vollziehen und Unsterblichkeit erlangen. Allerdings würde er sich vorher in etwas verwandeln müssen, das nicht mehr menschlich wäre. Etwas, vor dem sich selbst die Geister fürchten. Wenn er dann scheiterte, würde ihn das nicht nur das Leben, sondern seine unsterbliche Seele kosten. Ein Risiko, das er im Moment seines Todes einzugehen gewillt war. Auf ihn wartete schließlich die Unsterblichkeit.

Tod eines Touristen

Mit schlurfenden Schritten schlich die Gruppe der Touristen hinter Tanja Sinkel, der Fremdenführerin der Bad Münstereifeler Kurverwaltung, her.

»Hier an diesem Ort, meine Damen und Herren, befand sich einst die Hinrichtungsstätte unserer kleinen Stadt. Genau wie die Strafe am Pranger, den ich Ihnen vor unserem gotischen Rathaus gezeigt habe, wurden auch die Hinrichtungen am Galgen als ein öffentliches Ereignis vollzogen. Das Schauspiel sollte der Abschreckung dienen und die Bürger gemahnen, stets auf den Pfaden der Tugend zu wandeln.«

Ein älterer Herr in schlecht sitzender Outdoor-Kleidung, dessen Touristenstatus deutlich an der silbern blitzenden, vor dem gewölbten Bauch pendelnden Digicam zu erkennen war, meldete sich mit nasaler Altmännerstimme zu Wort. »Sagen Sie mal, Fräulein, wo kann man hier denn gutbürgerlich essen gehen?«

Tanja, die gerade den Mund geöffnet hatte, um einige gruselige Details zu diesem historischen Ort zu äußern, wandte ihren Blick von dem dunklen, rissigen Holz des Galgens ab und schaute den Mann ungläubig an. Wie konnte man an einem solchen Ort ans Essen denken? Sie schluckte den galligen Kommentar, der ihr auf der Zunge lag, herunter und antwortete stattdessen in beherrschtem Tonfall. »Ich kann Ihnen nachher gerne einige wirklich ausgezeichnete Restaurants empfehlen.« Vorher versuche ich nur noch rasch, Ihnen den Appetit zu verderben. Den letzten Teil behielt sie natürlich für sich.

Tanja war im Allgemeinen bekannt für ihre Geduld, aber heute hatte sie sich mehrmals dabei erwischt, ihrer Kundschaft statt der gewünschten Freundlichkeit düstere Gedanken entgegenzubringen.

Irgendetwas lag in der Luft. War es die plötzliche Kälte, die am Morgen die Wiesen und Bäume mit weiß schimmerndem Raureif überzogen hatte, oder waren es die dunklen Wolkenfetzen, die seit dem Mittag wie heraufziehende Geisterheere über den Himmel jagten? Der Herbst hatte sich in diesem Jahr in seiner ganzen farbigen Pracht entfaltet, doch nun schien er dem heranziehenden Winter weichen zu müssen. Es war Mitte November, und die Luft roch nach Frost und Schnee.

Tanja hatte heute Morgen schon beim ersten Luftzug gespürt, dass dieser Tag die Wende bringen würde. Sie hasste den Winter, seinen frostigen Atem, der die Menschen in den Häusern hielt, das Autofahren erschwerte und für jeden Gang nach draußen eine Vermummungsorgie notwendig machte, wollte man sich nicht alles Mögliche abfrieren. Am schlimmsten traf sie die lange Zeit der Dunkelheit, die kurzen Tage, dürftig nur erleuchtet von einer meist wolkenverhüllten, kalten Sonne, die unendlich ferne zu sein schien. Die nicht enden wollenden Nächte, wenn man im Dunkeln zur Arbeit fuhr und im Dunkeln wieder nach Hause kam, trieben sie jedes Jahr aufs Neue in trübselige Depressionen, denen sie mit Bergen von Süßigkeiten und Dauerfernsehen vergeblich zu entkommen suchte.

Hinzu kam, dass die Besucher des heutigen Tages anscheinend vergessen hatten, wozu sie hier war. Kaum jemand wollte ihr zuhören. Dabei gab sie sich wirklich Mühe, die Geschichte des kleinen Eifelstädtchens anschaulich zu erklären.

Tanja versuchte gerade, den verlorenen Faden wieder aufzunehmen, als sie plötzlich ein lautes Röcheln und ein Krachen wie von brechenden Knochen hörte. Dem folgte ein dumpfes Geräusch, als einer der Reisegäste leblos zu Boden fiel. Bevor sie registrieren konnte, was da passiert war, gellte ihr schon der erste Schrei in den Ohren.

»Mein Gott, er ist tot!«

Gabriels Gabe

Gabriel war vier Jahre alt, als ihm zum ersten Mal bewusst wurde, dass es etwas gab, was ihn von den anderen unterschied. Er hatte festgestellt, dass niemand außer ihm die schemenhaften Gestalten, die in unregelmäßigen Abstanden an ihm vorbeihetzten, sehen konnte.

Seine Eltern hatten das Plappern des Kleinkindes über die »eiligen Onkel und Tanten« nicht ernst genommen. Eine harmlose Marotte, die sich irgendwann auswachsen würde. Als Gabriel mit den Jahren jedoch immer noch darauf bestand, dass er sie wirklich sehen konnte, fingen sie an, sich Sorgen zu machen.

Im Kindergarten machte er dann die Erfahrung, dass ihn seine Besonderheit zum Außenseiter stempelte. Nachdem er auch hier unbefangen von den unsichtbaren Leuten erzählte, wurde er ausgelacht und als Lügner und Wichtigtuer gemieden.

Schließlich fiel er der Kindergärtnerin auf, die seinen Eltern riet, einen Psychologen zu konsultieren. Der Mann war Gabriel von Anfang an nicht geheuer. Er stellte seltsame Fragen und schaute ihn an, als wolle er seine Gedanken lesen. Irgendetwas sagte ihm, dass er ihm gegenüber nichts von den Leuten verraten durfte, die nur er sehen konnte. Aus einem Grund, den er nicht verstand, schien seine Gabe nicht richtig zu sein. Vielleicht sogar ein Grund, ihn von seinen Eltern zu trennen und in ein Heim zu schicken, wie es ihm eines der älteren Kinder einmal angedroht hatte.

Dies war einer der vielen Wendepunkte auf seinem Weg in die Einsamkeit.

Von da an gab es ein Geheimnis in seinem Leben, das er mit niemandem teilen konnte. Ein wunder Punkt, ein Riss in der

Seele des Kindes, der es in ständige Angst vor der Entdeckung seines Makels versetzte.

Mit der Zeit wurde Gabriel immer schweigsamer. Er mied seine Altersgenossen, deren unbeschwerte Lebensfreude er nicht mehr teilen konnte, und wurde zum Einzelgänger. Daran änderte auch der Schuleintritt nichts. Die Erwachsenen konnte er leicht täuschen, sie sahen nur das, was sie sehen wollten. Aber die Kinder seiner Umgebung merkten immer recht schnell, dass etwas mit ihm nicht stimmte.

In den folgenden Jahren vertiefte sich der Riss in seiner Seele und wurde zu einer schwärenden Wunde, die Bitternis aussandte und seine Welt verfinsterte. Zu Anfang versuchte er, die Ursache für sein Unglück loszuwerden und die Unsichtbaren zu ignorieren. Tatsächlich schien er allmählich sogar Erfolg damit zu haben. Die Unsichtbaren rückten mehr und mehr in den Hintergrund. Zum Glück beachteten sie ihn nicht, ja, schienen ihn nicht einmal sehen zu können.

Meist wirkten sie verstört, so als hätten sie sich verlaufen oder als versuchten sie, etwas Verlorengegangenes wiederzufinden. Einige stapften mit stur geradeaus gerichtetem Blick an ihm vorbei. Nur ab und zu fiel ihm einer von ihnen auf, wenn er abrupt stehen blieb und suchend in seine Richtung schaute.

Dann passierte etwas, das ihn erkennen ließ, woher diese unsichtbaren Menschen kamen. Es war an einem hellen, freundlichen Tag im Juni, als sein Großvater vor ihm auftauchte.

Gabriel mochte ihn, denn er schien ihn als Einziger zu verstehen. Jedenfalls ließ er ihn so sein wie er war, nahm ihn sogar in Schutz, wenn Gabriels Eltern sein Eigenbrödlerleben kritisierten. Der alte Mann war ein Geschichtenerzähler, besonders wenn es um die alten Sagen und Legenden ging, in denen es von Geistern, Teufeln und Dämonen nur so wimmelte. Gabriel ging auf den Großvater zu, um ihn zu begrüßen, aber dieser reagierte nicht auf ihn. Irritiert und ein bisschen verärgert stellte sich Gabriel ihm in den Weg.

Da ging der Großvater einfach durch ihn hindurch.

Gabriel hob erschrocken die Hände, aber das Einzige, was er von dem alten Mann wahrnahm, war ein eigenartiges Gefühl, so als würde er für einen kurzen Moment den Boden unter den Füßen verlieren.

Zu Hause nahm ihn sein Vater beiseite. Er brauchte ihm die traurige Nachricht eigentlich nicht mehr zu berichten. Gabriel, der sich auf dem Heimweg immer wieder die Tränen aus den Augen gewischt hatte, wusste bereits, dass sein Großvater gestorben war.

In den nächsten Wochen hielt er intensiv Ausschau, ob er seinen Großvater ein weiteres Mal unter den Unsichtbaren ausmachen konnte, aber er sah ihn nie wieder. In der Zeit danach beschlich ihn jedes Mal ein Schaudern, wenn er wieder einen der Unsichtbaren wahrnahm. Aber auch das ging vorüber.

Dann kam sein dreizehnter Geburtstag. Schon seit einiger Zeit verspürte er eine seltsame Unruhe, die ihn hinaus aus seinem Zimmer zu stundenlangen Spaziergängen in die Natur trieb. Die beginnende Pubertät setzte ein Gefühlskarussell in seinem Inneren in Gang, das die Welt gleichzeitig in einen Ort der Wunder und der gefährlichen Schlangengruben verwandelte. Alles schien sich neu zu formieren, die Gegenwart wurde zu einer Bühne, auf der die Zukunft Gestalt anzunehmen begann.

Gabriels Seele öffnete sich und machte ihn verletzbar. Aber noch etwas anderes veränderte sich und markierte eine weitere Wende auf seinem Weg.

Als eine fremde Frau in seltsam antiquierten Kleidern ihn

zaghaft ansprach, bemerkte er es fast gar nicht. Sie fragte ihn, ob er ihre Kinder gesehen hätte. Irritiert verneinte er und wandte sich schnell ab, als ihm bewusst wurde, dass sie eine der Unsichtbaren war.

Plötzlich war er für sie sichtbar geworden!

Als Gabriel sich von seinem ersten Schock erholt hatte, versuchte er, sich auch daran zu gewöhnen. Er lernte, dass es besser war, die Annäherungsversuche zu ignorieren. Die Unsichtbaren waren schnell verunsichert und ließen ihn bald wieder in Ruhe.

Bis zu dem Tag, als jemand auftauchte, den er nicht ignorieren konnte. Er sah aus wie einer von ihnen, aber er war anders, er war ein Dämon.

Doch als Gabriel das feststellte, war es bereits zu spät. Dies war der vorletzte Wendepunkt vor seinem endgültigen Abstieg in das Verderben.

Ungereimtheiten

Ich verstehe das nicht, Frau Stark, da muss es sich um einen Irrtum handeln. Herr Bartusch ist nach den Zeugenaussagen während einer Führung in Bad Münstereifel zusammengebrochen. Er war mit einer Reisegruppe aus Essen unterwegs. Alles alte Leutchen, von denen niemand die Kraft gehabt hätte, ihn zu erwürgen, geschweige denn, ihm das Genick zu brechen.«

»Aber der Bericht des Pathologen ...«

»Muss falsch sein! Ein Versehen, vielleicht haben Sie da irgendetwas vertauscht. So etwas passiert.«

Jochen Reinders, Polizeibeamter der Dienststelle Euskirchen, schaute seine Kollegin von der Kripo Bonn an und überlegte, was falsch gelaufen war. Er befand sich in einer prekären Lage. Der von ihm verfasste Bericht über den Todesfall Leonard Bartusch und das Ergebnis der pathologischen Untersuchung der Leiche widersprachen sich in einer Weise, dass man ihm, dem Beamten, der als Erster vor Ort ermittelt hatte, grobe Fahrlässigkeit unterstellen konnte. Daher war er sofort nach Bekanntgabe des Obduktionsergebnisses nach Bonn gefahren, um die mit den weiteren Ermittlungen beauftragte Hauptkommissarin Stark, die »eiserne Michaela«, wie man sie in Kollegenkreisen hinter vorgehaltener Hand nannte, davon abzubringen, ihm Ärger zu bereiten.

Es war ein ruhiger Freitagnachmittag gewesen, als der Anruf einging. Die Information kam von der Rettungsleitstelle in Euskirchen. Ein Notfall in Bad Münstereifel. Der Notarzt traf unmittelbar vor ihm ein. Er konnte nur noch den Tod feststellen. Die Todesursache wollte er noch nicht genau benennen. Infarkt oder Schlaganfall, etwas in der Art. Auf jeden Fall schloss er eine äußere Gewaltanwendung aus. Die Zeugen standen unter Schock, machten aber dennoch bereitwillig ihre Aussagen.

Der Notarzt hatte in der Zwischenzeit Kontakt zu dem Hausarzt des Toten aufnehmen können und erfahren, dass er unter einer Herzschwäche litt.

Jochen fand bei der Ermittlung nicht den geringsten Hinweis darauf, dass es sich hier um ein Verbrechen handeln könnte. Daher hatte er die Zeugen, nachdem er ihre Personalien aufgenommen hatte, entlassen und darauf verzichtet, die Kripo einzuschalten. Anschließend verfasste er seinen Bericht und machte sich auf den Weg nach Hause.

Dann am nächsten Tag kam der Anruf vom Beerdigungsinstitut. Die Mitarbeiter dort hatten bei der Leiche Spuren am Hals entdeckt, die der Notarzt wohl übersehen haben musste. Jochen erinnerte sich, dass der Tote ein Halstuch getragen hatte. Die Meldung beunruhigte ihn nicht weiter, vielleicht hatte der Tote irgendeine Hautkrankheit gehabt. Ein Verbrechen kam für ihn zu diesem Zeitpunkt immer noch nicht in Betracht. Alles, was er bisher zu dem Fall aufgenommen hatte, sprach dagegen. Er ergänzte lediglich seinen Bericht um eine kurze Notiz und nahm sich vor, bei Gelegenheit nachzufragen.

Es war die Tochter des Toten, die den Ärger verursacht hatte. Sie verlangte eine Obduktion und sorgte dafür, dass die Mordkommission eingeschaltet wurde.

Das Ergebnis der pathologischen Untersuchung traf Jochen wie ein Schlag ins Gesicht. Die Spuren am Hals des Toten stammten von einem groben Seil, das mit großer Kraft zugeschnürt worden war. Todesursache war ein Bruch der Halswirbel, wie ihn nur ein kräftiger Ruck mit einer Schlinge um den Hals verursachen konnte.

Bartusch war offensichtlich erhängt worden.

»Das kann einfach nicht sein!« Verzweifelt schüttelte Jochen den Kopf.

Die klaren Augen der Hauptkommissarin nagelten ihn trotz seiner Beteuerungen unbarmherzig fest. »Herr Reinders, ich habe persönlich mit dem untersuchenden Arzt gesprochen und mir die Leiche selber angesehen, es gibt keinen Grund, den Obduktionsbericht anzuzweifeln. Andererseits habe ich die Angaben Ihres Berichtes überprüft und keine Fehler gefunden. Bis auf unseren kleinen Widerspruch. Mit den uns jetzt zur Verfügung stehenden Informationen scheint die Todesursache tatsächlich im krassen Widerspruch zum Tathergang zu stehen. Wenn da nicht der Genickbruch wäre, würde ich behaupten, dass unser Kandidat gewissen SM-Praktiken nachging. Das würde jedenfalls die Würgemale am Hals erklären.«

Jochen Reinders schüttelte zweifelnd den Kopf. »Der Mann war weit über sechzig und sah alles andere als ... nun ja, extravagant aus.«

Michaela sah sich den Polizisten noch einmal genauer an, dann entspannte sie ihre Gesichtszüge. Sie hatte sich vorher über ihn informiert und konnte sich nicht vorstellen, dass er bewusst wichtiges Beweismaterial zurückgehalten hätte. Offensichtlich war er einfach nur ratlos. Ihn allein für den Schlamassel verantwortlich zu machen, wäre unfair. Er hatte sich lediglich auf die Aussage des Notarztes verlassen. »Ich denke, Sie wissen genauso wie ich, dass unter uns Menschen nichts unmöglich ist. Kennen Sie das Ratespiel, bei dem scheinbar unmögliche Situationen zu erklären sind?«

Jochen zog die Stirne kraus. Worauf wollte die Stark heraus? »Sie meinen so etwas wie die Geschichte mit dem Toten in der Wasserlache, bei dem man keine Tatwaffe hatte finden können?«

»Richtig. Der Eiszapfen, mit dem er erstochen wurde, war geschmolzen. Genauso wie bei dem Unglücklichen in der Wüste, den ein gefrorener Klumpen aus der Toilette eines vorbeifliegenden Flugzeuges erschlagen hatte. Jedes Rätsel hat eine natürliche Lösung. Man muss nur seinen Grips ein wenig anstrengen.«

Jochen spürte Erleichterung, so wie sie sich anhörte, wollte die Stark ihm wohl keinen Strick aus der Sache drehen.

»Sie können jetzt gehen«, entließ sie ihn kurz darauf. »Wenn ich Sie brauche, werde ich mich melden.«

Jochen nickte dankbar und verließ eilig das Büro, heilfroh, so glimpflich davongekommen zu sein.

Michaela gingen bereits andere Gedanken durch den Kopf. Sie sah immer noch den entsetzten Ausdruck im Gesicht des Toten. Was war da wirklich passiert?

Sie war gerade dabei, die Unterlagen einzupacken, als das Telefon klingelte. Der Anrufer war ein Arzt des Krankenhauses, in dem auch Bartusch untersucht worden war. Seine Stimme klang unsicher, und er druckste eine Weile herum, bevor er mit der Nachricht herausrückte.

Nachdem sie den Hörer aufgelegt hatte, saß Michaela eine ganze Weile stumm und mit Augen, deren Blick sich im Nirgendwo verlor, an ihrem Schreibtisch.

Sie liebte Rätsel, je kniffliger, desto besser. Aber die Fragen, die sich ihr jetzt stellten, wollten ihr überhaupt nicht gefallen. Bartusch war möglicherweise kein Einzelfall. Es hatte bereits einen früheren Todesfall gegeben, der auch zunächst nach einem Herzinfarkt ausgesehen hatte. Der Mann war in einem Restaurant zusammengebrochen. Dann fand man bei der Leiche Hinweise auf einen grausigen Erstickungstod. Der

Mund des Toten war mit Lehm ausgefüllt. Es gab in diesem Fall keine Angehörigen, die Fragen stellten, und der Chefarzt hatte entschieden, dass es sich um einen schlechten Scherz gehandelt haben musste, den sich vielleicht einer der Medizinstudenten mit dem Toten geleistet hatte.

Die Sache wurde nicht weiter verfolgt und geriet in Vergessenheit – bis jetzt. Der untersuchende Arzt von damals hatte die Spuren an Bartuschs Leiche gesehen und seine Schlüsse gezogen.

»So weit, so gut«, seufzte Michaela schließlich, »aber was fange ich jetzt damit an?«

Michaelas Traum

Michaela! Wie oft habe ich dir gesagt, du sollst nicht so zappeln, wenn du im Auto sitzt. Du machst den Papa ganz nervös. Am Ende bauen wir noch einen Unfall. Setz dich gerade hin und schnall dich an.«

»Ja, Mama.«

Straßenlaternen, Strommaste, Bäume und Sträucher huschen als konturlose Schatten vorbei.

Regen.

Wolkenverhangener, grauer Himmel, trübe Schleier, die zu Boden schweben, Wassertropfen, die im Fahrtwind über die Scheiben des Fahrzeugs laufen. Das ewig monotone Flapp-Flapp der Wischer.

Papa, der flucht, weil sie die Windschutzscheibe nicht freikriegen.

Mama, angespannt, nervös.

Die Musik im Radio wird unterbrochen für eine Gefahrenmeldung.

»Mama?«

»Kind, nicht jetzt.«

»Mama, ich muss mal.«

»Ruhe verdammt! Gerda, hast du gehört, was die gerade gesagt haben? Da war doch was von einem Geisterfahrer.«

»Ja, kann schon sein. Aber doch nicht hier auf der A 1.«

»Mama, ich muss ganz dringend.«

»Und wenn doch? Sorg' doch endlich dafür, dass das Kind still ist. Ich werde noch ganz nervös.«

»Michaela, bitte. Wir sind in einer halben Stunde zu Hause, so lange kannst du noch aufhalten.«

»Nein! Wir müssen anhalten. Sofort!«

»Wir sind hier auf der Autobahn. Da kann man nicht einfach anhalten.«

»Hier ist etwas Schlimmes. Mama, ich hab Angst. Ich will raus.«

»Herrgott noch mal! Spinnt das Kind jetzt total?«

»Michaela ... Um Himmels willen, Kind. Was ist los? Du zitterst ja wie Espenlaub. Hans, wir sollten beim nächsten Parkplatz anhalten. Die Kleine sieht gar nicht gut aus.«

»Es gibt keinen Parkplatz mehr vor unserer Abfahrt. Da können wir genauso gut direkt nach Hause ... Scheiße noch mal, was ist das?«

Michaela starrt entsetzt auf den Schatten, der den Sitzplatz neben ihr eintrübt. Es sind nicht ihre Augen, die die Erscheinung wahrnehmen. Die Sinne, die sie erkennen, sitzen in einer Region ihres Körpers, in der ihre schlimmsten Ängste beheimatet zu sein scheinen. Verzerrte Gesichtszüge schälen sich aus dem konturlosen Körper, ein grinsender Mund, tief schwarze, funkelnde Augen, eine Hand, die nach vorne zeigt.

Michaela folgt ihrem Wink, schaut an der Schulter ihres Vaters vorbei und öffnet ihren Mund zu einem entsetzten Schrei.

* * *

Als Michaela feststellte, dass sie schon wieder demselben Albtraum erlegen war, saß sie bereits aufrecht in ihrem Bett. In der Dunkelheit ihres Schlafzimmers konnte sie noch den Nachhall ihres Schreis vernehmen.

Das Geschehen, das sie nacherlebt hatte, lag schon achtundzwanzig Jahre zurück. Sie war damals fünf Jahre alt gewesen. Der kurze Moment ist das Einzige, was von dem fürchterlichen Unfall in ihrem Gedächtnis haften geblieben ist.

Das Auto war frontal mit einem entgegenkommenden Fahrzeug zusammengestoßen. Ein »Geisterfahrer«. Michaelas Eltern waren auf der Stelle tot, der Fahrer des anderen Wagens schwer verletzt, ihr war wie durch ein Wunder nichts geschehen.

Ein ganzes Jahr lang wurde sie daraufhin jede Nacht von diesem schrecklichen Albtraum heimgesucht. Dann verschwand er plötzlich, und Michaela, die von ihrer Großmutter aufgezogen wurde, konnte ein halbwegs normales Leben führen.

Bis zu ihrem dreizehnten Geburtstag. Ihre Großmutter fand, dass es nun an der Zeit war, ihrer Enkelin die Geheimnisse des »Gesundbetens«, die in ihrer Familie seit Jahrhunderten von einer Generation zur nächsten weitergegeben worden waren, anzuvertrauen. In der schwach strukturierten und armen Eifelregion, in der es kaum Ärzte gab, war diese Art des Heilens weit verbreitet. Sie kam vor allem den Menschen zugute, die sich einen Arzt nicht leisten konnten. Es war eine Hilfe, die ohne Gegenleistung erbracht wurde. Wer die Gabe besaß, hatte sie unentgeltlich zur Verfügung zu stellen. Mit ihr Gewinn anzustreben, kam einem Frevel gleich, der unweigerlich eine Gottesstrafe nach sich zog.

Es gab unzählige Geschichten und Gerüchte um die Gesundbeter. Sie konnten nicht nur heilen, die Menschen fürchteten ihren Fluch, dem man eine besondere Kraft zusagte.

Nicht jeder war begeistert, zu den Auserwählten zu gehören, so mancher verbarg lieber sein Talent, um ungestört leben zu können. Michaela hatte davon gehört, zeigte sich interessiert und lernte sehr schnell. Dann sollte sie den ersten Kunden behandeln.

Ihre Großmutter war völlig überrascht, als ihre Enkelin mitten in der Behandlung zusammenbrach. Als die Alte das Kind in den folgenden Nächten schreien hörte, machte sie sich große Vorwürfe, denn ihr war sofort klar, dass Michaelas Albtraum zurückgekehrt war.

Michaela brauchte Jahre, bis sie endlich ihre nächtliche Ruhe wiederfand.

In der Folge lehnte sie alles ab, was ihr nicht natürlich erschien. Eine Haltung, die einen schmerzhaften Keil zwischen sie und ihre Großmutter trieb. Aber sie war den Albtraum los. Jedenfalls hatte sie das angenommen, bis er jetzt wieder zurückgekehrt war.

Wieso?

Wieso jetzt? Es gab nichts in ihrem Leben, das eine solche Reaktion hervorrufen musste. Alles lief in ruhigen, geregelten Bahnen. In relativ ruhigen Bahnen, wenn man von den gelegentlichen Turbulenzen absah, die ihr Beruf als Kommissarin bei der Kripo Bonn mit sich brachte.

Stöhnend rappelte sich Michaela auf und tappte auf nackten Füßen zum Badezimmer. Aus zusammengekniffenen Augen betrachtete sie ihr Gesicht im Spiegel. »Mein Gott, ich sehe mal wieder total scheiße aus.«

Das helle Licht des Bads zeichnete ein schonungsloses Bild in das reflektierende Glas. Rote Striemen liefen ihr quer über das Gesicht, dort, wo sie auf den Falten ihres Kissens gelegen hatte. An den Rändern ihrer Augen und ihres Mundes verrieten winzige Fältchen und Grübchen, dass auch an ihr die Zeit nicht spurlos vorüberging. Die lockige Pracht ihrer blonden Haare war wüst zerwühlt und wirkte, als führe sie ein Eigenleben. In einem Anfall von Masochismus starrte Michaela minutenlang ihr unvorteilhaftes Konterfei an. »Was tust du mit deinem Leben?«

Es war nicht das erste Mal, dass Michaela diese Niedergeschlagenheit verspürte. Dieses Gefühl, jahrelang in die falsche Richtung gegangen zu sein. Jedes Mal schien sich der sichere Boden unter ihren Füßen, der sie sonst wie selbstverständlich trug, buchstäblich in nichts aufzulösen. Ein Schwächeanfall zwang sie, sich mit beiden Händen am Waschbecken festzuhalten.

Trotzdem blieben ihre Augen starr auf ihr Spiegelbild gerichtet, während ihr Mund die nächste Frage formulierte. »Was in aller Welt habe ich falsch gemacht?«

Wie die Blockbuchstaben einer Zeitschrift zog das Resümee ihres Lebens an ihr vorbei:

Michaela Stark, zweiunddreißig Jahre, erfolgreiche und angesehene Kriminalhauptkommissarin, ledig, keine Kinder, ein paar Freunde, die jedoch nur sehr wenig von ihr wussten, hin und wieder eine Affäre, sportlich, gut aussehend, wenn sie nicht gerade um drei Uhr morgens in den Spiegel schaute, einsam und unzufrieden.

Nicht gerade das, was man ein glückliches Leben nannte.

Im gleichen Moment meinte sie, die mahnende Stimme ihrer Großmutter zu hören. »Michaela, wann wirst du endlich begreifen, dass du von unserem Herrn reich beschenkt worden bist?«

»Ja, Oma«, flüsterte Michaela mit einem bitteren Tonfall in ihrer Stimme. »Ich bin unglaublich reich. Und ich führe Gespräche mit Menschen, die schon lange tot sind.«

Sie setzte noch einen lautlosen Fluch hinterher, löschte das Licht und ging wieder zu Bett. Bis zum Klingeln des Weckers blieben ihr noch knapp zwei Stunden.

Hedwigs Nachlass

Es war eine traurige Angelegenheit, die Alina heute zu erledigen hatte. Sie musste den Nachlass ihrer Großtante sichten, um zu sehen, was sie von dem ganzen Plunder behalten wollte.

Traurig und seltsam zugleich. Die alte Frau hatte in ihrem Testament festgelegt, dass jeder der Hinterbliebenen sich drei Teile aus ihrem Besitz aussuchen sollte, die er oder sie, unabhängig vom Wert der Gegenstände, behalten durfte. Der Rest wurde zugunsten eines Waisenheimes versteigert. Sie hatte alles genau festgelegt, den Tag, an dem das zu geschehen hatte, und, um Streitigkeiten zu vermeiden, die Reihenfolge, in der ihre Verwandtschaft das schmucke Häuschen aufsuchen sollte, in dem sie die letzten Jahre ihres Lebens verbracht hatte. Alle waren überrascht, als sie erfuhren, dass Alina als Erste hineingehen sollte, aber es kam noch merkwürdiger.

Morgens um Viertel vor acht stand Alina in Begleitung ihrer Eltern mit klopfendem Herzen vor Hedwigs Haus. Der Notar erwartete sie mit einer Kiste, in der sich für jeden ein mit Namen versehener Briefumschlag befand. Sie sollte die darin enthaltene Nachricht erst beim Betreten des Hauses lesen.

Hineingehen musste sie alleine, so verlangte es das Testament. War sie erst einmal drinnen, hatte sie genau eine halbe Stunde Zeit, den Brief zu lesen und sich ihre drei »Erbstücke« auszusuchen.

Der Notar sah sie mit unverbindlichem Lächeln an. Sein dunkler, makellos sitzender Anzug, die perfekt geknotete Krawatte, der Glanz seiner Lederschuhe, alles an ihm sollte

Verlässlichkeit und Kompetenz ausstrahlen, tatsächlich verstärkte seine Präsenz die Unwirklichkeit der ganzen Situation.

Alina trug wie immer einen weiten, schwarzen Rock, darunter schwarze Lederstiefel und einen dicken Pullover, auch er schwarz. Ihre Haare hatte sie für diesen Anlass nachgefärbt – schwarz.

Ringe, teils aus echtem, teils aus imitiertem Silber, zierten mehrere ihrer Finger. Aus Silber waren auch die zahlreichen Ringe und Stecker in ihren Ohren. Ihr Schmuck hatte eins gemeinsam, er zeigte meist religiöse und magische Zeichen der Kelten oder das, was man dafür hielt.

Seit ihrem vierzehnten Lebensjahr hatte Alina ein Faible für diesen Stil. Für sie bedeutete er jedoch mehr als nur eine Vorliebe für modische Accessoires. Sie war fasziniert von der mit Geistern, Hexen und Naturmächten belebten Sagen- und Legendenwelt der früheren Naturvölker Europas.

Ein paar Schritte weiter, umgeben von der Stille des verlassenen Hauses, die ihr schon im Windfang begegnete, mit dem geöffneten Brief ihrer Großtante in der Hand, musste sie feststellen, dass ihre Marotte keineswegs ein Einzelfall war.

Liebe Alina,

ich habe mich entschieden, dir als Erste die Wahl zu überlassen, welchen Teil meiner selbst du übernehmen willst, weil du mir von all meinen Verwandten am nächsten gestanden hast. Ich weiß, was du jetzt denkst, wir kannten uns kaum, haben fast nie miteinander gesprochen, und ich habe sicherlich nicht gerade begeistert auf deinen Bekleidungsstil reagiert. Aber das sind alles nur Äußerlichkeiten. Wer wie ich gelernt hat, seine Mitmenschen als Ganzes zu sehen, der braucht keine langen Gespräche, um zu erkennen, wie es in dem anderen aussieht.

Du und ich, wir stehen in einer langen Reihe, wir sind Magierinnen, wenn auch auf eine andere Weise, als die Allgemeinheit dieses leider so abgegriffene Wort versteht. Wir haben die Gabe, mit dem inneren Auge sehen zu können. Das ist ein seltenes und überaus wertvolles Talent, das jeden Tag aufs Neue gepflegt werden will. Wenn du mir folgen und in die Tradition in unserer Familie eintreten willst, benötigst du drei Gaben, die ich dir jetzt anbieten möchte. Wissen, Schutz und Verantwortung. Das heißt, eigentlich sind es vier Dinge, denn die Liebe ist unerlässlich, um den Lebensweg des Menschen zu einem guten Ende zu führen.

Doch diese brauche ich dir nicht zu geben, du besitzt sie bereits im Überfluss. Ja, ich weiß, du empfindest das meist ganz anders, aber glaube mir, denn ich kann, wie schon gesagt, mit dem inneren Auge sehen.

Nun zurück zu den drei Gaben. In meinem Nachlass befinden sich zwei Bücher und ein Amulett, ich habe sie gut versteckt, sodass nur diejenige sie finden kann, für die sie bestimmt sind.

Das Amulett soll dir Schutz gewähren, es ist nicht nur sehr wertvoll, sondern auch überaus wirksam. Trage es immer, denn du hast es von nun an bitter nötig.

Das eine der beiden Bücher ist mein altes Tagebuch. Ich habe dort nicht nur die Stationen meines Lebens festgehalten, ich habe es auch mit dem Wissen gefüllt, das ich im Laufe der Jahre erworben habe. Du wirst überrascht sein über seine Form. Es ist weder eine eurer Kladden noch ein eingebundener Prachtschinken. Es ist ein Laptop, ein modernes und hilfreiches Gerät der neuesten Technik. Wenn du die dort gespeicherten Dateien durchschmökerst, wirst du wissen, wieso ich alte Schachtel auf so etwas zurückgegriffen habe.

Das andere Buch, denke ich, entspricht schon eher deinen Vorstellungen vom Nachlass einer alten Dame. Es ist ein uralter Band, geschrieben in altdeutscher Sprache. Wenn du dich bemühst, kannst du es lesen. Ich habe eine Übersetzungshilfe in den Dateien des Laptops gespeichert.

An dieser Stelle darfst du dir einen zweifelnden Seufzer deiner Großtante vorstellen. Liebend gerne hätte ich dieses Werk eines gefährlichen Irren verbrannt, aber ich befürchte, dass es eines Tages dringend gebraucht wird, um dem Wahnsinn eines grausamen Dämons ein Ende zu setzen.

Wie du jetzt vielleicht schon bemerkt hast, liegt in diesem Erbe die Verantwortung, von der ich eingangs gesprochen habe. Mehr will ich dazu nicht sagen. Wenn du das Buch gefunden hast, musst du schon selber nachsehen, was es beinhaltet.

Nun kommt der schwierigste und unsicherste Teil. Der Notar, den ich mit der Regelung des Nachlasses beauftragt habe, hat einen ausgezeichneten Ruf, dennoch möchte ich sichergehen, dass kein Unbefugter dieses Schreiben an sich reißt und das Buch, von dem ich eben sprach, entwendet. Du musst jetzt zeigen, dass du die Gabe besitzt. Geh einfach los und höre, was dein Gefühl dir sagt. Du wirst alles finden, da bin ich mir sicher.

Zum Schluss bleibt mir nur noch zu sagen, dass ich dir alles Glück der Welt für dein Leben wünsche, du wirst es, fürchte ich, bald nötig haben. Aber sei dir gewiss, wenn du einsam bist und verzweifelt, wenn die Dunkelheit dich zu ersticken droht und du nicht ein noch aus weißt, du bist niemals alleine. Suche Zuflucht in deinem Inneren. Ich werde dort auf dich warten, ich und all die anderen, denn wir sind stets bei dir.

In Liebe,
Hedwig

Alina starrte wie in Trance auf das Blatt, das in ihren Händen zitterte. Erst als ihr der Brief aus der Hand fiel, kam sie wieder zu sich.

Wie viel Zeit blieb ihr noch? Schnell blickte sie auf ihre Uhr. Nur noch zwanzig Minuten, dabei hatte das Haus mindestens zehn Räume. Wie sollte sie da alles finden können?

Höre auf dein Herz.

Alina schüttelte den Kopf, bis er wieder klar war, dann ging sie los. Schon nach den ersten Schritten zog sie etwas nach links, die Treppe schien plötzlich nach ihr zu rufen. Schnell sprang sie hoch, zwei Stufen auf einmal nehmend. Das Badezimmer? Wird sie dort das Amulett finden?

Nein!

Die Stimme war so laut in ihrem Kopf, dass sie sich automatisch nach dem Verursacher umsah. Aber da war natürlich niemand.

Wie ging es weiter?

Die Kammer dort. Ein begehbarer Kleiderschrank. Geräumig und erstaunlich modern. Alina streifte mit ihren Fingerspitzen an den aufgehängten Kostümen, Blusen und Kleidern entlang, bis sie ein Kribbeln fühlte. Eilig durchsuchte sie die Taschen des Sakkos, das sie gerade in der Hand hielt.

Tatsächlich, da war etwas.

Eine goldene Kette mit einem einzelnen eingefassten Stein, geschliffen in der Form eines fünfzackigen Sterns. War das nicht ein Zeichen des Teufels?

Nein, mein Kind, das Pentagramm war schon immer ein Schutzzeichen.

Fasziniert schaute sie auf das schillernde Licht, das von den perfekt geschliffenen Flächen des Steins ausging. Es war unmöglich, seine Farbe zu bestimmen, sie wechselte ständig. Mal war er grün, dann wieder blau, dann rot, dann lila. Vorsichtig streifte Alina die Kette über und schob das Amulett unter ihren Pullover. Es fühlte sich angenehm warm an auf ihrer Haut.

»Schnell, weiter, der Laptop«, trieb sie eine innere Stimme an. Es war dieselbe wie vorhin. Alina trat auf den Flur und wurde wie von unsichtbaren Fäden in das Schlafzimmer gezogen. Als sie den ersten Schritt in den durch schwere Vorhänge abgedunkelten Raum gemacht hatte, blieb sie abrupt stehen.

Hier hatte Hedwig ihre letzten Atemzüge gemacht. Ihre Präsenz schwebte noch immer im Raum, wie die letzten Schleier des Morgennebels, den die aufsteigende Sonne auflöste.

Plötzlich fühlte Alina eine seltsame Traurigkeit. Sie hatte ihre Großtante nie besucht, und wenn diese selbst einmal bei ihr zu Hause war, hat sie sich schmollend in ihr Zimmer verzogen. Sie hatte sich der alten Dame gegenüber immer hilflos und schuldig gefühlt, obwohl sie ihr nie etwas getan hatte.

Der Anblick des Laptops riss sie aus ihren Gedanken. Er lag aufgeklappt auf dem Bett. »Na, das ist ja wohl ein tolles Versteck«, murmelte sie, klappte ihn zu und wollte gerade gehen, als das Gerät laut piepste.

Erstaunt klappte sie es wieder auf und sah, dass der Laptop eingeschaltet war. Auf seinem Bildschirm prangte eine seltsame Botschaft.

Das Versteck des Buches kannst du nur von mir persönlich erfahren.

Irritiert kramte Alina den Brief hervor – hatte sie irgendeinen Hinweis übersehen? Aber auch als sie ihn das zweite Mal durchgelesen hatte, konnte sie keinen Anhaltspunkt finden, der sie zum Versteck des Buches geführt hätte.

Besorgt schaute Alina auf ihre Uhr. Ihr blieben nur noch knapp fünf Minuten. Da fiel ihr der letzte Satz ihrer Großtante ein. *Wir sind stets bei dir.* Meinte sie das damit? Unsicher schloss Alina die Augen und atmetet mehrmals tief ein.

»Was mache ich hier?«, drängte eine Frage in ihr hoch, die sie jedoch entschlossen beiseite schob. Bis hierher hatte es genauso geklappt, wie Hedwig es angekündigt hatte. Trotzdem löste der Zweifel etwas aus.

Ihr wurde plötzlich bewusst, warum sie ihre Großtante bisher gemieden hatte. Hilflosigkeit und Schuldgefühle, das hatte sie immer gespürt und war davor geflohen. Dabei wollte Hedwig ihr nur zeigen, wer sie wirklich war.

Auch jetzt ging es nicht darum, teure Güter zu erben. Ihre Großtante wollte ihr etwas viel Wertvolleres hinterlassen, eine Aufgabe, eine Bestimmung für ihr Leben. Diesmal war sie jedoch bereit und willens alles zu tun, um sich dessen würdig zu zeigen. Als Alina das erkannt hatte, vernahm sie plötzlich laut und klar die Stimme ihrer Tante, die ihr verriet, wo sich das Buch befand, für das sie die Verantwortung übernehmen sollte.

Als der Notar wenige Minuten später die Tür öffnete, um Alina zu verkünden, dass ihre Zeit abgelaufen war, stand sie bereits in der Diele und drückte ihren Besitz fest an die Brust.

Dem Mann fiel der veränderte Ausdruck in den Augen des Mädchens auf, aber er verbarg seine Verwunderung. Auch dafür hatte er genaue Anweisungen bekommen.

Der dreizehnte Tod

Die Kunst der Problemlösung besteht darin, die richtigen Fragen zu stellen. Michaela wusste nicht, warum ihr dieser Lehrsatz aus ihrer Ausbildung gerade jetzt durch den Kopf ging. Fragen warf das, womit sie sich zurzeit beschäftigte, mehr als genug auf. Viel lieber wären ihr im Moment erhellende Antworten oder wenigstens sinngebende Hinweise.

Ein weiterer unerklärlicher Todesfall hatte sie in dieses Haus in Blankenheim geführt. Das kleine, etwas verschlafene Örtchen mit den verwinkelten Gassen, den alten Häusern und der über ihr thronenden Burg war eigentlich der ideale Ort für einen florierenden Tourismus. Es gab so etwas wie eine Künstlerszene und immer wieder Veranstaltungen, die ihren Zuspruch fanden. Sei es der Geisterzug an Karneval, das traditionell mit schlechtem Wetter gesegnete Seefest oder der jährliche Flohmarkt, der besonders bei Familien großen Anklang fand. Auch das kleine Museum suchte mit durchaus interessanten Sonderausstellungen sein Publikum.

Auf ihrem Weg passierte Michaela das alte Stadttor und die dahinterliegende Durchgangsstraße. Zum Glück gab es eine Umgehungsstraße, die den größten Teil des Verkehrs um den Ort herumführte. Für zwei entgegenkommende Fahrzeuge war selbst diese Straße meist zu eng, sodass man auf den ohnehin schon schmalen Bürgersteig ausweichen musste.

Nach etwa zweihundert Metern bog sie links in eine kleine Seitenstraße ab, die sie in den Ortskern führte. Mit leisem Bedauern stellte Michaela fest, wie leer die gepflasterten Straßen und Plätze wirkten. In einer ruhigen Ecke am Ende einer Gasse, die parallel zur hier entspringenden Ahr verlief, fand sie ihr Ziel, ein liebevoll restauriertes Fachwerkhaus.

Hier hatte Dietmar Lebesch, der pensionierte Immobilienmakler, auf grausige Weise seinen Tod gefunden.

Michaela betrat das Haus und versuchte, irgendetwas Auffälliges zu entdecken. Das war beileibe nicht einfach, da die kleinen Räume des Hauses bis zur Decke vollgestopft waren mit auffälligen Dingen. Afrikanische Masken, ein ausgestopfter Vogel Strauß, ein ganzes Regal voller Gläser, die in einer Lösung aus Formaldehyd Unsägliches beinhalteten. Dann eine Reihe Skulpturen, einige mussten sehr alt sein, andere entstammten den schöpferischen Händen moderner Künstler. Bei einigen kamen Michaela ernsthafte Zweifel an der geistigen Gesundheit ihrer Schöpfer. Im Obergeschoss, wo man Lebeschs Leiche gefunden hatte, waren sämtliche Zwischenwände entfernt worden. Nur die dunklen, klobigen Holzbalken des Fachwerks bildeten eine Unterteilung, die erahnen ließ, dass es hier einstmals zwei etwas größere und ein winzig kleines Zimmer gegeben haben musste. Die Seitenwände wurden von Regalen verdeckt, die bis unter die Schräge des Daches mit alten, in Leder eingebunden Büchern gefüllt waren. Mehrere gläserne Vitrinen im Raum enthielten Mineralien, Münzen, aufgespießte Insekten und, Michaela musste zweimal hinsehen, Kronkorken.

Dietmar Lebesch war wohl so etwas wie ein Kuriositätensammler gewesen. Er hatte nach Auskunft seiner Nachbarn kaum Kontakt zur Bevölkerung des Ortes gehabt. Nur so war es zu erklären, dass seine Leiche mehrere Tage hier gelegen hatte, bis sein Verschwinden jemandem auffiel und die Polizei verständigt wurde.

Die Leiche war schon vor einiger Zeit weggeschafft worden, aber der üble Verwesungsgeruch klebte immer noch wie giftiger Nebel im Raum. Gerne hätte Michaela sämtliche

Fenster aufgerissen, um frische Luft hereinzulassen, aber die Kollegen der Spurensicherung waren strikt dagegen.

»Ich dachte immer, so etwas gäbe es heute nicht mehr.«

»Was?« Michaela schrak aus ihren Gedanken auf, als sie merkte, dass Thomas Schmidt mit ihr redete. Er war schon seit einer Stunde dabei, den Tatort zu fotografieren.

»Ich meine diese Sammlung. Das ist ein waschechter Thesaurus.« Thomas breitete seine Arme aus, um in einer Bewegung die gesamte Sammlung zu umfassen. »So etwas hatte im siebzehnten und achtzehnten Jahrhundert Hochkonjunktur unter den Gelehrten der reichen Oberschicht. Man sammelte aus aller Welt, was irgendwie bedeutsam erschien, und versuchte damit seinen Wissensschatz zu erweitern. Die Bezeichnung für eine solche Sammlung war Thesaurus.«

Michaela nickte, um Thomas klarzumachen, dass sie ihn verstanden hatte, reden wollte sie im Moment nicht. Sie konnte ihn zur Not später noch dazu befragen. Thesaurus, dachte sie und suchte nach passenden Assoziationen. Antiquiert, alt, kurios, verrückt.

Aber noch lange nicht so verrückt und kurios, wie der Tod des alten Kauzes. Wahrscheinlich wäre niemandem etwas aufgefallen, wenn der untersuchende Notarzt nicht besonders genau hingeschaut hätte. Michaela hatte nach den letzten beiden Fällen alle Krankenstationen der Umgebung entsprechend instruiert. Jetzt zahlte sich diese Maßnahme aus.

Eine dünne, kaum sichtbare Narbe, die sich rund um den Hals des Toten zog, veranlasste den Arzt, den ermittelnden Polizeibeamten zu informieren, der daraufhin Kripo und Staatsanwaltschaft eingeschaltet hatte.

Die Untersuchungen des Todesermittlers, wie man die Spezialisten der Kripo für die Untersuchung verdächtiger Leichen nannte, hatten den Verdacht erhärtet, dass Dietmar

Lebesch tatsächlich eines gewaltsamen Todes gestorben sein könnte. Daher war eine gerichtsmedizinische Obduktion angeordnet worden. Diese brachte dann Erstaunliches zu Tage. Der Kopf des Opfers war von einem scharfen Schneideinstrument durchtrennt worden. Sämtliche Blut und Nervenbahnen, sogar der Halswirbel waren glatt durchschnitten worden.

Unerklärlich war nur, dass der Kopf sich immer noch auf dem Hals befand, er war zwar nicht gerade angewachsen, aber durch Narben regelrecht verschweißt.

Auf Michaelas Frage, ob das mit einem starken Laser möglich wäre, hatte der Arzt nur den Kopf geschüttelt. Ein Laser würde die Wunden veröden und eine Narbenbildung eher noch verhindern. Hinzu kam, dass die eingehende Untersuchung des Tatortes trotz modernster Methoden nicht den geringsten Hinweis ergeben hatte. Keine Spuren eines Kampfes, keine Fingerabdrücke, Hautfetzen oder sonstige Hinterlassenschaften, mit denen man eine DNA-Analyse hätte machen können. Nicht einmal einen Tropfen Blut!

Dabei lag über allem hier eine dünne, aber deutlich sichtbare Staubschicht, die es eigentlich unmöglich machte, sich in dem Raum zu bewegen, ohne irgendwelche Spuren zu hinterlassen.

Wie Michaela aus dem Protokoll der Befragungen in der Nachbarschaft ersehen konnte, hatte Dietmar Lebesch mit zunehmendem Alter immer zurückgezogener gelebt. Wenn er Besuch bekam, was selten genug der Fall war, hatte er ihn nie in das Obergeschoss gelassen.

Hatte der Mörder Lebesch an einem anderen Ort getötet und ihn anschließend hierher verfrachtet, um die Polizei in die Irre zu führen?

Dagegen sprach, dass das Opfer eine knappe halbe Stunde

vor dem von der Pathologie festgestellten Todeszeitpunkt von Nachbarn beim Betreten seines Hauses gesehen worden war.

Alles in allem also ein scheinbar unlösbares Rätsel.

Gedankenverloren schüttelte Michaela den Kopf. Irgendwo musste ein Hinweis auf die Lösung stecken. Irgendeine Gemeinsamkeit vielleicht, die die Opfer dieser bizarren Morde miteinander verband.

Als sie die Ermordeten vor ihrem inneren Auge Revue passieren ließ, fiel ihr auf, dass sie durchaus etwas gemein hatten. Sie waren alt und sterbenskrank. In einem Nebensatz hatte der Pathologe erwähnt, dass Lebesch an Leberkrebs litt. Er hatte höchstens noch zwei oder drei Monate zu leben. Leonard Bartusch, der in Bad Münstereifel zu Tode gekommen war, litt an einer unheilbaren Herzschwäche. Michaela hatte von unterwegs nach einer Entsprechung bei dem dritten Opfer gefragt. Die Antwort kam prompt, Nierenversagen. Der Mann, der im Restaurant zusammengebrochen war, ging seit zwei Jahren regelmäßig zur Dialyse. Er war über achtzig Jahre alt und sein Gesundheitszustand für die Strapazen einer Organtransplantation zu labil.

Aber das konnte doch kein Grund sein, sie auf diese Art hinzurichten. Oder waren sie Opfer, deren Tod man ohne allzu große Gewissensbisse hinnehmen konnte? Bei diesem Gedanken zuckte ein greller Blitz in Michaelas Gehirn auf. Ein kurzzeitiges Verstehen, das sich sofort wieder verflüchtigte.

Testete hier jemand eine neue Geheimwaffe oder ein spezielles Tötungsverfahren? Der Gedanke klang Michaela so abstrus, dass sie ihn sofort wieder verwarf. Wilde Spekulationen halfen ihr hier nicht weiter. Sie brauchte einen Anhaltspunkt, irgendetwas, das ihren Ermittlungen eine Richtung gab. Sie brauchte endlich einen Hinweis und nicht noch mehr Rätsel.

Mit einem heftigen Atemzug riss sie sich zusammen und lenkte ihre Aufmerksamkeit auf ihre Umgebung. Ein antiker Sekretär und ein original Ludwig-XIV-Stuhl aus dem siebzehnten Jahrhundert, der umgestürzt davor lag, markierten Lebeschs letzten Berührungspunkt mit dem Diesseits. Auf der blank polierten, mit aufwändigen Intarsien versehenen Arbeitsplatte des Sekretärs fanden die Fahnder ein Tintenfass, eine antiquierte Schreibfeder und einen Notizzettel. Auf diesen hatte Lebesch mit einer gestochen scharfen Schrift eine kurze Notiz hinterlassen. Michaela kannte bereits ihren Inhalt.

Der dreizehnte Tod.

Sehr geheimnisvoll und äußerst beunruhigend. Sollte sie etwas mit ihrem Fall zu tun haben, standen ihnen noch einige weitere Fälle dieser Art ins Haus. Michaela wusste, was das bedeutete, und sie hatte bereits alles veranlasst, was nötig war, um ein Team für eine Mordkommission zusammenzustellen.

Das Handy in ihrer Tasche klingelte und lenkte sie von ihrer Besichtigung ab. Ein Kollege namens Rudloff vom BKA, der um einen Termin bat. Michaela stellte überrascht fest, dass er erstaunlich viel über ihre neuesten Fälle wusste. Er war ein Spezialist auf einem Gebiet, das ihr regelrechte Magenschmerzen bereitete. »Nein, mit Satanismus hat das hier ganz bestimmt nichts zu tun«, versuchte sie ihn abzuwimmeln. »Ich bin Ihnen wirklich dankbar für Ihr Angebot, aber ich brauche Ihre Hilfe nicht. Sollte sich etwas anderes ergeben, werde ich mich melden, versprochen.«

Ohne ihm Gelegenheit zu geben, etwas zu erwidern, unterbrach sie die Verbindung und steckte das Handy zurück in die Tasche. »So ein Spinner«, murmelte sie und wandte sich der Treppe zu. Da fiel ihr Blick ein letztes Mal auf den Sekretär. Die Sonne schien gerade durch das Fenster und zauberte leuchtende Strahlenfinger in die staubbeladene Luft des Raumes.

Dabei reflektierte die polierte Arbeitsplatte das Licht und offenbarte gleichzeitig einen rechteckigen, dunklen Fleck auf der ansonsten mit Staub überzogenen Fläche.

Hier hatte etwas gelegen, das möglicherweise nach Lebeschs Tod entfernt worden war.

»Irgend so ein alter Schinken«, war die Antwort des Kollegen von der Spurensicherung, als sie später nachfragte. »Wir haben das Buch registriert und zur Untersuchung nach Spuren zum Labor geschickt. Lebeschs Hände hatten sich so fest darum gekrallt, dass man seine Finger brechen musste, um das Buch aus seinem Griff zu lösen.. Leichenstarre, Sie kennen das ja.«

Gerädert

Cyrenius spürte seine Beine nicht mehr. Irgendwie musste es ihnen gelungen sein, sich von ihm abzukoppeln und ohne seine Beteiligung weiterzugehen. Vielleicht war das alles nur ein Traum, ein schlimmer, schrecklicher Albtraum. Aber das war es nicht, was Cyrenius nur zu gut wusste. Dies war sein letzter Gang. Der Weg zur Hinrichtungsstätte, wo man ihm die Knochen brechen und, wenn er das Pech hatte, die Prozedur zu überleben, seinen Körper einem langsamen, qualvollen Sterben ausliefern würde.

Rädern lautete der Urteilsspruch des Hohen Gerichtes. In den versteinerten Minen der Schöffen hatte Cyrenius lesen können, dass es für ihn keine Gnade geben würde. Keiner der Männer wollte seinen Unschuldsbeteuerungen Glauben schenken. Er war bereits ein toter Mann, noch bevor die Verhandlungen begonnen hatten.

Das Verbrechen, das man ihm anlastete, war aber auch zu schrecklich, die Zeugen, die ihn gesehen haben wollten, zu zahlreich, und er selbst als ein Mitglied des verrufenen fahrenden Volkes zu verdächtig.

Dabei hatte er nur helfen wollen, als er in das Haupthaus des einsam gelegenen Hofes eingetreten war, um zu sehen, wer da so jämmerlich wimmerte.

Es war ein Kind, ein Säugling, das in seinem Hunger kaum noch die Kraft hatte zu schreien. Seine Familie hatte zu diesem Zeitpunkt nicht mehr gelebt, sie war abgeschlachtet worden. Männer, Frauen und Kinder, verteilt über die Kammern des Hauses, niedergestochen, erschlagen, erdrosselt. Die Täter mussten in der Nacht zuvor in das Haus eingedrungen sein und die Bewohner kaltblütig ermordet haben, gerade da, wo sie geschlafen hatten. Es musste ein schreckliches Morden gewesen sein. Beim Anblick der geschundenen Leiber mit den verzerrten Gesichtern hatte Cyrenius gemeint, noch ihre Schreie zu hören.

Es war zu viel gewesen für den einfachen fahrenden Händler. Eine große Panik hatte ihn überkommen, und er war Hals über Kopf geflohen. Später, als er die Grenze der Gemarkung erreicht hatte und sich in Sicherheit wähnte, hatte sich sein Gewissen gemeldet, hatte er doch das Kind zurückgelassen. Da war er umgekehrt und geradewegs in sein Verderben gefahren. Die Tat war mittlerweile entdeckt worden und hatte eine große Aufregung unter der Bevölkerung des Landstrichs zur Folge. Die Menschen hatten nach Schuldigen oder jemandem, dem man die Schuld zuschieben konnte, gesucht. Da kam ihnen der fahrende Händler als Sündenbock gerade recht. Plötzlich hatte sich jeder erinnern können, ihn zuvor gesehen zu haben. Fatal für Cyrenius war dabei, dass einige ihn tatsächlich gesehen hatten. In seiner Panik war er mit seinem hochbeladenen Gefährt so schnell, wie es sein alter Gaul vermochte, durch sämtliche Ortschaften gefahren, ohne wie sonst üblich auf Kundschaft zu achten.

Er konnte von Glück reden, dass er nicht sofort gelyncht worden war. Hatte er jedoch geglaubt, vor dem einberufenen Hohen Gericht seine Unschuld beweisen zu können, indem er darauf hinwies, dass er alleine unmöglich ein solches Blutbad hätte anrichten können, so sah er sich bald enttäuscht. Schlimmer noch, sein Einwand wurde als Anlass genommen, ihn zu foltern, um ihm die Namen seiner Komplizen zu entlocken.

Zu Cyrenius' Erstaunen war diese Befragung jedoch nur sehr oberflächlich verlaufen. Hatte man doch ein Einsehen?

Aber der Urteilsspruch hatte seinen aufkeimenden Hoffnungen ein endgültiges Ende gesetzt. Völlig überrascht, hatte er doch weder ein Geständnis abgelegt noch gab es einen Zeugen seiner angeblichen Tat, hatte Cyrenius in die Gesichter der Schöffen gesehen.

Da hatte er es in ihren Augen erkannt. Er wurde verurteilt, damit die wirklichen Mörder niemals entdeckt werden konnten.

In diesem Augenblick hatte Cyrenius mit seinem Leben abgeschlossen. Für ihn gab es kein Entrinnen. Er empfahl seinen Geist dem Herrn und fügte sich in sein Schicksal.

Der Tod war schon immer sein steter Begleiter gewesen, jede neue Wegbiegung konnte seine letzte sein. Wegelagerer, Krankheiten, Unfälle, die Arten sein Leben zu beenden waren zahlreich.

Wenn doch vor seinem Tod nicht diese Hinrichtung stünde! Eine große Menge Schaulustiger hatte sich eingefunden. Die ermordete Familie hatte viele Freunde. Hassverzerrte Gesichter, schadenfrohes Grinsen, neugieriges, mordlüsternes Gaffen.

Er wurde angeschrien, verhöhnt und bespuckt. Erst als der Richter den Arm hob, um das Urteil vor seiner Vollstreckung öffentlich zu verkünden, kehrte Ruhe ein.

Danach wurde Cyrenius zu Boden geworfen. Der Scharfrichter stellte sich mit erhobenen Armen über ihn. In seinen Händen hielt er das mit Eisen beschlagene Holzrad, das der Hinrichtung seinen Namen gab. Seine Arbeit würde er zielsicher durchführen. Wenn er fertig war, würde er Cyrenius' Körper auf das Rad festbinden und dieses auf der Spitze einer Stange zur allgemeinen Abschreckung aufpflanzen.

Stunden später, als Cyrenius im Feuer seiner Schmerzen einen kurzen klaren Gedanken fassen konnte, stellte er fest, dass von allen Möglichkeiten immer nur die Schlimmste eingetroffen war.

Erst am Morgen des folgenden Tages hatte der Tod ein Erbarmen mit dem fahrenden Händler.

* * *

Fast vierhundert Jahre später fuhr sich Doktor Schwendner, der Chefarzt der Inneren Chirurgie des Kreiskrankenhauses in Mechernich, mit der Hand über seine schweißnass auf der Stirn klebenden Haare. In all den Jahren seiner Zeit als Arzt hatte er noch keine solche Nacht durchmachen müssen. Er glaubte auch nicht, dass so etwas wie hier irgendeinem anderen Mediziner auf der Welt je widerfahren war. Ein Patient, dessen Knochen ohne jede äußere Einwirkungen laut krachend brachen, während er sich in seinen Schmerzen wie ein Wahnsinniger wand, dass man ihn mit Gewalt festschnallen musste.

Der Mann, Erwin Teufel, war vorige Woche eingeliefert worden. Schlaganfall mit der typischen halbseitigen Gesichtslähmung. Die erste Krisenzeit hatte er zwar überstanden, aber die Untersuchungen und die Befunde des Hausarztes hatten gezeigt, dass sich die Arterien des Patienten in einem katastrophalen Zustand befanden. Bei seiner Lebensweise war das nicht weiter verwunderlich gewesen. Erwin Teufel war Kettenraucher, trank und aß zu viel und zu fett, was man ihm deutlich ansah. Es war nur eine Frage der Zeit gewesen, bis die nächste wichtige Blutbahn ihren Geist aufgeben und Erwin Teufels Leben damit ein endgültiges Ende setzen würde.

Was in der zurückliegenden Nacht jedoch mit ihm passiert war, hatte weiß Gott nichts mit seinem Krankheitsbild zu tun.

Erst als sie ihm eine gehörige Dosis Morphin verabreicht hatten, war der Mann etwas ruhiger geworden. Aber die unheimliche Zerstörung seines Körpers war einfach weitergegangen. Bis er irgendwann kollabierte und sämtliche Lebenserhaltungsfunktionen gleichzeitig aussetzten.

Doktor Schwendner hatte natürlich alles versucht ihn zurückzuholen. Fast wäre er erfolgreich gewesen – da passierte es.

Irgendetwas hatte seine Hände berührt und einen Schmerz verursacht, dass er meinte, seine Finger stünden in Flammen. Mit einem Aufschrei hatte er die Elektroden zur Reanimation fallen lassen. Er hatte dann zwar versucht, sie wieder aufzuheben, aber seine Hände wollten ihm nicht gehorchen. Da hatte sich der geschundene Körper des Patienten ein letztes Mal aufgebäumt. Erwin Teufels Mund hatte sich zu einem langen gequälten Schrei geöffnet, der ihm und den anwesenden Schwestern die Haare zu Berge stehen ließ, dann war er zusammengesackt. Auch ohne das schrille Warnsignal der Überwachungsgeräte war ihnen klar, dass Erwin Teufels Leiden ein Ende hatten.

Der Mediziner wusch sich gerade die Hände, als ihm ein seltsames Schreiben der Kripo Bonn einfiel, das an alle umliegenden Krankenhäuser gegangen war. Die Polizei bat darum, dass man ihr alle Todesfälle mit ungewöhnlichen Begleitumständen oder außergewöhnlichen Malen am Körper der Betroffenen sofort meldete. Na, wenn das hier nicht ein solcher Fall war, was dann?

Schnell trocknete er sich die Hände ab und eilte über den Flur zu seinem Büro. Irgendwie hatte er das Gefühl, diesen Patienten so schnell wie möglich loswerden zu müssen. Als ob er an einer hochansteckenden Krankheit zugrunde gegangen wäre.

Mordkommission

Michaela starrte noch eine ganze Weile verwundert auf den Hörer ihres Telefons. Sie konnte es selbst nicht fassen, dass sie es tatsächlich getan hatte. Sie hatte diesen Rudloff nicht nur angerufen, sie hatte ihn sogar gebeten, sich mit seinem Team an den Ermittlungen der mysteriösen Morde zu beteiligen. Welcher Teufel hatte sie da bloß geritten? Dein Instinkt, raunte ihr eine innere Stimme leise zu.

Der letzte Todesfall hatte den Ausschlag zu dieser Entscheidung gegeben. Hier schienen Kräfte am Werk zu sein, die sie nicht verstand. Dann war da noch das Buch, das die Spurensicherung bei Dietmar Lebesch gefunden hatte. Michaela überflog noch einmal die Ergebnisse der Laboruntersuchung. Das Buch war auf die erste Hälfte des siebzehnten Jahrhunderts datiert und sicherlich sehr wertvoll. In den einschlägigen Antiquariatsverzeichnissen war es jedoch nicht aufgeführt. Einem Siegel auf der Innenseite des Einbandes zufolge war es in einer Buchdruckerei in Göttingen gedruckt worden. Auf dem Einband fanden sich keinerlei Spuren, noch nicht einmal die Fingerabdrücke des Besitzers. Was sie stutzig machte, war, dass sich offensichtlich niemand die Mühe gemacht hatte, das Buch aufzuschlagen, um die einzelnen Seiten zu untersuchen.

Eine ungeheure Schlamperei! Sie hatte natürlich sofort im Labor angerufen und versucht, den Verantwortlichen zu Rede zu stellen. Aber der Einzige, den sie an den Apparat bekam, war ein verlegen stotternder Assistent. Professor Löffler, der Leiter des Labors, war plötzlich erkrankt, und auch sein Vize, Dr. Dreibein, ließ sich entschuldigen.

Jetzt lag das Werk auf ihrem Schreibtisch und strömte eine Kälte aus, die sie erschauern ließ. Der Bote hatte es vorhin in einem Umschlag gebracht und auf ihren Schreibtisch gelegt. Als Michaela das Buch herausgenommen hatte, hätte sie es beinahe fallen lassen. Es fühlte sich seltsam an, fast so als wäre es lebendig. Das musste an dem Leder liegen, mit dem es eingebunden war. Sie nahm sich vor, nachforschen zu lassen, ob die anderen Ermordeten auch in irgendeiner Form mit diesem Buch in Berührung gekommen waren.

»Das Buch ist böse. Schlag es auf und schau nach.« So schnell wie der Gedanke gekommen war, so schnell verflog er auch wieder. »Unsinn!«, sagte sich Michaela, bemüht, endlich wieder zu ihrer gewohnten Sicherheit zurückzufinden. »Mit deinem Anruf bei diesem Rudloff hast du schon genug Schaden angerichtet.«

In einer energischen Bewegung sprang sie auf, packte das Buch und warf es in die unterste Schublade ihres Schreibtisches. Dabei bemerkte sie gar nicht, dass sie es mit dem Umschlag anfasste, mit dem es angeliefert worden war, um das Leder des Einbandes nicht noch einmal berühren zu müssen.

Für heute war ein Treffen der Mitglieder der Mordkommission anberaumt. Die Polizeidienststelle Euskirchen, in deren Bezirk bisher alle Todesfälle zu verzeichnen waren, hatte einen Besprechungsraum und ein paar Büros zur Verfügung gestellt.

Dabei wusste keiner von denen, worum es wirklich ging. Die Begleitumstände der Morde waren so mysteriös, dass die Leitung beschlossen hatte, die Öffentlichkeit so lange wie möglich außen vor zu lassen. Man wollte keine Panik unter der Bevölkerung verursachen.

Das war zwar einerseits gut, weil es den Druck der Presse von der Mordkommission nahm, andererseits hatten gerade Hinweise aus der Bevölkerung in vielen Fällen wesentlich zu

Erfolgen bei der Ermittlungsarbeit beigetragen. Das war im Moment wenigstens ausgeschlossen.

Allerdings machte sich Michaela keine Illusionen darüber, dass die Todesfälle und deren Besonderheiten noch lange geheim bleiben würden. Sie hatte jetzt schon einige Anfragen von Journalisten abwimmeln müssen, die verdammt nahe an der Wahrheit lagen. Gerade die Euskirchener waren sensibilisiert, hatte es dort im letzten Jahr ein ganze Serie von außergewöhnlich grausamen Morden gegeben, bei denen es auch nicht mit rechten Dingen zugegangen sein sollte.

»Auch nicht?« Michaela, die sich bereits auf dem Weg zu ihrem Auto befand, zuckte unwillkürlich zusammen. »Verdammt noch mal!«, fluchte sie ungehalten und erntete erstaunt amüsierte Blicke zweier Streifenpolizisten, die ihr entgegenkamen.

Eine Entschuldigung murmelnd, hastete sie an den beiden vorbei und setzte ihr Selbstgespräch in Gedanken fort. »Es gibt keine irgendwie gearteten übersinnlichen Kräfte. Jeder Fall hat eine einfache, erklärbare und vor allem natürliche Lösung. Du wirst dich zum Vollidioten machen, wenn du dich auf einen solchen Unsinn einlässt.«

Mittlerweile bei ihrem Dienstfahrzeug angekommen, atmete sie mehrere Male tief ein und aus, bevor sie sich hinter das Steuer setzte. Michaela hatte noch genügend Zeit und nahm den Weg durch den Stadtteil Bonn-Duisdorf über die Landstraße durch Impekoven und ließ Witterschlick und Rheinbach links liegen. Die flache Landschaft mit ihren abgeernteten Feldern und den zwergenhaft kleinen, kahlen Obstbäumen übte schon bald eine beruhigende Wirkung auf sie aus. Die Ernte war eingefahren, die Energie der Sonne in den Stielen, Stämmen und Wurzeln gespeichert, jetzt erwartete die Natur die Zeit des langen Schlafens.

Irgendwo an einer Kreuzung hielt Michaela den Wagen an und stieg aus. Mit tiefen Zügen sog sie die frische Luft ein und versuchte den kommenden Winter zu riechen. Und tatsächlich, da war etwas, eine kaum fassbare Klarheit in der Luft, fast schon der Geruch nach Schnee. Sie hauchte, um zu testen, ob sie ihren Atem schon sehen konnte, aber dafür war es noch zu warm.

Mit gekreuzten Armen stützte sie sich auf das Dach des Autos und tastete mit ihrem Blick den weiten Horizont ab. Ihre Kollegen aus der Eifel fanden die flache Landschaft der Voreifel langweilig, sie empfand das ganz anders. Gerade die Weite, der ferne Horizont, die geraden, ungebrochenen Linien regten ihre Phantasie immer wieder aufs Neue an, trugen ihre Gedanken fort und gaben ihrer Seele die Freiheit abzuheben und weit hinauszufliegen. Ein Lächeln huschte über Michaelas Gesicht, als sie plötzlich an die Spaziergänge mit ihrer Großmutter erinnert wurde. Die alte Frau hatte sich wirklich Mühe gegeben, ihrer Enkeltochter Mutter und Vater zu ersetzen. Und sie hatte ihr beigebracht, Ruhe und Kraft in der Natur zu finden, ganz egal, wie ihre Landschaft beschaffen sein mochte.

Als Michaela eine halbe Stunde später den Wagen auf dem Dienstgelände der Polizeidienststelle in Euskirchen parkte, war sie sich sicher, ihre kleine Krise überwunden zu haben.

Im Besprechungsraum packte sie die Unterlagen für den Vortrag, den sie vorbereitet hatte, aus und ließ den Overhead-Projektor warmlaufen. Heute wollte sie die Mitarbeiter der Mordkommission umfassend über den Stand der Ermittlungen informieren und sie schonend auf die zu erwartende Verstärkung durch die Spezialisten des BKA vorbereiten. Nicht auszudenken, wenn die Männer und Frauen, die sie ausgesucht hatte und die sie wegen ihrer Kompetenz und ihrer Einsatzfreude sehr schätzte, den Eindruck erhielten, ihre Leitung glaube an Geister und Dämonen.

Silvia Wollenweber, eine Frau, die vor allem für ihre Unerschrockenheit und ihre zupackende Art bekannt war, traf als Erste ein. Man sah ihrer gedrungenen, knapp einen Meter sechzig kleinen Gestalt die Kraft und die Ausdauer nicht an, die in ihr steckte. Michaela hatte einmal miterlebt, wie sie einen Randalierer überwältigte, der mehr als doppelt so schwer und einen Kopf größer war als sie. Silvia Wollenweber in der Nähe zu wissen, wenn es brenzlig werden sollte, wirkte sehr beruhigend.

Silvia begrüßte Michaela mit einem Lächeln, striegelte mit der bloßen Hand ihre kurzen, gelbblond gefärbten Haare und half ihr bei der Aufstellung der Stühle.

Der Nächste war ein Mediziner, Doktor Elmar Kastenholz, ein Spezialist, den Michaela vom BKA angefordert hatte. Er hatte schon letzte Woche die Befunde der Opfer erhalten und sollte die Kommission über die wirklichen Todesursachen aufklären. Bereits bei seinem Eintreten fiel Michaela auf, dass er unsicher, ja nervös war. Mit seiner schlaksigen, hoch aufgeschossenen Figur, den dünnen grauen Haaren und der Nickelbrille, die auf dem dünnen Rücken seiner feinen Nase ständig nach unten rutschte, wirkte er geradezu rührend.

Als er für einen kurzen Moment neben Silvia stand, musste sich Michaela abwenden, weil sie bei dem Anblick der modernen Ausgabe von Pat und Patachon ein Grinsen nicht unterdrücken konnte.

Der Rest der Mannschaft traf bald darauf ein. Zwei Hauptkommissare der Kripo Bonn, ihr Kollege Thomas Schmidt, der schon in Blankenheim bei den Ermittlungen dabei war, und zwei weitere Beamte der Kripo Euskirchen.

Michaela schaute jedem fest in die Augen, bevor sie mit ihrem Vortrag begann. »Silvia, meine Herren, was Sie im Folgenden zu hören bekommen, wird bei Ihnen möglicherweise ... nun ja, Irritationen hervorrufen.«

Ihr Blick traf auf Doktor Kastenholz, und sie merkte, dass er genau wusste, was sie damit andeuten wollte. Mit einem aufmunterndem Nicken in seine Richtung fuhr sie fort. »Die Fälle, mit denen wir es hier zu tun haben, entziehen sich in einigen ihrer Begleitumstände zunächst jeglicher Erklärung. Sie sollten sich davon aber nicht stören lassen. Ich denke, wir sind uns darin einig, dass jedes Phänomen, so rätselhaft es auch erscheinen mag, eine natürliche Erklärung hat.«

Noch während sie den letzten Satz zu Ende sprach, sah Michaela aus den Augenwinkeln, dass sich die Tür neben ihr langsam öffnete. Mit ärgerlich gerunzelter Stirn wandte sie sich dem vermeintlichen Störenfried zu. »Was ...?«

Die Worte blieben ihr im Hals stecken, als sie der durchdringende Blick des neu eingetretenen Mannes traf. Irgendetwas griff in ihre Brust und ließ ihren Herzschlag für einen Moment aussetzen.

»Entschuldigen Sie die Verspätung«, hörte sie seine Stimme.

Für Michaela klang sie wie aus weiter Ferne, so als hätte jemand eine unsichtbare Glocke über ihren Kopf gestülpt, und sie musste sich anstrengen, um ihn überhaupt verstehen zu können.

»Ich habe es leider nicht früher geschafft.«

Wer war der Kerl? Da fiel es ihr plötzlich ein. Jürgen Rudloff! Aber der hatte auf diesem ersten Treffen noch nichts zu suchen. Oder hatte sie ihn etwa eingeladen?

Michaela räusperte sich lautstark, weil sie befürchtete, ihre Stimme verloren zu haben, und bat ihn, sich zu setzen.

Hinter Rudloff betraten noch zwei weitere Männer den Raum. Das mussten Gerald Wilden und Wolf Krüger sein. Wolf, der noch im letzten Jahr in der Dienststelle Euskirchen gearbeitet hatte, begrüßte die Euskirchener Mitglieder der Kommission mit Handschlag, bevor er sich, wie seine Kollegen, einen Stuhl holte und zu den anderen setzte.

Rudloff eilte der Ruf voraus, jederzeit und überall bis zur Arroganz selbstsicher aufzutreten, selbst in Gegenwart hochrangiger Beamter.

Auf Michaela wirkte er eher verunsichert. Nicht gerade so nervös wie Dr. Kastenholz, aber er vermittelte den Eindruck, als hätte ihn irgendetwas aus dem Konzept gebracht.

Während Michaela ihn und seine Kollegen dem Team der Kommission vorstellte, fiel ihr auf, dass Gerald Wilden seinen Chef mit amüsierten Blicken bedachte. Jürgen Rudloff schien zu Anfang nicht zu wissen, wohin er schauen sollte, dann gab er sich sichtlich einen Ruck und sah Michaela direkt an.

Wenn sie nicht selber so plötzlich und völlig grundlos nervös geworden wäre, hätte sie die Unsicherheit in seinen Augen gesehen.

Kein Wunder, versuchte sie sich ihren Zustand zu erklären. Der Kerl wirft mit seinem Auftauchen mein mühsam erarbeitetes Konzept völlig durcheinander. Jetzt muss ich improvisieren.

Um Zeit zu gewinnen, bat Michaela Doktor Kastenholz, seine derzeitigen Erkenntnisse vorzutragen.

Der Pathologe kramte umständlich in seiner Tasche und holte einen Stapel Papier hervor. Dann stand er auf, hustete mehrmals und blätterte scheinbar wahllos in seinen Unterlagen.

Michaela, die ihn dabei stirnrunzelnd beobachtete, überlegte schon, ob sie ihm bei dem Einstieg in sein Thema helfen sollte, als er endlich seine Stimme erhob. Sie war leise und distinguiert, mit einem dezenten westfälischen Akzent, seine Sprache und Wortwahl zeugten von Kompetenz und Bildung. Das ließ den Inhalt seines Vortrages noch absurder erscheinen.

Die Unstimmigkeiten in den Unterlagen, die Michaela ihm hatte zukommen lassen, hatten ihn veranlasst, die Leichen der Opfer selbst noch einmal zu untersuchen. Den ersten der drei Getöteten hatte er sogar exhumieren lassen.

»Hauptkommissarin Stark hat Sie ja bereits vorgewarnt, wir haben es hier wirklich mit einer seltsamen Geschichte zu tun«, schloss Dr. Kastenholz seine Ausführungen und zuckte resigniert mit den Schultern. »Da muss man schon sehr aufpassen, um den Bezug zur Realität nicht zu verlieren.«

Michaela beobachtete interessiert Rudloffs Reaktion. Der BKA-Mann schien seine Sicherheit wiedergefunden zu haben. Er machte sich keine Notizen und sah aus, als sei er in Gedanken ganz woanders, aber etwas sagte ihr, dass er sehr genau zugehört hatte und möglicherweise bereits jetzt dabei war, seine eigenen Schlüsse zu ziehen.

Ob er bereit war, seine Gedankengänge mitzuteilen? Michaela beschloss, es darauf ankommen zu lassen, und bat Rudloff um einen Kommentar aus seiner Sicht.

Er stellte sich und sein Aufgabengebiet beim Bundeskriminalamt zunächst einmal vor und beruhigte Michaela, indem er erklärte, dass seine Arbeit eben nicht darin bestehe, Geister und Dämonen zu jagen, sondern scheinbar übersinnliche Phänomene auf ihre wirkliche, natürliche Ursache zurückzuführen. »Dass Hauptkommissarin Stark uns um Unterstützung gebeten hat, bedeutet nicht, dass sie glaubt, hier gehe es nicht mit rechten Dingen zu. Es ist nur so, dass wir aufgrund unseres besonderen Arbeitsgebietes über eine gewisse Erfahrung im Umgang mit gewissen Begleiterscheinungen verfügen. Was Doktor Kastenholz zum Schluss gesagt hat, ist eine der wichtigsten Maximen unserer Arbeit. Wir werden Ihnen dabei helfen, bei Ihren Ermittlungen mit beiden Beinen auf dem Boden zu bleiben. Die Erfahrung hat gezeigt, dass die nahe liegendste Lösung in den meisten Fällen auch die richtige Lösung ist. Aber Sie wissen ja selbst, wie das ist, manchmal sieht man vor lauter Bäumen den Wald nicht.« Rudloff nickte den Anwesenden mit ernster Miene zu und setzte sich wieder auf seinen Platz.

Michaela ließ einen kurzen Moment verstreichen, bevor sie den Faden aufnahm, dabei fiel ihr auf, dass Rudloff nichts Konkretes zu ihrem Fall gesagt hatte. Das war ein allgemeingültiges Statement gewesen, das er sicherlich immer wieder aufs Neue aufsagte, um den Verdacht der Unseriosität von vorneherein abzuwenden.

Ganz schön raffiniert, stellte sie fest, aber mich wirst du damit nicht täuschen.

Die anschließende Besprechung zog sich noch eine gute Stunde hin. Thomas erwähnte das Buch, das bei Lebesch gefunden worden war, und Rudloff brachte Michaela in Verlegenheit, als er sie fragte, ob ihr etwas Besonderes daran aufgefallen sei. Schlagartig erinnerte sie sich an das Ekel erregende Gefühl, als sie es mit der bloßen Hand angefasst hatte. Das wollte sie ihm aber nicht sagen. Er sollte nicht glauben, dass sie überempfindlich sei. »Nein. Mir ist nichts aufgefallen«, gab sie etwas zu schnell zur Antwort. »Laut Laborbericht war an dem Buch nichts Besonderes feststellbar.«

Noch während sie sprach, merkte sie, dass er mit ihrer Antwort nicht zufrieden war. Rudloffs Mimik versteifte sich plötzlich, er wirkte fast beleidigt. Michaela rechnete fest damit, dass er nachhaken würde, aber er nickte nur und stellte keine weiteren Fragen.

Am Ende der Besprechung, als die Kollegen sich voneinander verabschiedeten, fiel ihr auf, dass er seinen beiden Mitarbeitern bedeutete zu bleiben.

Michaela hatte kein gutes Gefühl dabei und überlegte, ob sie Thomas für das bevorstehende Gespräch um Unterstützung bitten sollte. Rudloff kam ihr jedoch zuvor, indem er auch ihn bat, zu einer Unterredung im kleinen Kreis zu bleiben.

»Frau Stark, ich muss dringend mit Ihnen reden«, sprach Rudloff sie kurz darauf an. »Und es ist wichtig, dass auch Sie mithören«, wandte er sich an Thomas, der sich offensichtlich geschmeichelt fühlte. »Was ich vor der Kommission gesagt habe, sollte die Kollegen beruhigen. Bei Ihnen kann ich leider keine Rücksicht nehmen. Sie beide sind durch Ihre Untersuchungen vor Ort und die Teilnahme an dieser Kommission bereits zu tief in den Fall verstrickt. Für Herrn Doktor Kastenholz befürchte ich dasselbe, aber ich wollte ihn im Moment nicht noch mehr verunsichern. Ich glaube, er ahnt bereits, was hier vorgeht.«

Michaela überlegte kurz, ob sie sich setzen sollte, dann entschied sie sich dagegen. Sie ahnte, was jetzt kommen würde, spannte die Bauchmuskeln an und konzentrierte sich. Jeden Versuch, irgendwelche Scharlatanerie in ihren Fall hineinzumixen, würde sie im Keim ersticken.

Rudloff schien das zu bemerken, und Michaela sah erstaunt, dass ein Lächeln über seine Lippen huschte.

Für einen winzigen Moment sah er dabei sogar richtig gut aus.

»Frau Stark, Sie haben einen Ruf als zielstrebige und äußerst erfolgreiche Ermittlerin, die sich so schnell nicht hinters Licht führen lässt. Das hatte ich auch einmal, bis man mich mit Fällen konfrontierte wie diese Tötungen.«

Michaela kniff irritiert die Augenlider zusammen. Tötungen war ein eigenartiges Wort, aber sie ahnte, dass Rudloff es ganz bewusst verwendete.

»Ich bin jetzt schon neun Jahre damit beschäftigt, unerklärliche Phänomene aufzuklären«, fuhr Rudloff fort, »aber glauben Sie mir, niemals bin ich etwas begegnet, das in der Lage war, Menschen auf eine solche Art zu töten.«

»Halt. Stopp!«, unterbrach ihn Michaela, die sich in ihren Befürchtungen bestätigt sah. »Bevor Sie weiterreden, sollten wir eines ganz klarstellen: Es mag ja aus Ihrer Sicht in Ordnung sein, dass Sie sich als so etwas wie einen deutschen Mulder sehen und mit Ihrer Abteilung Akte X auf Steuerkosten spielen. Keine Sorge, ich werde es niemandem verraten. Aber eines sollten Sie sich merken, wenn Sie nicht ganz schnell aus der Kommission fliegen wollen: Ich glaube nicht an Geister und Dämonen. Wir sind hier in der Realität und nicht in irgendeinem billigen Horrorroman.«

»Ihre Kommission, Frau Stark, wird scheitern«, antwortete Rudloff mit mühsam unterdrückter Wut.

Michaela konnte sehen, dass sich die Adern an seinem Hals spannten, und wich instinktiv einen Schritt zurück.

»Aber das ist das geringste Problem, mit dem Sie fertig werden müssen. Wenn Sie sich weigern, die andere Seite unserer Realität zu akzeptieren, sind Sie hilflos, sollte Ihr Gegenspieler auf die Idee kommen, seine Kräfte an Ihnen oder Ihren Kollegen auszuprobieren.«

»Das reicht!«, fuhr Michaela ihn an. »Ich will davon nichts hören. Es war ein Fehler, Sie anzufordern, ich werde ...«

Rudloff ließ sie nicht zum Ende kommen. »Sie brauchen uns nicht aus Ihrer Kommission auszuschließen. Wir werden freiwillig gehen. Ich kann es nicht verantworten, meine Mitarbeiter unnötig zu gefährden. Leben Sie wohl!« Mit einem letzten Aufblitzen seiner stahlblauen Augen drehte er sich um und eilte mit langen Schritten hinaus.

Michaela sah ihm mit einer Mischung aus Überraschung und Wut nach, als ihr Blick auf Gerald Wilden fiel, der resigniert mit den Schultern zuckte, ein entschuldigendes Lächeln andeutete und Rudloff folgte.

»Der spinnt doch total!«, wandte sie sich entrüstet an Thomas Schmidt. Statt einer Antwort hüstelte ihr Kollege nur nervös und deutete mit einem Blick auf Wolf Krüger, Rudloffs Mitarbeiter, der immer noch im Raum stand.

»In gewisser Weise haben Sie sogar Recht«, gab Krüger mit einem gequälten Gesichtsausdruck zur Antwort. »Ich kann Ihnen Ihre Reaktion nicht verdenken. Sonst ist es eigentlich nicht seine Art, so mit der Tür ins Haus zu fallen. Wenn Sie allerdings wie ich eine Zeit lang mit ihm zusammengearbeitet hätten, würden Sie ihn und seine Warnung ernst nehmen. Egal, was Sie jetzt in ihm sehen, er ist ein wirklich guter Polizist.«

Michaela suchte vergebens nach einem Anzeichen in seiner Mimik, das ihr helfen konnte, seine Worte genauso abzutun wie die Rudloffs. Wolf Krüger strahlte in seiner ganzen Art eine Bodenständigkeit und Normalität aus, die seiner Aussage weitaus mehr Gewicht gab als dem bedeutungsschwangeren Gefasel seines Chefs.

Bevor sie etwas erwidern konnte, verriet Krüger den Grund seines Bleibens. »Ich soll Sie von meiner Frau grüßen«, eröffnete er der überraschten Michaela. »Marion Schneider. So hieß sie früher. Sie sagte, dass Sie beide früher einmal befreundet waren und bat mich, Sie zu fragen, ob Sie nicht einmal bei ihr vorbeischauen möchten.«

»Marion?«, platzte Michaela überrascht heraus. »Die Marion, das tapfere Schneiderlein?« Die Erinnerungen an die

Schulzeit, ihre Jugend und die Streiche, die sie mit ihrer damals ganz schön verrückten Freundin ausgeheckt hatten, ließen den Ärger, den Rudloff verursachte, mit einem Schlag verschwinden. »Das ist ja wundervoll. Wie geht es ihr? Was macht sie denn?«

Krüger, von der plötzlichen Gefühlsaufwallung der Hauptkommissarin überrascht, machte ein so verdutztes Gesicht, dass Michaela lachend abwinkte. »Ach, vergessen Sie es. Sagen Sie ihr einfach, dass ich so bald wie möglich anrufen werde.«

Als Krüger gegangen war und auch Thomas sich verabschiedet hatte, stand Michaela einen Moment sinnend da und überlegte, was sie von dem Verlauf der Besprechung halten sollte.

Hatte Krüger Recht? Sollte sie den Phantastereien dieses Rudloff wirklich Beachtung schenken?

Hedwigs Tagebuch

Nachdenklich betrachtete Alina den schweren Einband, der wie ein dunkler Stein die Decke auf ihrem Bett niederdrückte. Im Hereinkommen hatte sie das Buch, das sie von ihrer Großtante Hedwig als Vermächtnis erhalten hatte, impulsiv von sich geschleudert. Jetzt überlegte sie, warum sie das getan hatte. Das Buch war alt und wertvoll und hätte dabei beschädigt werden können.

Irgendetwas Unheimliches war an dem Stück. Es kostete Alina Mühe, sich den Moment, in dem sie ihr Zimmer betreten hatte, in ihr Gedächtnis zu rufen. Sie hatte das Buch fest an ihre Brust gedrückt, als sie plötzlich spürte, dass etwas Kaltes von dem Einband in sie eindrang und nach ihrem Herzen griff.

Darauf hatte sie reagiert.

Vorsichtig, ohne das Buch auch nur einen Moment aus den Augen zu lassen, umrundete sie das Bett und legte den Laptop, den sie ebenfalls von ihrer Großtante geerbt hatte, auf ihren Schreibtisch.

Es war Tante Hedwigs Tagebuch und sollte Informationen zu diesem Werk eines Irren, wie sie sich ausgedrückt hatte, enthalten. Die Erfahrung eben hatte ihr gezeigt, dass es besser war, diese einzusehen, bevor sie sich mit dem Buch selbst beschäftigte.

Nach einem letzten Blick auf ihr Bett schloss sie den Laptop an die Stromzufuhr an und öffnete den Deckel. Der Rechner schaltete sich automatisch ein und fuhr das Betriebssystem hoch.

Statt der erwarteten Windows-Oberfläche erschien eine Eingabeaufforderung auf einem sonst blauen Bildschirm.

Geben Sie bitte Ihren Namen ein.

»Kein Problem«, murmelte Alina und tippte Tante Hedwigs Vor- und Zunamen.

Nein! Nicht meinen, sondern IHREN Namen sollen Sie eingeben.

Alina runzelte irritiert die Stirn und las den Text gleich zweimal. »Was soll denn das?«, fragte sie laut, schrieb dann aber wie gewünscht ihren eigenen Namen in das vorgesehene Feld.

Hallo Alina, las sie kurz darauf. *Wie ich sehe, hast du das hier gefunden. Das freut mich, denn so werden meine Aufschreibungen und damit all das Wissen, das ich im Laufe der letzten Jahrzehnte gesammelt habe, davor bewahrt, in Vergessenheit zu geraten.*

Den folgenden Anweisungen und Erläuterungen entnahm Alina, dass die Daten des Laptops unwiderruflich gelöscht worden wären, hätte sie einen anderen als ihren Namen eingegeben.

Einiges von dem, was hier drin steht, darf unter keinen Umständen in die falschen Hände geraten. Du übernimmst eine große Verantwortung.

Das war jedoch nicht die einzige Überraschung, die Hedwigs erstaunlich modernes Tagebuch für Alina bereithielt. Die Daten waren in Unterverzeichnisse gegliedert, die wie die Ebenen eines Computerspiels nur zu erreichen waren, wenn man das vorhergehende Level durchgegangen war. Wie in der Schule musste sie auf jeder Ebene gewisse Lektionen erlernen. Am Ende jedes Levels musste sie Fragen beantworten oder zum Teil recht eigentümliche Geschicklichkeits- und Intelligenztests bestehen. Was Alina besonders erstaunte, war die ungemein realitätsgetreue grafische Darstellung.

Alina wählte aus den angebotenen Themenkreisen das Fach Geschichte. Hedwigs Figur erschien vor dem Hintergrund einer halbverfallenen Holzhütte, die sie sofort an das Märchen von Hänsel und Gretel erinnerte.

»Hallo, meine Liebe«, drang Tante Hedwigs Stimme aus den Lautsprechern des Laptops. »Bevor du einsteigst, sollst du erfahren, worauf du dich überhaupt einlässt. Ich gehöre, entschuldige, gehörte zu einem geheim agierenden Bund, der auf eine Jahrtausende alte Tradition zurückblickt. Es handelt sich dabei um einen Zusammenschluss besonders talentierter Menschen, die es sich zur Aufgabe gemacht haben, die Einflüsse der, sagen wir mal, dunklen Seite unserer Realität in Grenzen zu halten. Geheim sind wir nicht immer gewesen. Es gab Zeiten, da genoss der Bund großes Ansehen, dann jedoch wuchs das Misstrauen gegen die Mitglieder des Bundes. Ihre Begabungen riefen Angst, Missgunst und schließlich Hass hervor. Die Feinde des Bundes gewannen die Oberhand und begannen, seine Mitglieder erbarmungslos zu verfolgen und hinzurichten. Sie haben uns in den Untergrund getrieben, aber vernichten konnten sie uns damit nicht. Die Verfolgung eskalierte und riss Tausende unschuldiger Menschen in den Tod. Daher beschlossen wir, weiterhin geheim zu bleiben, auch als die Menschen langsam zur Vernunft zu kommen schienen. Wie die kommenden Jahrhunderte zeigten, hatten wir gut daran getan.«

Während Hedwigs Stimme den Raum erfüllte, verschwand die erste Szene, und der Bildschirm zeigte passende Bilder und Videosequenzen zu ihren Texten. Am Ende des Kapitels musste Alina eine Frage beantworten, um weiterzukommen.

Gib einen Namen für die Mitglieder des Bundes ein, unter dem sie Jahrhunderte lang verfolgt worden sind.

Alina schüttelte den Kopf und ließ ihre Finger über die Tastatur sausen.

Hexen, las sie noch einmal, bevor sie die Eingabetaste drückte.

Das war leicht. Aber was sollte das bedeuten? Wollte sich Hedwig tatsächlich ernsthaft als Hexe bezeichnen? Das konnte sie sich nicht vorstellen. Andererseits eröffnete das unerwartete Möglichkeiten.

Der Bildschirm verdunkelte sich für einen Moment, dann flammte er in einem psychedelischen Farbenspiel auf, das Alina sofort in seinen Bann zog. Ein seltsames Sirren war zu hören, Alina spürte ein leichtes Kribbeln im Nacken, dann formten sich die Farben zu erkennbaren Mustern, und Hedwigs Stimme drang aus den Lautsprechern. »Ich nehme an, das Ergebnis der Frage irritiert dich. Ist deine Großtante eine Hexe? Die Antwort lautet: nein. Es hat nie Hexen gegeben. Frauen, die auf Besen reiten, mit dem Teufel im Bunde stehen und ihre Mitmenschen mit Schadenszauber quälen, gehören in das Reich der Fabeln und Legenden. Es gibt keine Zauberei.«

Erleichtert, aber auch ein wenig enttäuscht atmete Alina auf. Das Tagebuch hatte durch Hedwigs Bekenntnis zur Realität einiges von seiner Faszination verloren.

Die Farben auf dem Bildschirm liefen nun zusammen und formten Hedwigs Figur vor einer Gitterlandschaft, deren Linien in einem unendlich scheinenden Horizont zusammenliefen. Hedwig musste etwas über fünfzig Jahre alt gewesen sein, als die Aufnahmen zu dieser Figur von ihr gemacht wurden. Vielleicht hatte der Programmierer sie aber auch virtuell verjüngt, so etwas war ja heutzutage möglich. Ihr Gesicht zeigte schon deutliche Falten, trotzdem wirkte es gestrafft und vital. Ganz anders als die blassen und schlaffen Gesichtszüge der Leiche, die im Totenhaus des Friedhofs aufgebahrt war, als Alina sich zum letzten Mal von ihrer Großtante verabschiedet hatte.

Die virtuelle Hedwig schenkte Alina ein warmes Lächeln, das in ein spitzbübisches Grinsen überging. »Sagte ich eben, es gibt keine Zauberei?«, fuhr sie ihren Vortrag mit einer Stimme fort, die den Schalk ihrer graublauen Augen aufnahm.

»Na, das stimmt nicht so ganz. Nur ist mir das Wort zu abgegriffen, um damit das zu beschreiben, was die Mitglieder des Bundes tun können, um die Schranken der Naturgesetze ein wenig, sagen wir mal, anzuheben.«

Alina blinzelte erschrocken, als Hedwig ihr verschwörerisch zuzwinkerte. Sie wirkte dabei so lebendig.

Die Miene ihrer Großtante wurde sofort wieder ernst. »Wir reden von Energien, von Energieformen, die die Naturwissenschaft bislang noch nicht entdeckt hat. Hier ist allerdings Vorsicht angesagt. Wie ich dich kenne, hast du schon mal in den einen oder anderen Esoterikladen reingeschnuppert und dir die überquellenden Regale mit Büchern zu Themen wie Positives Denken, Kraft der Gedanken und Ähnliches angesehen. Dort wirst du kaum das finden, was ich dir anzubieten habe und was unserem Bund seine besondere Kraft verleiht. Da wirst du in einem gut geführten Antiquariat eher fündig werden. Womit wir bei dem nächsten Thema wären. Bei einem sehr wichtigen. Zu meinem Nachlass gehört ein altes und nicht ganz ungefährliches Buch, das für dich bestimmt war. Glaub' mir, ich hätte dich lieber nicht damit belastet, aber die Umstände sind leider nicht immer so, wie wir sie gerne hätten. Wenn alles gut gelaufen ist, befindet es sich jetzt in deinem Besitz. Wenn nicht, haben wir ein Problem. Dazu später mehr. Ich möchte zuerst nachprüfen, ob du es auch wirklich hast. Hierfür bitte ich dich, in kurzen Worten zu schildern, was dir daran Besonderes aufgefallen ist.«

Hedwigs Gestalt verschwand, und der Bildschirm zeigte eine weißgrundige Eingabemaske. Alina dreht sich zu ihrem

Bett herum, um das Buch genauer zu betrachten. Sicher, sie hatte etwas gespürt, aber wie sollte sie das beschreiben?

Widerwillig stand sie von ihrem Stuhl auf und ging auf das in Leder gebundene Werk zu. Waren da nicht Stimmen, die leise ihren Namen flüsterten? Es lockte sie, wollte von ihr berührt werden. Plötzlich begannen ihre Glieder ein Eigenleben zu führen. Ihre Arme hoben sich, ihre Finger streckten sich aus. Wie konnte sie nur denken, das Buch sei böse oder gefährlich? Nein! Interessant, wenn nicht gar spannend. Und noch viel mehr, es enthielt Schätze, eine Magie, die ihr große Macht verleihen würde. Viel größere als die lächerlichen Spielereien, von denen ihre Großtante sprach. Sie brauchte es nur anzufassen, aufzuschlagen und sich seinem Inhalt zu ergeben.

Alinas Finger waren nur wenige Zentimeter von dem Leder des Buches entfernt, da spürte sie einen Stich auf ihrer Brust, dort wo Hedwigs Medaillon ihre Haut berührte, der sie sofort aus ihrer Trance riss.

»Was ...? Was ist los?«, fragte sie laut und schaute sich orientierungslos um.

Was war passiert? Eben noch hatte sie an ihrem Schreibtisch gesessen, und jetzt kniete sie auf dem Bett und war drauf und dran, das Buch aufzuschlagen. Bei seinem Anblick sprang sie entsetzt auf.

»Warum habe ich das bloß dahin gelegt? Ich werde nie wieder auf diesem Bett schlafen können.«

Hedwigs Stimme lenkte ihre Aufmerksamkeit wieder zurück zum Laptop. »Alina, komm sofort wieder hierher, setz dich und beantworte meine Frage.« Die Stimme hatte eine zwingende Kraft, und ehe es sich Alina versah, saß sie wieder an ihrem Schreibtisch und tippte mit hastigen Bewegungen ihrer Finger *Es lebt* ein.

»Gut, du hast es!«, kam die prompte Antwort. »Ich vermute, du hast seine verführerische Kraft bereits zu spüren bekommen, deine Antwort hat etwas zu lange auf sich warten lassen.«

Alina spürte, dass ihr Herz einen entsetzten Sprung machte. In was für eine Geschichte war sie da hineingeraten?

»Ja, es ist gefährlich, aber es gibt Möglichkeiten, sich gegen seinen Einfluss zu schützen. Die erste und wichtigste ist, den direkten Kontakt zu vermeiden. Am besten benutzt du Handschuhe, vor allem, wenn du in den Seiten blätterst.«

»Ich werd da ganz bestimmt nicht reingucken«, stieß Alina heftig aus.

»Es ist unumgänglich«, antwortete ihr der Laptop.

Alina brauchte einen Moment, um zu registrieren, was da gerade passiert war. Wie von der Tarantel gestochen, sprang sie hoch, wobei ihr Stuhl umgeworfen wurde, und wich zurück, bis ihre Beine gegen das Bett hinter ihr stießen.

»Du kannst reden? Mit mir reden?«, stotterte sie ungläubig und tastete mit den Händen nach ihren Ohren.

»Alina, bitte!«, hörte sie die Stimme ihrer Großtante halb belustigt, halb resigniert. »Du bist doch die Jugendliche von uns beiden. Spracherkennungsprogramme dürften dir doch nichts Neues sein.«

»Aber ...«

»Aber es wirkt realistischer als alles, was bisher auf dem Markt ist, ich weiß. Ich bin Mitglied einer geheimen, aber sehr einflussreichen Organisation, vergiss das nicht. Wir haben Zugang zu modernster Technik, und wir machen häufig Gebrauch davon. Auch wenn es uns seit Tausenden von Jahren gibt, heißt das noch lange nicht, dass wir veraltet oder altmodisch seien.«

Alina zögerte einen Moment, dann hob sie den Stuhl auf und setzte sich wieder hin. Sie schämte sich etwas für ihre Angst, aber für einen Moment hatte sie geglaubt, nein, war sogar fest davon überzeugt, dass der Laptop lebte, so wie das Buch.

»Als Erstes musst du dafür sorgen, dass kein anderer außer dir das Buch in die Hände bekommt«, fuhr der Laptop fort, mit Hedwigs Stimme zu ihr zu reden. »Zieh dir Handschuhe an und verstecke es an einem guten Platz.«

Alina musste nicht lange überlegen, bis ihr ein passendes Versteck einfiel. Ihr Schreibtisch, ein antikes Stück, das sie auf dem Flohmarkt aufgegabelt hatte, enthielt ein Geheimfach, in dem sie ihre Tagebücher aufbewahrte. Alina hatte das Möbelstück in eigener Arbeit restauriert, daher wusste niemand sonst von dem Versteck.

Nachdem sie das Buch verstaut hatte, saß sie noch über eine Stunde vor dem Bildschirm, bis Hedwigs Stimme verkündete, dass es für heute genüge. Das war auch gut so, denn mittlerweile war es draußen dunkel geworden und Zeit zu Abend zu essen. Außerdem hatte Alina noch nichts für die Schule getan. Dabei musste sie in dieser Woche zwei Klausuren schreiben.

Seufzend klappte sie den Deckel des Laptops zu und schob ihn nach hinten. Ihre Mutter rief sie gerade, es hörte sich an, als wäre es nicht das erste Mal gewesen.

»Ja, Mama, ich komme!«, rief sie schnell und stand auf.

* * *

Stunden später, es war tiefste Nacht, setzte sich Alina, aus unruhigem Schlaf erwacht, auf und horchte in die Dunkelheit. In ihrem Kopf kreisten irre Farben in einem undefinierbaren Muster durcheinander.

Stimmen. Sie hatte doch Stimmen gehört. Oder war das nur der Traum gewesen?

Alina rieb sich die Augen und versuchte sich zu erinnern, aber die letzten noch verbliebenen Bilder ihres Traumes lösten sich auf wie Frühnebel im Sonnenlicht.

Zurück blieb nur das Gefühl, etwas ganz Besonderes erlebt zu haben. Als Alina sich dessen bewusst wurde, grinste sie unwillkürlich, zog ihre Bettdecke zurecht und legte sich wieder hin.

Sie schlief sofort ein. Daher hörte sie das leise Flüstern nicht, das kurz darauf aus ihrem Schreibtisch drang.

Ein verführerisches Flüstern, das sich wie ein seidener Schleier in die Luft erhob, um das schlafende Mädchen mit seiner verderblichen Botschaft zu erreichen.

Eine unsichtbare Barriere unterbrach seinen weichen Fluss. Das Medaillon auf dem Nachttisch pulsierte in einem tiefen Rot und setzte dem Flüstern mit seiner in ihm verborgenen Kraft schlagartig ein Ende.

Vergessen

Martin Wiederhold saß reglos in seinem Drehstuhl und versuchte mit wachsender Panik seine Gedanken zu ordnen. Auslöser war der ernsthafte Befund des Kardiologen. Die Schwächeanfälle und die Schmerzen in seinem linken Arm, die ihn in letzter Zeit plagten, hätten ihn eigentlich vorwarnen müssen. Für jeden kommt einmal der Tag, an dem ihm unmissverständlich klar wird, dass auch sein Leben endlich ist.

Er hatte vorletzten Monat seinen vierundsiebzigsten Geburtstag gefeiert. Das ist zwar nicht gerade so alt, wie er es sich gewünscht hatte, aber bei seiner angeborenen Herzschwäche konnte er froh sein, es überhaupt so lange geschafft zu haben. Trotzdem fühlte er ein seltsames Grauen, das sich seiner bemächtigte. Ein drohende Stimme, die ihn an etwas gemahnte, das er vergessen hatte.

Heute Morgen, als er die Todesanzeigen in der Zeitung las, stellten sich, wenn auch bruchstückhaft, die Erinnerungen ein. Jetzt hatte es schon vier von ihnen erwischt!

Sein Blick tastete sich suchend an den Unmengen von eng beschriebenen Blättern, aufgerissenen Briefumschlägen, Prospekten und Fachbüchern entlang, die sich auf seinem Schreibtisch zu bedrohlich instabilen Gebilden auftürmten, und blieb an dem höchsten der Stapel hängen. Begraben unter Listen, Manuskriptblättern und mehreren unbezahlten Rechnungen lag der Ursprung seiner Angst.

Jeder, der es geschafft hatte, bis in sein Allerheiligstes, das Arbeitszimmer seines Hauses in Schmidtheim, vorzudringen, von dem aus Wiederhold, seine berühmt-berüchtigten Dissertationen in die Welt entsandte, hatte nur kopfschüttelnd vor dem Chaos seines Schreibtisches gestanden.

Hier überhaupt etwas zu finden, schien schlichtweg unmöglich zu sein. Wiederhold wusste seine Besucher jedoch jedes Mal zu verblüffen, indem er mit einem gezielten Griff das jeweils gesuchte Papier aus einem der Stapel in seinem, wie er es nannte, Bergwerk zog. Dabei half ihm sein erstaunliches Gedächtnis, das jede noch so belanglose Kleinigkeit speicherte. Er kannte sämtliche Telefonnummern, Geburtsdaten, Autokennzeichen und Bankverbindungen seiner Freunde und Geschäftspartner auswendig. Was er einmal gespeichert hatte, vergaß er nie mehr.

Mit einer einzigen Ausnahme. Und genau diese nährte die aufkeimende Angst, die wie ein gefräßiges Tier an seinen Eingeweiden zu nagen schien. Was genau hatte in dem Vertrag gestanden, den er seinerzeit unterzeichnet hatte? Es hatte irgendetwas mit dem Buch zu tun, das sich seit dieser Zeit in seinem Besitz befand. Ein Buch, das er seither nicht ein einziges Mal aufgeschlagen hatte. Warum nicht? Er hatte Angst davor! Wieso? Die Gedanken in seinem Kopf bewegten sich in einer langsamer werdenden, sprunghaften Kreisbahn, wie ein Kreisel, der zur Ruhe kommt.

Tod.

Sollte er jemanden töten? Nein! Unmöglich! So etwas hätte er niemals unterschrieben! Was auch immer es gewesen sein mochte, es hatte begonnen – daran konnte nun kein Zweifel bestehen.

Wiederhold versuchte erneut angestrengt, sich zu erinnern, als plötzlich ein furchtbarer Schmerz in seine Gelenke fuhr. Augen und Mund zu einem entsetzten Schrei aufgerissen, fuhr er aus seinem Sessel hoch und versuchte in einem unbewussten Reflex zu fliehen. Er hatte gerade mal zwei Schritte geschafft, als er zuckend zusammenbrach. Seine gellenden Schreie vermischten sich mit einem ohrenbetäubenden

Krachen, als ihm Schulter- und Hüftgelenke aus der Verankerung gerissen wurden. Die Muskeln und Sehnen konnten der Gewalt, die an ihnen zog, nur wenige Sekunden standhalten, dann gab es mehrere reißende und knallende Geräusche, und Wiederholds Arme und Beine fielen schlaff zu Boden.

Das Letzte, was Wiederhold in seinem Leben wahrnahm, war ein strenger Stallgeruch. Er meinte johlende Menschenstimmen und Pferdegewieher zu hören, als sich eine undurchdringliche Dunkelheit über sein Bewusstsein senkte, und sein Leiden fand ein Ende.

Rudloffs Abteilung

»Können Sie mir bitte verraten, was Sie mit dieser Aktion erreichen wollten? Im Ernst, ich verstehe das nicht. Ich dachte immer, dass wir so lange im Hintergrund bleiben sollten, bis die Kollegen von selbst auf die Idee kommen, dass es bei deren Fall nicht mit rechten Dingen zugeht.«

Gerald Wilden sah seinen Chef mit durchdringendem Blick an. Wolf Krüger, den die gleichen Fragen beschäftigten, beobachtete interessiert Jürgen Rudloffs Mienenspiel. So verlegen um Antwort ringend hatte er ihn noch nie gesehen.

Die drei Beamten der Abteilung Okkulte Straftaten des Bundeskriminalamtes saßen in Geralds weitläufiger Eigentumswohnung im Stadtzentrum von Bonn zu einer Lagebesprechung zusammen. Wilden und Wolf hatten darauf gedrängt, nachdem Rudloff sie durch den Streit mit Hauptkommissarin Stark regelrecht aus der Mordkommission herausgeworfen hatte.

Wolf war nicht zum ersten Mal in dieser Wohnung, die erstaunlich groß war für einen einzigen Bewohner. Von Anfang an hatte ihn die Einrichtung beeindruckt. Das strahlende Weiß des Empfangsbereiches wurde nur durch zwei großformatige Schwarz-Weiß-Fotos einsamer Nordseestrände, die Gerald Wilden selber aufgenommen hatte, unterbrochen. Der Wohnbereich bestand aus einem riesigen Raum, dessen Decke von stählernen Trägern getragen wurde, die in mattem Silber glänzten. Große, farbige Leinwände, die von der Decke herabhingen, teilten verschiedene Bereiche voneinander ab und schufen für jeden eine eigene Atmosphäre.

War diese Wohnung für einen Polizeibeamten schon ungewöhnlich, so staunte Wolf umso mehr, als er erfuhr, was sein Kollege sonst noch zu bieten hatte. Gerald besaß in Köln und Düsseldorf noch je eine weitere Wohnung, ein Ferienhaus auf Rügen, eine Yacht am Mittelmeer, ein Weingut in der Toskana und ein richtiges Schloss. Mit anderen Worten, er war stinkreich. Er hatte von seinem Onkel mehr Geld geerbt als er je würde ausgeben können.

Nur eines besaß er nicht, und das war der Grund, warum Krügers Neid sich in Grenzen hielt. Gerald hatte keine Familie. Sein Onkel war der letzte noch lebende Verwandte gewesen. Und eine Frau schien er seltsamerweise noch nicht gefunden zu haben.

Wolf konnte das nicht so recht verstehen, genauso wenig, wie er zu Anfang Geralds Entschluss nachvollziehen konnte, nach dieser Erbschaft seinen Beruf weiterhin auszuüben. Gerald liebte seinen Job, das war Wolf mittlerweile klar geworden. Aber was liebte er darüber hinaus noch?

Rudloff wich Geralds Blick aus. Seine Augen suchten die Umgebung ab, als befände sich dort irgendwo die Antwort.

Der Arbeitsbereich mit dem runden Tisch, an dem sie gerade saßen, war in kühlen, blau-grauen Tönen gehalten.

Die Farben wirkten belebend, ohne unnötig abzulenken. Eine Leiste, die an dünnen Stahlseiten von der Decke hing, bot die Möglichkeit, Fotos und Skizzen aufzuhängen. Ein PC mit angeschlossenem Kombigerät zum Drucken, Scannen und Kopieren gehörte ebenso zur Ausstattung wie das Foto-Equipment und die kleine Dunkelkammer zur Filmentwicklung. Alles vom Feinsten und mit modernster Technik ausgerüstet.

Ihr kleines Büro, das sie sich beim BKA teilten, war bei weitem nicht so komfortabel ausgestattet.

Rudloff hätte das sicherlich ändern können, er besaß erstaunlich gute Beziehungen, die bis in höchste Regierungskreise reichten. Wolf erinnerte sich immer wieder gerne an eine Szene bei der Mordkommission in Euskirchen, bei der er zum ersten Mal mit Rudloff zusammengearbeitet hatte. Der Leiter der Kommission wollte ihn, Wolf, gegen Rudloffs Willen aus dem Team ausschließen und musste daraufhin ein äußerst unangenehmes Gespräch mit einem hohen Beamten des Innenministeriums führen.

Von guter Ausrüstung oder gar Komfort hielt Rudloff jedoch nichts, er verließ sich lieber auf seinen scharfen Verstand und seine Intuition.

Diese schienen ihn im Moment jedoch im Stich zu lassen. Er verharrte immer noch in Schweigen.

Wolf und Gerald warteten geduldig. Sie hatten sich mittlerweile damit abgefunden, dass ihr Vorgesetzter, was den Umgang mit Mitmenschen betraf, so seine Defizite zu haben schien. Ihn als Vorgesetzten zu haben war nicht gerade einfach. Wolf war froh, dass er mit Gerald einen gleichgestellten Kollegen besaß, bei dem er hin und wieder Dampf ablassen konnte. Obwohl es aus seiner Sicht nicht immer gleich aussah, wie Rudloff seine beiden, ihm unterstellten Mitarbeiter behandelte. Seitdem sie zu Rudloffs Abteilung gehörten, hatten sie eigentlich keinen wirklich großen Fall gehabt. Ein paar kleinere Sachen hier und da, die letztendlich auf eine natürliche Ursache zurückzuführen waren.

Rudloff hatte die Gelegenheit genutzt, um seine Mitarbeiter auf ihr spezielles Aufgabengebiet vorzubereiten. Er hatte Wolf und Gerald zur Weiterbildung auf verschiedene Seminare geschickt.

Gerald durfte an so spannenden Sachen teilnehmen wie einem sechswöchigen Kursus im Amerika, wo er anhand echter Leichen lernen konnte, wie man Spuren an jahrelang verschollenen Toten erkennt und auswertet.

Wolf hingegen schlug auf Esoterikmessen die Zeit tot, belegte Kurse mit Titeln wie *Du und dein Karma*, konsultierte Wahrsagerinnen und selbsternannte Magier. Hin und wieder hatte auch er sein Aha-Erlebnis, wenn sich so etwas wie telepathische Fähigkeiten in ihm regten, aber immer wenn er gerade dachte, wirklich etwas erreicht zu haben, sorgte Rudloff dafür, dass er unsanft auf den Boden der Tatsachen zurückgeworfen wurde.

Dazu brauchte er ihm nur eine seiner besonderen Aufgaben zu stellen, die, das merkten Wolf und Gerald sehr bald, ebenfalls zu Rudloffs Ausbildungsprogramm gehörten.

Ein Gang durch sämtliche Geschäfte in Köln, die Artikel der blühenden Esoterikbranche führten, war so ein Auftrag. Wolf sollte sich nach einem Talisman erkundigen und die Reaktion der Inhaber beziehungsweise Inhaberin auf seine Frage genau beobachten. Rudloff hatte ihm eine Zeichnung mitgegeben: ein kreisförmiges Amulett mit einem seltsamen Muster in der Mitte, das wie zwei kompliziert verschlungene Schlangen aussah.

Wolf hatte eine furchtbar lange Liste aller in Betracht kommenden Läden aufgestellt und sich anhand des Stadtplanes eine Route zusammengestellt. Jeder schien das Amulett zu kennen oder behauptete, es irgendwo gesehen zu haben, aber keiner hatte es auf Lager oder wusste, wo es zu bestellen war. Erst beim dreiundzwanzigsten Laden hatte er Erfolg, allerdings anders, als er es erwartet hatte.

Der Inhaber, ein untersetzter Mittfünfziger, mit spärlichem Haarwuchs auf dem Kopf, dafür aber umso prachtvollerem Rauschebart, wechselte beim Anblick der Zeichnung unversehens die Farbe. Mit geweiteten Augen sah er Wolf an und ging einen Schritt rückwärts. »Sagen Sie ihm, dass ich nichts damit zu tun habe«, stammelte er. »Ich habe es nur rein zufällig bekommen und wollte es sowieso bald bei ihm vorbeibringen. Warten Sie hier, ich werde es sofort holen.« Damit begann er, hektisch in den Schubladen und Fächern hinter der Ladentheke zu suchen.

Wolf nutzte die Zeit und sah sich genauer um. Der Unterschied zwischen Esoterik und wirklicher Magie sei genauso wie der zwischen Flitterkram und echten Diamanten, hatte Rudloff ihm zu Anfang erklärt. Der Laden, in dem er sich befand, schien sich zunächst kaum von den vielen anderen, in denen er an diesem Tag gewesen war, zu unterscheiden. Dann fiel ihm jedoch auf, dass die angebotenen Schmuck- und Kultgegenstände allesamt alt und gebraucht aussahen. Überhaupt sah es hier eher wie ein Geschäft für Secondhandartikel aus. Dazu noch das Durcheinander, wie eine Lagerhalle, die man eilends gefüllt hatte, weil man den Plunder nirgends sonst unterzubringen wusste.

Bei seiner Besichtigung entdeckte Wolf eine angelehnte Tür, die ihn seltsam verlockend anzog. Er warf einen Blick zum Tresen, von dem lautes Rascheln und Klappern zu ihm herüberdrang. Wenn es dort genauso unaufgeräumt war wie im Rest des Ladens, konnte die Suche noch eine Weile dauern.

Leise schlich er sich zur Tür und versuchte einen Blick dahinter zu erhaschen. Da bewegte sich irgendetwas. Wolf meinte auch, ein Flüstern zu hören. Es brauchte nur einen kleinen Stoß, um die Türe ganz zu öffnen. Er streckte schon seine Hand aus, als er einen lauten Aufschrei hörte.

»Um Himmels Willen, lassen Sie das!« Keuchend kam der Besitzer in einem watschelnden Wackelgalopp herbeigelaufen. »Haben Sie einen Durchsuchungsbefehl?«

Wolf sah ihn nur verständnislos an.

»Ja, Sie haben schon richtig gehört. Ich kenne meine Rechte. Ohne so einen Wisch dürfen Sie hier gar nichts.«

»Es sei denn, besondere Umstände erfordern ein unverzügliches Einschreiten, weil Gefahr im Verzug ist.« Wolf genoss einen Moment den überraschten Gesichtsausdruck seines Gegenübers, bevor er nachhakte. »Sie sind nervös, na, ich möchte fast sagen, dass Sie Angst haben. Was befindet sich in diesem Raum? Vielleicht noch mehr vom Kaliber dieses Schmuckstücks?«

Noch während er sprach, griff er nach dem Amulett, das der Ladenbesitzer in der Hand hielt. Es sah genauso aus wie auf Rudloffs Zeichnung und war aus angelaufenem, fleckigem Silber. Wenn nicht Rudloffs Interesse und die Furcht des Inhabers gewesen wären, hätte Wolf es für billigen Flohmarktschund gehalten.

Für einen kurzen Moment sah es so aus, als wollte der Ladenbesitzer das Amulett wieder zurücknehmen, dann bekam sein Gesicht einen verschlagenen Ausdruck. »Warum sehen Sie nicht selber nach?«, fragte er und deutete mit einem Kopfnicken zu der Tür.

Sofort war das Flüstern zu hören, zu undeutlich, um es zu verstehen, aber laut genug, um seinen verführerischen Klang zu entfalten. In Wolfs Kopf entstand ein Gesicht, ein weibliches Gesicht, mit sinnlich vollen Lippen und dunklen mandelförmigen Augen, die ihn betörend ansahen.

Sehnsucht, nein, heiße Begierde wallte in ihm hoch und verdrängte jeden vernünftigen Gedanken. Dann, plötzlich, regte sich etwas tief in seinem Inneren, das ihn beunruhigte. Wolf riss entsetzt die Augen auf. Jetzt wollte er auf keinen Fall mehr sehen, was ihn hinter der Tür erwartete, aber seine Füße setzten sich von selbst in Bewegung. Mechanisch hob sich sein Arm, um den Zugang in das dunkle Reich, das sich ihm da offenbarte, weit aufzustoßen. Als seine Fingerspitzen das Holz des Türblattes berührten, spürte Wolf einen heftigen Schlag, dann verlor er das Bewusstsein.

»Sagen Sie jetzt bloß nicht, ich hätte Sie nicht gewarnt!«

Das Gesicht, das Wolf ansah, wirkte auf eigenartige Weise amüsiert und besorgt zugleich.

Na, wer den Schaden hat, dachte er und richtete sich benommen auf.

Irgendwie war er auf dem Boden gelandet. Ein Schwächeanfall?

Nach ein, zwei Sekunden war Wolfs Kopf wieder klar, und er konnte sich erinnern, was er unmittelbar vor seiner Ohnmacht erlebt hatte.

Von dem, was da in seinem Kopf abgegangen war, sollte Marion besser nie etwas erfahren. »Verdammt! Was war das?«, fragte Wolf und rieb sich den brummenden Schädel.

»So etwas wie eine Einbruchssicherung. Ich konnte ja nicht ahnen, dass Rudloff mir einen ahnungslosen Grünschnabel vorbeischickt.«

Die Stimme des Ladenbesitzers verriet, dass er mit dem Ausgang des Zwischenfalles durchaus zufrieden war.

»Tun Sie bloß nicht so scheinheilig!«, fuhr Wolf ihn wütend an und ignorierte den pochenden Schmerz in seinem Kopf. »Sie haben mir doch gesagt, ich solle hineingehen.«

»Oh, nein«, wehrte der Ladenbesitzer energisch ab. »Das war nicht ich, das war die dunkle Seite Ihrer Seele.«

»Meine was?« Wolf baute sich drohend vor dem Mann auf. Der Vorfall war schon ärgerlich genug, da musste er sich nicht auch noch verarschen lassen.

»Passen Sie jetzt genau auf, ich werde Ihnen etwas sagen, das vielleicht einmal Ihr Leben retten kann.« Der Ladenbesitzer zeigte sich gänzlich unbeeindruckt von Wolfs Drohgebärde. Seit er Wolf das Amulett überlassen hatte, schien seine Angst verflogen zu sein. »Ich weiß nicht, was Sie eben gesehen oder gefühlt haben«, fuhr er fort. »Aber ich kann Ihnen verraten, dass es Sie eines Tages zu Fall bringen wird.«

Wolf kniff die Augen zusammen und schüttelte ungläubig den Kopf. »Und das soll ich Ihnen glauben?«

»Was Sie glauben oder nicht, muss ich Ihnen überlassen. Ich kann Ihnen nur raten, vergessen Sie niemals das, was Sie heute erlebt haben.«

Damit drehte er sich um und ließ Wolf mit seinem Ärger, aber auch seiner aufkeimenden Scham stehen.

Was wenn er Recht hätte? Dann trüge er allerdings ein gefährliches Untier in seinem Inneren.

Hinterher überwog der Ärger, vor allem als Rudloff nicht das geringste Interesse für das Amulett zeigte. »Behalten Sie es«, hatte er nur kurz angebunden zu Wolf gesagt. »Vielleicht können Sie es einmal gebrauchen.«

Mehr war aus ihm nicht herauszuholen gewesen.

Wolf versuchte in den folgenden Wochen, das unangenehme Erlebnis aus seinem Gedächtnis zu verbannen, was ihm auch fast gelang.

Nur hin und wieder, wenn er nachts wach wurde, meinte er das verführerische Flüstern zu hören und spürte eine Mischung aus Scham und Begierde, die seinen Körper entflammte und ihm den Schweiß aus den Poren trieb.

Als Gerald Wilden einige Zeit später wütend im Büro auftauchte und sich heftig mit Rudloff stritt, wusste Wolf, dass er etwas Ähnliches erlebt haben musste.

»Ich habe mich geirrt.« Rudloff schien endlich die Sprache wieder gefunden zu haben. »Nicht bei dem, was ich gesagt habe«, schob er schnell hinterher.

»Aber ich habe die Frau falsch eingeschätzt. Sie ... sie hatte irgendetwas an sich. Ich war fest davon überzeugt, dass sie bereits eigene Erfahrungen im Umgang mit übersinnlichen Kräften gemacht hat und mich verstehen würde.«

Gerald stieß Wolf heimlich mit dem Fuß an, um ihn auf den seltsam entrückten Ausdruck Rudloffs aufmerksam zu machen. Seine sonst so verschlossene Miene mit den lauernden Augen wirkte plötzlich weich, ja geradezu verletzlich.

Der Moment der Schwäche hielt nur wenige Sekunden, dann erschien wieder das kalte Glitzern in Rudloffs Augen, und seine Züge verhärteten sich zu einem grimmigen Lächeln. »Was unsere Arbeit in der Mordkommission anbelangt, brauchen wir uns keine Sorgen zu machen. Die Todesfälle werden sich häufen, und sie werden schlimmer werden, viel schlimmer.«

Wie auf ein geheimes Kommando klingelte unmittelbar darauf Rudloffs Handy.

Wolf und Gerald wechselten fragende Blicke, während Rudloff schweigend dem Anrufer zuhörte.

Hin und wieder nickte er und gab ein unverständliches Brummen von sich.

Wolf horchte, ob er die Stimme des Anrufers erkennen konnte. Sie war männlich, gehörte also nicht, wie er gehofft hatte, zu Hauptkommissarin Stark.

Rudloff fragte: »Wo?«, lauschte kurz, nickte ein letztes Mal und sagte nur noch knapp: »Wir kommen sofort.«

Dann klappte er das Handy zu und sah Gerald und Wolf mit einem zufriedenen Lächeln an.

»Meine Herren, wir sind wieder im Rennen. Packen Sie alles ein, was wir für die Ermittlung brauchen. Wir fahren nach Schmidtheim.«

»War das die Stark?«, fragte Gerald auf dem Weg zu ihrem Wagen, obwohl auch er die männliche Stimme erkannt hatte.

»Nein«, antwortete Rudloff, »es war ihr Kollege, dieser Thomas Schmidt. Er meinte, dass seine Chefin viel zu stur sei, uns um unsere Mitarbeit zu bitten. Aber sie hat uns noch nicht offiziell aus der Kommission ausgeschlossen. Und ich werde mich bestimmt nicht noch einmal aufs Glatteis führen lassen.«

Über den Grund, der Thomas Schmidt veranlasst hatte, hinter dem Rücken seiner Chefin Rudloffs Team zu ordern, schwieg er sich beharrlich aus. »Lassen Sie sich überraschen«, sagte er nur, aber seine Stimme verriet sehr deutlich, dass es keine angenehme Überraschung sein würde.

Ein erster Hinweis

Michaela unterdrückte einen Fluch, als sie Rudloff in Begleitung von Wolf Krüger und Gerald Wilden am Tatort auftauchen sah. Verdammt, wer hat die denn gerufen?

Ihr Blick fiel auf Thomas Schmidt. Er hatte in den letzten Tagen, als er an den Auswertungen seiner Fotos arbeitete, ein paar seltsame Bemerkungen gemacht. Außerdem war er heute ungewöhnlich schweigsam und schien ihren Blick zu meiden.

Rudloff erzählte ihr etwas vom Polizeifunk, den er regelmäßig abhören würde. Sie mochte nicht so recht daran glauben, aber da der BKA-Experte und seine Kollegen sich zurückhaltend benahmen, beließ sie es dabei. Als Rudloff den Tatort inspizierte und dabei zeigte, wie viel kriminalistisches Gespür in ihm steckte, war Michaela sogar bereit, seine realitätsfernen Ansichten zu vergessen.

Bis ihr der Verdacht kam, dass er dabei war, sie geschickt in seine Richtung zu lenken. Der Fall, der sie hier beschäftigte, bot dafür leider einen nur allzu guten Hintergrund.

Martin Wiederhold, der Getötete, war im Arbeitszimmer seines Hauses ganz in der Nähe des alten Schlosses in Schmidtheim auf eine sehr geheimnisvolle und grausige Art ums Leben gekommen. Es gab keine offenen Wunden, zu sehen waren wieder nur die feinen Narben. Michaela konnte an den unnatürlich langen Gliedmaßen unschwer erkennen wie es unter der gedehnten Haut aussehen musste. Der untersuchende Arzt hatte schon beim Abtasten feststellen können, dass die Muskeln und Sehnen, die die Arme und Beine mit dem Rumpf verbanden, abgetrennt waren. Die Gelenke waren aus ihren Pfannen herausgerissen.

So wie es aussah, waren Wiederholds Arme und Beine mit brutaler Gewalt ausgerissen worden.

An den Hand- und Fußgelenken fanden sich Abdrücke, die von einem groben Seil herrühren mussten, aber so sehr die Experten auch suchten, sie fanden keine Materialspuren.

»Das ist auch etwas, das ich mir nicht erklären kann«, kommentierte Silvia Wollenweber, während sie sich keuchend aufrichtete. »So clean dürften die Abdrücke gar nicht sein, selbst wenn der Täter sie mit der Bürste sauber geschrubbt hätte. Was er nicht getan hat, denn das hätte man sehen können.«

»Genau wie bei Bartusch«, warf Thomas Schmidt ein. »Da kommt man schon ins Grübeln.«

Michaela warf ihm einen scharfen Blick zu, aber sie musste zugeben, dass der Tathergang auch für sie ein Rätsel war. Mal abgesehen von der Frage, wieso die Haut nicht gerissen war und wie die Narbenbildung zustande gekommen war, es erforderte ungeheure Kräfte, einen Menschen derart zu zerreißen. Selbst ein starker Mann hätte das ohne technische Hilfe nicht vollbringen können. Rudloff wies darauf hin, dass man früher dafür Zugpferde eingesetzt hatte. Michaela dachte an eine Motorwinde oder etwas Ähnliches, aber das hätte Spuren hinterlassen, schließlich musste man sie irgendwo befestigen. Als sich dann auch noch herausstellte, dass die Gliedmaßen gleichzeitig ausgerissen worden waren, war Michaela mit ihrem Latein am Ende.

»Dann hat man ihn wohl doch an einem anderen Ort getötet und anschließend hierher gebracht.«

Gerald Wilden und der Spurenspezialist aus ihrem eigenen Haus schüttelten gleichzeitig die Köpfe. »Die Spuren zeigen eindeutig ...«

»Ist schon gut«, winkte Michaela genervt ab. »Ich kann es selber sehen.«

Ihr Blick traf auf Rudloff.

Wenn er jetzt auch nur mit der Wimper zuckt ...

Der Beamte des BKA hatte sich bemerkenswert gut im Griff. Sein Gesicht war eine undurchdringliche Maske. Freundlich, zurückhaltend, fast schon teilnahmslos. Nur seine lebendigen, ausdrucksstarken Augen verrieten die Spannung, unter der er stehen musste. Michaela erwischte sich dabei, dass sie einen Moment zu lange an ihnen hängen blieb, und senkte ihren Blick verwirrt zu Boden.

Was soll das? Der Kerl ist ein Ekelpaket, wie es im Buche steht. Was hatte er letzte Woche gesagt? Die andere Seite unserer Realität. Es muss für ihn doch ein innerer Vorbeimarsch sein, mich hier so ratlos zu erleben.

Der Gedanke machte sie wütend, was ihr wiederum half, gegen die irritierende Ausstrahlung dieses Mannes anzukommen. Aber ihre Ratlosigkeit vermochte sie damit nicht zu beenden. Aus den Augenwinkeln sah sie, dass Rudloff sich dem Schreibtisch näherte. Die beiden Euskirchener Kripobeamten waren gerade dabei, das dortige Chaos abzubauen, wobei sie wie Archäologen an einer Ausgrabungsstätte jede der abzutragenden Lagen fotografierten.

Irgendetwas an der Art, wie Rudloff sich bewegte, ließ sie aufmerken. Er hatte etwas gesehen, das er für wichtig hielt.

Tatsächlich war seine Aufmerksamkeit so gefesselt, dass er seine Umgebung völlig vergaß. Er merkte nicht einmal, dass Michaela, die fast genauso groß war wie er, unmittelbar hinter ihm stand. Er wollte gerade seine Hand ausstrecken und nach etwas greifen, das eben unter einem großen Stapel Blätter zum Vorschein gekommen war.

Michaela tippte ihm energisch auf die Schulter, als sie sah, dass er das Beweisstück mit bloßen Händen anfasste. »Wir wollen doch keine Spuren verwischen«, bemerkte sie mit einem zuckersüßen Lächeln und freute sich insgeheim auf den verlegenen Ausdruck auf seinem Gesicht.

Rudloff drehte sich zwar zu ihr um, schien sie jedoch immer noch nicht wahrzunehmen. Sein Blick ging einfach durch sie hindurch.

Michaela bemerkte, dass jede Farbe aus seinem Gesicht gewichen war, und schaute herab auf das, was er entdeckt hatte. Mit einem Schlag gefror ihr schadenfrohes Lächeln zu einer starren Maske.

Der Anblick der geschundenen Leiche, die jetzt, zugedeckt unter einer silbrig glänzenden Plane, auf den Abtransport durch den Leichenbestatter wartete, hatte sie nicht ansatzweise so aus der Fassung bringen können wie das fleckige, in dunklem Leder eingebundene Buch in seiner Hand.

Es war genau das gleiche Exemplar, das sie in ihrem Büro deponiert hatte.

Rudloff drehte sich wie in Zeitlupe zum Schreibtisch zurück und legte das Buch mit langsamen, erzwungen wirkenden Bewegungen ab. Als er es losließ, ging ein Ruck durch seinen Körper.

Michaela erwachte ebenfalls aus ihrer Starre und sah interessiert zu, wie er sich die Hände heftig an den Hosenbeinen abrieb. Sie konnte ihn nur allzu gut verstehen.

Rudloff wirkte geschockt, als er sich ihr zuwandte, um sie zu fragen, ob es das Buch sei, von dem schon einmal die Rede war. Auf ihre Bestätigung hin lieh er sich ein Paar Einweghandschuhe und machte sich daran, das Buch genauer zu untersuchen. Wortlos durchblätterte er die Seiten.

Michaela konnte sehen, dass sie mit einer seltsam verschnörkelten Schrift beschrieben waren. Altdeutsch, wie sie vermutete. Da sie den Text nur sehr mühsam entziffern konnte, beobachtete sie aufmerksam Rudloffs Miene. An dem

Tempo, mit dem er blätterte, und an seinen Lippen, die den Klang der geschriebenen Worte lautlos nachformten, erkannte sie, dass er das Geschriebene mühelos lesen konnte.

Es war ein Fehler, das Buch, das sie bei Lebesch gefunden hatten, nach der Laboruntersuchung wegzuschließen, stellte sie verärgert fest. Sie hätte versuchen sollen, es selber zu lesen oder es übersetzen zu lassen. Nun war sie auf Rudloffs Aussage angewiesen. Und er würde alles tun, den Inhalt für seine kruden Gespenster- und Dämonengeschichten auszuschlachten.

»Dreizehn!«, murmelte Rudloff leise. »Es sind dreizehn Opfer, die das Ritual fordert.«

»Das passt zu dem Zettel, den wir bei Lebesch gefunden haben«, bemerkte Thomas begeistert, der nahe genug stand, um Rudloff verstehen zu können. Er hatte den Beamten des BKA seit seiner Ankunft nicht aus den Augen gelassen.

Michaela, die Rudloff ebenfalls gehört hatte, verdrehte entnervt die Augen. Natürlich passt es, dachte sie, Rudloff kennt das Fundstück von Lebeschs Tatort, den Zettel mit der Notiz: *Der dreizehnte Tod*.

Es störte sie, dass Thomas Schmidt so tat, als hätte Rudloff etwas Wichtiges entdeckt. Was war denn damit schon bewiesen?

Zum Beispiel, dass das Buch in einem direkten Zusammenhang mit den Morden steht, meldete sich eine mahnende Stimme in ihrem Inneren. Und dass du deinen Job vermasseln wirst, wenn du alles, was Rudloff sagt und tut, ablehnst, nur weil er dich ... Energisch würgte Michaela den Gedanken ab.

Wenn sie tatsächlich dabei war, die Kontrolle zu verlieren, war das einzig und allein Rudloffs Verschulden. Keine Ahnung, wie er es anstellte, aber er brachte sie ständig aus der Fassung.

Dann bemerkte sie, dass sie beinahe etwas übersehen hätte.

»Ritual?«, wandte sie sich an Rudloff.

Rudloff machte nur eine bestätigende Geste und zeigte auf einen Textabschnitt, der sich aufgrund seiner Form deutlich abhob. Er war im Verse gegliedert, wie die Zeilen eines Gedichtes.

»Ich kann den Inhalt leider nicht entziffern, er ist in griechischer Sprache verfasst und möglicherweise zusätzlich verschlüsselt. Aber die Überschrift deutet auf so etwas wie ein Ritual hin. Sehen Sie, hier steht: *Der Weg der dreizehn Tode*. Seine Finger, die seltsam blass und unwirklich wirkten in den milchigweißen Einweghandschuhen, fuhren über die erste Zeile.

Michaela fiel auf, dass die darunter stehenden Buchstaben und Zeichen tatsächlich anders aussahen als der Rest des Textes. Man hätte meinen können, der Verfasser wollte willkürlich einen Mix aus griechisch und kyrillisch aussehenden Buchstaben auf das Blatt gemalt haben.

Ein Psychopath, der nach einem alten Ritual mordete. Dieser Gedanke, so schrecklich er auch sein mochte, hatte etwas tröstlich Reales. Und er bot eine Reihe von Anhaltspunkten für ihre Ermittlungen.

»Wir brauchen jemand, der uns den Text entschlüsseln kann.« Während Michaela die nächsten Schritte aufzählte, schrieb Thomas eifrig mit.

»Wir sollten herausfinden, wie die Opfer in den Besitz der Bücher gelangt sind. Ich glaube nicht, dass sie vom Täter nachträglich am Tatort hinterlassen wurden. Außerdem will ich eine weitere Laboruntersuchung. Ich habe den Verdacht, dass da irgendetwas auf dem Einband ist, so etwas wie eine Droge oder ein Halluzinogen, das über die Haut aufgenommen werden kann.«

Sie warf einen kurzen Seitenblick auf Rudloff, der so aussah, als wollte er etwas entgegnen, dann jedoch den Kopf schüttelte.

»Ich will alles über die Opfer wissen«, fuhr sie fort. »Sie haben eine gemeinsame Vergangenheit, da wette ich mein Weihnachtsgeld drauf.«

Die Kripobeamten der Mordkommission, die bis auf Doktor Kastenholz alle anwesend waren, hatten sich um Michaela versammelt.

In einer kurzen Lagebesprechung wurden die Aufgaben auf das Team verteilt. Die beiden Beamten der Kripo Euskirchen sollten die Personalien der Opfer durchleuchten. Nur Bartusch, der aus Essen stammte, wurde von einem der Bonner Ermittler übernommen. Er hatte aus einem früheren Fall gute Beziehungen zur dortigen Kripo, die er nutzen wollte.

Silvia und Thomas führten die Untersuchungen am Tatort weiter, unterstützt von Gerald Wilden, der als Spurenspezialist gute Dienste leisten konnte. Michaela hatte den Eindruck, dass er noch der Vernünftigste aus Rudloffs Sondertruppe war.

»Ich kenne da einen Professor in Ruhestand, einen Linguisten, mit dem Schwerpunkt Alte Sprachen, der uns bei der Entschlüsselung des Textes helfen könnte«, meldete sich Rudloff zu Wort.

Michaela überlegte einen Moment. Eigentlich wollte sie ihm diese Aufgabe nicht überlassen, sie traute ihm nicht. Aber es gab kein triftiges Argument gegen seinen Vorschlag. »In Ordnung. Geben Sie mir seine Anschrift und Telefonnummer, dann kann ich ihm das Buch nach der Laboruntersuchung zukommen lassen«, sagte sie schließlich.

Rudloff zog die Stirn kraus. »Sie haben doch bereits ein Exemplar dieses Buches.«

Michaela sah ihn mit hochgezogenen Augenbrauen an. »Ja, und?«

»Die Entschlüsselung könnte uns Aufschluss darüber geben, was der Täter als Nächstes vorhat. Vielleicht können wir ihm zuvorkommen, wenn wir rechtzeitig Bescheid wissen.«

Krüger schaute von Rudloff zu Michaela. Was war bloß mit seinem Chef los? Seit wann redete er so um den heißen Brei herum? Er wollte das Buch haben, um es genauer unter die Lupe nehmen zu können. Dafür war er der Spezialist, das konnte ihm die Stark wohl kaum absprechen.

Michaela sah das jedoch anders. Als ihr klar wurde, dass Rudloff das wichtige Beweisstück für sich beanspruchen wollte, lehnte sie zuerst ab. »Ich werde eine Kopie der Seite fertigen und die Ihrem Professor zuschicken«, schlug sie vor.

»Das reicht nicht. Er muss das Original haben. Außerdem können in dem restlichen Text Hinweise zu Entschlüsselung versteckt sein.«

»Das ist kein Problem, dann kopieren wir eben den kompletten Text.«

»Verdammt noch mal! Sind Sie immer so stur?«

Michaelas Augen verengten sich zu Schlitzen, als ihre Überraschung über Rudloffs unerwarteten Gefühlsausbruch in Wut umschlug.

Dieser bemerkte seinen Fehler und hob beschwichtigend die Hände. »Entschuldigen Sie bitte, das hätte ich nicht sagen dürfen. Aber wenn Sie wirklich daran interessiert sind, dass der Text entschlüsselt wird, müssen Sie mir das Buch im Original überlassen. Es können Wasserzeichen im Papier versteckt sein oder Hinweise, die nur in einem bestimmten Licht oder bei einer entsprechenden Behandlung zu sehen sind. Sie kennen doch sicher auch die Geheimschrift mit

Zitronensaft, die nur zu sehen ist, wenn das Papier erhitzt wird.«

Rudloff hatte Recht. Das machte Michaela noch wütender. Aber sie wollte das Buch immer noch nicht aus der Hand geben. »In Ordnung«, sagte sie schließlich, als ihr die rettende Idee kam. »Ich mache Ihnen einen Vorschlag. Wir beide werden gemeinsam Ihrem Experten einen Besuch abstatten. Rufen Sie den Herrn Professor an, am besten gleich, und sagen Sie ihm, dass es wirklich sehr dringend ist. Vielleicht hat er ja schon heute Zeit für uns.«

Rudloff schien damit nicht besonders glücklich. Dennoch nickte er und kramte sein Handy heraus. Als der Anruf durchgestellt wurde, ging er in einen Nebenraum.

Er sprach eine ganze Weile und so leise, dass Michaela, die unauffällig die Ohren spitzte, nichts hören konnte.

Sein Gesicht zeigte einen überraschten Ausdruck, als er zurückkam. »Herr Rosenblatt ist vorigen Monat umgezogen. Er wohnt jetzt in Kronenburg, nur ein paar Minuten mit dem Auto von hier entfernt, wir können sofort bei ihm vorbeikommen.«

Michaela sprach noch einige Punkte mit Silvia ab, bevor sie ihr die Leitung der Ermittlung übergab. Dann ging sie mit Rudloff, der das Buch mit spitzen Fingern eingepackt hatte, nach draußen.

Die Entscheidung, welchen Wagen sie nehmen sollten, führte zu einer kurzen aber heftigen Diskussion, die Rudloff mit dem Argument, dass er den Weg kannte, für sich entscheiden konnte.

* * *

Über die Hauptstraße fuhren sie aus Schmidtheim heraus und gelangten auf die B 51. Rechts abbiegend folgten sie dem viel befahrenen Autobahnzubringer bis zur Ausfahrt Stadtkyll. Hier ging es wieder rechts ab in Richtung belgische Grenze.

Die Wiesen und Sträucher am Rand waren kahl und schmutzig braun. Die erschöpfte Natur wirkte seltsam erstarrt und schien nur darauf zu warten, endlich vom reinen Weiß des Schnees zugedeckt ihren verdienten Winterschlaf antreten zu können.

Nach einer Weile tauchte das Ortsschild von Kronenburg auf. Kurz dahinter ging es scharf rechts ab, in steilen Serpentinen hinauf zum historischen Burgort.

Die Sonne ging gerade unter, und mit ihr verflog der letzte Rest an Wärme, als Michaela und Rudloff ausstiegen. Die kalte Luft streifte Michaelas Gesicht wie eine unsichtbare Hand. Fröstelnd schlug sie den Kragen ihres Mantels hoch und wandte sich fragend an Rudloff. »In welche Richtung?«

Rudloff starrte sie an, als wäre sie eine seiner Geistererscheinungen – das ließ sie stocken.

»Ist was?«, fragte sie und wusste nicht, ob sie nun verärgert oder belustigt sein sollte.

»Ja«, sagte er nur. »Aber das kann ich Ihnen wirklich nicht sagen.«

Michaela hob zu einer bissigen Bemerkung an, aber Rudloff kam ihr zuvor. »Entschuldigen Sie, manchmal bin ich etwas sonderlich. Lassen Sie uns gehen, es ist wirklich nicht weit. Herr Rosenblatt kocht einen leckeren Tee, der Ihnen gut tun wird.«

Ein hoher, spitz zulaufender Durchgang führte sie in eine verwunschene Welt. Liebevoll restaurierte Fachwerk- und Bruchsteinhäuser, dazu passende enge Gassen mit altem

Kopfsteinpflaster, überragt von den Ruinen der alten Burg. Kleine Lädchen und Ateliers boten Kunst und Kunsthandwerk feil, gemütliche Cafés und Restaurants versprachen Kulinarisches in heimeliger, stimmungsvoller Atmosphäre. Wenn da nicht das elektrische Licht gewesen wäre, hätte man sich um Jahrhunderte zurückversetzt fühlen können.

Rudloff führte sie zu einem kleinen, weiß getünchten Bruchsteinhaus in einer Seitengasse. Die Fenster waren mit rotem Sandstein eingefasst und flankiert von grünen Holzläden.

Die Klingel ließ keinen Ton hören, als Rudloff auf den Knopf drückte, daher klopfte er zur Sicherheit ein paarmal fest gegen das Holz der Tür.

Es dauerte eine Weile, bis endlich geöffnet wurde. Der aromatische Duft von Tee und Gebäck, der mit einem Schwall warmer Luft zu ihnen herausdrang, zog sie magisch in das Innere des Hauses.

Herr Rosenblatt, eine kleiner, rundlich gebauter Mann mit einem offenen Gesicht und zwei hellen, wachsamen Augen, musterte sie mit wohlwollender Neugier.

Michaela tat sich schwer, sein Alter zu schätzen. Er hätte sechzig, aber auch über achtzig sein können. Seine Haut war von den Jahren gezeichnet und wies zahlreiche Falten auf. Das schüttere Haar bildete einen hell leuchtenden Kranz um eine kahle Mitte, aber seine Bewegungen wirkten erstaunlich behände.

Er nahm ihnen die Mäntel ab und führte sie in ein kleines, voll gestopftes, aber dennoch gemütliches Zimmer. Dort mussten Rudloff und Michaela eng nebeneinander sitzend auf einem plüschigen Sofa Platz nehmen.

Herr Rosenblatt bot ihnen Tee und Plätzchen aus einer bunten Keksdose an. Dann setzte er sich ihnen gegenüber in einen

Ohrensessel mit einem burgunderroten Bezug. »Entschuldigen Sie das Durcheinander«, begann er und wies auf einen Stapel Umzugskartons, aus dem Bücher und Nippes quollen. »Aber ich bin immer noch nicht ganz eingezogen. Na ja, in meinem Alter geht man die Dinge etwas langsamer an. Seltsam, nicht? Dabei hat man doch weniger Zeit zur Verfügung.«

Seine Blicke wanderten zwischen Rudloff und Michaela hin und her, dann lächelte er, wobei sein Gesicht für einen kurzen Moment zu strahlen schien. Als Rudloff das Buch auspackte und es auf den Tisch legte, wurde er jedoch sofort ernst. »Ein eigenartiges Stück«, sagte er. »Wo haben Sie das her?«

»Wir haben es bei einem Mann gefunden, der auf ziemlich ungewöhnliche Weise gestorben ist«, antwortete Michaela. »Sein Inhalt kann uns vielleicht Aufschluss über die Ursache seines Todes geben.«

»Ich verstehe«, nickte Herr Rosenblatt und nahm die Einweghandschuhe, die Rudloff demonstrativ neben das Buch gelegt hatte. Er schaute sich zuerst die Innenseite des Einbandes an und zeigte auf einen Stempel in Form eines auf der Spitze stehenden fünfzackigen Sterns.

Darunter stand eine Jahreszahl und der Name einer Stadt. Michaela kannte beides. Das Buch war, wie ihr Exemplar, 1629 in Göttingen gedruckt worden.

»Ich kenne diese Druckerei von anderen Werken her. Sie hat eine Menge Unheil angerichtet«, erklärte der Professor. Dann sagte er eine lange Zeit nichts.

Es wurde immer stiller, und die Stille wurde immer lauter. Das Ticken der großen Standuhr, die in einem solchen Zimmer natürlich nicht fehlen durfte, das Rascheln des dicken Papiers, wenn Herr Rosenblatt eine Seite umblätterte, sein Atem, der immer wieder stockte, sich aufzustauen schien, bis er sich in einem heftigen Schnaufen entlud, das Scharren von

Füßen auf dem rot gewachsten Holzdielenboden. Rudloff schien nervös zu sein. Michaela registrierte das mit einer gewissen Befriedigung. Bis ihr bewusst wurde, dass sie selbst auch unter Spannung stand.

Als Professor Rosenblatt auf den verschlüsselten Text stieß, wurden seine Augen weit. »Um Himmels willen«, flüsterte er und schaute endlich hoch. »Welch Geistes Kind schreibt so etwas?«

»Können Sie es lesen?«, stießen Rudloff und Michaela gleichzeitig hervor.

»Nur zum Teil, aber das ist schon erschreckend genug. Wie ist der Mann, dem er gehörte, gestorben? Erstickt oder erhängt?«

»Ihm sind Arme und Beine ausgerissen worden«, antwortete Rudloff, bevor Michaela ihn daran hindern konnte.

»Also die fünf.«

Seufzend stand Professor Rosenblatt auf, ging zu einem mahagonifarbenen antiken Sideboard und entnahm aus einer seiner Schubladen einen Stift und einen Collegeblock.

Mit einer feinen Handschrift schrieb er zuerst die Buchstaben des griechischen Alphabets untereinander und dann links und rechts daneben je eine gegenläufige Zahlenkolonne von eins bis vierundzwanzig. »Um diesen Text ganz zu entschlüsseln, braucht man von allem etwas«, erklärte er dabei. »Der Grundtext ist in griechischer Sprache. Zur Verschlüsselung hat der Verfasser an den entscheidenden Stellen Zahlen statt Buchstaben gesetzt. Eigentlich ganz einfach, wenn man es weiß. Allerdings muss man auch noch zwei verschiedene slawische Dialekte beherrschen. Sie haben großes Glück, dass Sie mich gefragt haben, denn ich kenne diese Methode von anderen geheimen Werken der Schwarzmagier. Nur wenn man sich dann die Mühe gemacht hat, stellt sich meistens heraus, dass das Zeug besser geheim geblieben wäre. Schaut selbst.«

Mit den letzten Worten drehte Professor Rosenblatt den Block um, sodass Michaela und Rudloff mit wachsendem Entsetzen das grausige Gedicht lesen konnten, das sich hinter den verwirrenden Zeichen verbarg.

* * *

Es war bereits dunkel geworden, als sie später aus dem Haus traten. Die kalte Nachtluft verwandelte ihren Atem in kleine weiße Wölkchen, die sich schnell wieder verflüchtigten. Die Fenster der Häuser strahlten in goldenem Glanz und täuschten eine Friedfertigkeit vor, die Michaela wie blanker Hohn vorkam.

Das Buch hatten sie bei Professor Rosenblatt gelassen, die Übersetzung seines Inhalts erschien mittlerweile auch Michaela wichtiger als eventuell vorhandene Spuren und Fingerabdrücke.

Schweigend, die Hände tief in den Taschen ihrer Mäntel verborgen, gingen sie nebeneinander zurück zum Auto. Auch auf dem Weg zurück nach Schmidtheim sagte keiner ein Wort.

Erst als sie an Wiederholds Haus angekommen waren, fand Michaela ihre Sprache wieder. »Wir suchen also einen Psychopaten, der den Text ebenfalls übersetzt hat, und nun nach diesem Ritual mordet.«

»Ich würde an Ihrer Stelle den Irren suchen, der den Text geschrieben hat.«

Michaela stutze und schaute Rudloff scharf an. »Sie haben entweder eine seltsame Art von Humor oder nicht richtig aufgepasst. Das Buch ist fast vierhundert Jahre alt.«

»Das habe ich nicht vergessen«, antwortete Rudloff mit düsterer Stimme. »Suchen Sie Ihren Psychopaten, ich werde nach etwas anderem Ausschau halten.«

Als Michaela ausgestiegen war, schaute Rudloff in den Rückspiegel, um ihre schlanke Gestalt in sich aufzunehmen. Eigentlich konnte er zufrieden sein. Sie hatte nichts gemerkt von Rosenblatts wirklicher Identität. Zum Glück war der größte Teil seiner *Besonderen Instrumente* noch in den Umzugskisten versteckt, und den Part des verschrobenen Professors hatte er wirklich gut gespielt.

Die Stark hatte die Erklärung, wie er den Text entschlüsseln konnte, aufgesaugt wie ein trockener Schwamm das Wasser. Codes, Zahlen und Logik, das war eben ihre Welt. Dabei war das nur die halbe Wahrheit. Schon bei der ersten Berührung mit dem Buch hatte Rudloff gemerkt, dass es mit einem Bann belegt war. Hier waren besondere Fähigkeiten gefordert, über die nur ein Mann wie Rosenblatt verfügte. Aber das sollte die Frau Hauptkommissarin besser nicht erfahren. Noch nicht.

Während Rudloff seinen Wagen in die Dunkelheit lenkte, überlegte er, wie lange es wohl dauern würde, bis sie soweit war. Die wenigsten Menschen würden je an diesen Punkt gelangen. Sie gehörte dazu, da war er sich sicher. Bei dem Gedanken, mit ihr seine Geheimnisse teilen zu können, stieg ein seltsam warmes Gefühl in ihm hoch. Hätten Krüger oder Wilden ihn jetzt gesehen, sie wären über das verträumte Lächeln erstaunt gewesen, das sich noch eine ganze Weile in seinem Gesicht hielt.

Michaela schaute ihm nach, bis sein Wagen in Richtung Hauptstraße verschwand. »Idiot!«, fluchte sie leise, obwohl sie lieber laut geschrien hätte. Seine Worte konnte sie damit nicht abschütteln. Sie spürte schon jetzt, dass sie wie flüssiges Gift in ihr Gehirn drangen, um dort gemeinsam mit dem irrsinnigen Gedicht an ihrem Verstand zu nagen.

Sie fühlte sich irgendwie vorgeführt, obwohl sie zugeben musste, dass der Ausflug mit Rudloff ihr trotz allem gut getan hatte.

Die Leiche war zum Glück bereits abtransportiert worden. Die Spezialisten der Pathologie würden sich jetzt darum kümmern. Dennoch gab es immer noch eine ganze Menge Arbeit am Tatort. Vor allem galt es die aufgetauchten Presseleute fernzuhalten. Wiederholds Tod war einfach zu spektakulär, als dass er sich noch geheim halten ließ.

Irgendwann sprach Wolf Krüger sie an. »Frau Stark, ich soll Sie von meiner Frau fragen, ob Sie Lust hätten, am Freitag bei uns zu Abend zu essen.«

Krügers vorsichtig förmliche Art war irgendwie rührend. Sehr gerne sagte Michaela zu. Sie war gespannt, was aus ihrer alten Freundin geworden war.

Alina

Stirnrunzelnd schaute sich Alina auf dem Schulhof um. Erstaunlich, wie schnell sich die Welt verändern konnte, wenn man sie mit anderen Augen sah. Sie hatte sich in eine ruhige Ecke des Schulhofs zurückgezogen, um ihre Mitschüler zu beobachten. Freundinnen und Freunde, bekannte und weniger bekannte Gesichter. Bis heute hatte sie geglaubt, ein gutes Gespür für Menschen zu haben. Jetzt erst wurde ihr klar, wie blind sie doch gewesen war. Jens Reger zum Beispiel, der war so etwas wie eine Leitfigur für ihre Jahrgangsstufe, einer, der den Ton angab und immer »in« war. Plötzlich wirkte er blass und unsicher. Er war nicht der Einzige, der an Ausstrahlung eingebüßt hatte.

Dafür wirkten andere, die ihr bislang nicht aufgefallen waren, weil sie sich meist ruhig im Hintergrund hielten, nun erstaunlich lebendig und interessant.

Aber was entsprach nun der Wirklichkeit? War sie so, wie sie jetzt ihre Umgebung wahrnahm, oder trübte der Einfluss, den Tante Hedwigs Nachlass auf sie ausübte, ihre Sicht der Welt ein?

Es war kalt heute Morgen. Der Wind blies frostige Böen zwischen die alten Mauern des Steinfelder Klosters, dem das Gymnasium angehörte. Die meisten hatten sich entsprechend dick vermummt, bis auf die unbelehrbaren Modehäschen, die in einer einigermaßen geschützten Ecke zusammenstanden und sich in ihren dünnen Shirts und Jacken warm zu zittern versuchten.

Alina gehörte der privilegierten Oberstufe an, die freien Zugang zur Schulcafeteria hatte, die den älteren Schülern als Aufenthaltsraum diente. Dennoch trieb es sie nach draußen.

Seit sie das eigenartige Erbe ihrer Großtante angetreten hatte, war einiges in ihrem Leben in Fluss geraten. Dazu gehörte auch das Verhältnis zu ihrem Freundeskreis, und das war sehr belastend. Ihre Clique, die ihr bisher Halt und Geborgenheit gegeben hatte, schien plötzlich in einer anderen Welt zu leben.

Alina verstand sie nicht mehr. Weder ihre Witze noch die Dinge, für die sie schwärmten. Ihr erschien das alles viel zu oberflächlich, zu unwichtig.

Wenn das so weiterginge, würde sie noch vereinsamen, dachte sie. Ein leichtes Kribbeln im Nacken riss Alina aus ihren trübsinnigen Gedanken. Sie fühlte sich beobachtet. So unauffällig wie möglich drehte sie sich um. Die hagere Gestalt des Jungen, der sie unverwandt anstarrte, wäre ihr früher wohl nicht aufgefallen.

Gabriel Müller, erinnerte sie sich an seinen Namen. Er war bis zur Oberstufe gemeinsam mit ihr in einer Klasse gewesen. Das war aber auch alles, was sie von dem Außenseiter wusste. Gabriel war weder beliebt noch besonders schlecht gelitten. Man ignorierte ihn einfach. Er hätte genauso gut unsichtbar sein können.

Warum starrte er sie an?

Sie wagte nicht, ihn direkt anzusehen, aus Angst, er könnte das als Aufforderung ansehen, sie anzusprechen. Was dann käme, wäre nur noch peinlich.

Wie bist du denn drauf?, schalt sie sich selbst, als ihr diese automatisch ablaufende Reaktion bewusst wurde.

Aber genauso hatte sie immer auf den Jungen reagiert, sie und alle anderen in der Schule, die Gabriel mieden, als hätte er eine ansteckende Krankheit. Dabei hatte er es noch nie gewagt, jemanden anzusprechen. Er hatte immer nur so komisch geguckt, so als könne er etwas sehen, was für alle anderen unsichtbar war. Ab und zu redete er mit sich selbst, was dann Anlass zu blöden Bemerkungen gab, aber die hatte Gabriel stets ignoriert.

Alina zwang sich, den Blick des Jungen zu erwidern, und erlebte eine Überraschung. Gabriel lächelte sie auf eine Art an, die sie ihm niemals zugetraut hätte. Er wirkte mit einem Mal selbstbewusst, so als wären die anderen und nicht er etwas sonderbar. Dennoch versteifte sich Alinas Körper bei seinem Anblick. Die gewohnte Abwehrhaltung ließ sich nicht so einfach abstreifen. Daher war sie erleichtert, als Gabriel nur grüßend die Hand hob und sich entfernte.

Am Nachmittag, als sie zu Hause in ihrem Zimmer die Schulsachen auspackte, um den Rest der Hausaufgaben zu erledigen, den sie in der heutigen Freistunde noch nicht zu Ende gebracht hatte, fiel ihr ein zusammengefalteter Zettel auf den Schoß.

Hallo Alina, du hast eine sehr nette Tante.

Eine typische Jungenschrift. Bemüht, leserlich zu schreiben, aber nicht wirklich schön. Es stand kein Name darunter, aber Alina brauchte nicht lange, um zu erraten, wer ihr eine solch seltsame Nachricht zukommen lassen würde.

Was wollte er damit sagen? Hatte er Tante Hedwig gekannt? Oder anders gefragt, hatte Tante Hedwig ihn gekannt?

Schon hatte sie den Laptop geöffnet und das Icon für die Stichwortsuche geöffnet. *Gabriel Müller,* tippte sie ein und betätigte die Enter-Taste.

Gesperrter Bereich – Zulassung nicht erteilt.

Alina las die Antwort und überlegte, was das wohl bedeuten sollte, als Tante Hedwig auftauchte.

Die virtuelle Hedwig, die wie eine eigenständige Persönlichkeit durch die Dateien des Laptops geisterte.

»Wie mir scheint, hast du eine interessante Bekanntschaft gemacht. Mir war klar, dass du früher oder später auf den jungen Mann stoßen würdest, sobald du gelernt hast, deine Mitmenschen richtig zu sehen. Ich hatte eine Zeitlang mit ihm zu tun, trotzdem kann ich nicht behaupten, dass ich ihn kenne. Er verfügt über eine außerordentliche Begabung, die wir leider erst sehr spät entdeckt haben. Er hatte lange Jahre alleine damit zurechtkommen müssen. Niemand vermag zu sagen, was das mit einem Menschen macht. Es kann ihn stärken oder schwächen. Es kann ihn gut oder böse werden lassen. Ich habe versucht herauszufinden, wie es um den jungen Mann steht, aber er war sehr verschlossen, und zum Schluss hat die Zeit leider nicht gereicht. Ich kann dir nur raten, ihn möglichst auf Distanz zu halten, er könnte gefährlich sein.«

Alina schüttelte bei den letzten Worten den Kopf. Gefährlich oder bösartig war ihr Gabriel nicht erschienen, eher erleichtert, so als hätte er endlich jemanden gefunden, der ihn verstand.

»Was ist das für eine Begabung, über die Gabriel verfügt?«, fragte sie das Laptop.

Die Antwort entlockte ihr einen überraschten Pfiff. Das war allerdings ein echter Hammer. Und niemand hatte etwas davon geahnt.

Es klopfte an der Tür, und Alina klappte das Laptop schnell zu.

Ihre Mutter betrat das Zimmer, mit dem Telefon in der Hand. »Onkel Gabo möchte dich sprechen.«

Wenig später unterbrach Alina mit nachdenklichem Gesicht die Verbindung. Onkel Gabo war ein Sonderling innerhalb der Familie, gleichermaßen geachtet und gefürchtet. Er hatte mit undurchsichtigen Geschäften ein Vermögen gemacht und reiste ständig in der Welt umher.

Eben war er aus Neuseeland zurückgekehrt und wollte nun Alina sprechen. Es ginge um Hedwigs Nachlass, unter dem sich etwas befinden sollte, das ihm gehöre.

Freundinnen

Du meine Güte. Noch ein Bissen mehr, und ich platze. Ich habe aber auch lange nicht mehr so gut gegessen.«

Michaela Stark ließ sich mit einem Seufzer in den Sessel fallen, während es Marion Krüger sich auf dem Sofa bequem machte. Aus der Küche drang leises Klappern, Wolf Krüger, ihr Mann, hatte sich bereit erklärt, den Abwasch zu erledigen. Anschließend wollte er sich zurückziehen, um sich seinem Hobby, dem Malen, zu widmen. Sie hatten den Abend also für sich.

Für einen kurzen Moment war es still. Michaela schaute sich interessiert um. Das Zimmer war wie der Rest des Hauses eingerichtet. Freundlich, originell und mit viel Liebe zum Detail. Jeder Raum hatte seinen eigenen Charakter. Überall gab es kleine Hingucker, Nischen oder Ecken, die besonders arrangiert waren, sich aber immer in das Gesamtbild einfügten. Dabei fiel Michaelas geschultem Auge schnell auf, dass die Krügers Meister darin waren, aus der Not eine Tugend zu machen. Möbel, Bilder, Accessoires, nichts entstammte einem teuren Designerladen oder wies das Label einer gefragten Markenfirma auf.

Dafür dürfte das Budget eines Kripobeamten wohl auch kaum ausreichen, nicht, wenn er eine Familie mit drei Kindern zu versorgen hatte. Das tat dem Haus jedoch keinen Abbruch, im Gegenteil, so wirkte die Einrichtung anregender, authentischer.

Michaelas Blick traf auf die angespannte Miene von Marion. Sie lächelte ihre ehemalige Schulfreundin an. »Dein Haus ist großartig. Deine Kinder sind toll, und von deinem Mann habe ich bis jetzt nur Gutes gehört.«

Jetzt lächelt auch Marion. »Ja«, sagte sie, »ich habe schon was erreicht. Krüger ist ein echter Partner, und von den Kindern möchte ich keines missen.«

In ihrem Blick lag eindeutig Stolz. Dennoch entging Michaela nicht der traurige Zug um ihren Mund.

»Du hast es aber auch geschafft«, sprach Marion weiter. »Führst ein unabhängiges Leben, hast einen spannenden Job. ›Frau Hauptkommissarin‹, ich kann es mir immer noch nicht vorstellen. Du hast dir doch früher ständig vor Angst in die Hosen gemacht. Du musst sehr zufrieden mit dir sein.«

Die Frauen sahen sich in die Augen und wussten sofort, dass keine von beiden wirklich glücklich war.

»Ich bin einsam.«

Michaela erschrak, sie hatte den Gedanken gar nicht laut aussprechen wollen. Jetzt stand er wie ein dunkler Fleck im Raum und drohte den Abend zu verderben.

»Dafür fühle ich mich eingesperrt. Die Kinder, das Haus, der tägliche Kleinkram saugen jede Energie aus mir heraus.«

Marions Augen glitzerten, Michaela sah es und fühlte selber einen dicken Kloß im Hals.

So war es früher immer gewesen. Sie hatten sich nie etwas vormachen können. Jede wusste genau, wie es der anderen gerade ging.

»Ich glaube, hier hilft nur unser altes Allheilmittel«, sagte Marion, stand auf und kam kurz darauf mit einer Schachtel Pralinen wieder. »Es sind belgische. Du nimmst schon zu, wenn du sie nur ansiehst, aber es gibt einfach nichts Besseres für angeschlagene Mädels.«

Ein Zeitlang schwelgten sie in Trüffel, Nougat, Krokant, schwarzem Zartbitter und weißem Schmelz.

»Man müsste tauschen können«, nahm Michaela schließlich den Faden auf.

»Rent a family, für ein Wochenende oder einen dreiwöchigen Ferientrip.«

»Nimm lieber das Wochenende«, antwortete Marion grinsend. »Nach drei Wochen Familie hast du vier Wochen Urlaub nötig.«

»Was soll das heißen?«, protestierte Michaela. »Traust du mir das nicht zu?«

»Oh doch, das tue ich, Frau Hauptkommissarin. Aber du würdest dich wundern, wie anstrengend die kleinen Biester sein können.«

»Schlag du dich dafür mal mit missgünstigen Kollegen herum. Deine Kinder lieben dich, und du hast einen Mann, der dich unterstützt. Ich kann nicht einmal mit einem festen Freund aufwarten.«

Marion sah Michaela skeptisch an. »Du willst mir doch nicht erzählen, das du nichts mit den lästigen, völlig überbewerteten, aber bisweilen ganz amüsanten Fehlprodukten der Schöpfung zu tun hast? Du siehst einfach umwerfend aus. Die Kerle müssten dir doch in Scharen nachlaufen.«

»Ich werde noch nicht einmal als Frau wahrgenommen. Ehrlich gesagt, bin ich bei fünfundneunzig Prozent meiner männlichen Kollegen auch ganz dankbar dafür.«

Während Michaela sich eine weitere Praline in den Mund schob, holte Marion eine Flasche Sekt aus dem Kühlschrank. »Die hätte ich beinahe vergessen.«

»Marion, bitte, ich muss noch fahren.«

»Musst du nicht. Du kannst hier übernachten.« Mit einer energischen Bewegung wischte sie Michaelas schwachen Protest beiseite. »Wir sind jetzt bei unserem Lieblingsthema, das kann man ohne Alkohol nicht ertragen.«

»Da hast du wohl Recht«, bestätigte Michaela und nahm ihr gefülltes Glas entgegen. »Auf die, die nie da sind, wenn man sie braucht.«

»Dem kann ich mich nur anschließen.«

Marion öffnete eine Stunde später die dritte Flasche und sah Michaela mit leicht glasigen, aber unternehmungslustig blitzenden Augen an. »So, und jetzt will ich etwas über die fünf Prozent hören.«

»Was?«

»Du sagtest vorhin, dass du bei fünfundneunzig Prozent deiner Kollegen froh bist, wenn sie dich nicht beachten. Da bleiben nach Adam Riese noch fünf Prozent übrig, bei denen das nicht der Fall ist. Ich will alles wissen. Wie heißt der Kerl?«

»Marion, du bist unmöglich. Erst machst du mich betrunken, und dann spionierst du mich aus. Das hast du früher auch immer gemacht.«

»Natürlich! Sonst erfährt man von dir doch nichts. Los, spuck's schon aus.«

»Da ist nichts.«

»Fünf Prozent sind fünf mehr als nichts. Ich kenne dich genau. Du hättest das nicht gesagt, wenn da nicht doch ein Kerl in deinem Kopf herumspuken würde.«

»Ja, schon. Aber der ist unmöglich, völlig indiskutabel«, seufzend ergab sich Michaela in ihr Schicksal. Sie hatte Marions hartnäckiger Art noch nie ernsthaft widerstehen können.

»Michaela, bitte, Männer sind immer unmöglich. Hast du das vergessen?«

»Nein. Aber der ist besonders grässlich.«

»Keine Ausrede. Wie heißt der Kerl?« Mit fahrigen Bewegungen griff Marion nach der Flasche und füllte Michaelas Glas, den Rest trank sie aus der Flasche.

»Na ja. Kennst du diesen Jürgen Rudloff?«

»Wolfs Chef?«

»Ja, genau der.«

»Ups. Das ist allerdings ein ernster Fall.« Marion schürzte die Lippen und ließ einen leisen Pfiff hören.

»Sag ich doch.« Überwältigt von der Hoffnungslosigkeit ihres verkorksten Liebeslebens leerte Michaela ihr Glas in einem Zug.

»Hättest du dir nicht einen netteren Mann aussuchen können?«

»Du kennst mich doch, Marion. Ich finde nette Männer langweilig.«

»Hatte ich fast vergessen«, seufzte Marion und erinnerte sich an einige meist langhaarige Erscheinungen aus ihrer Jugendzeit. »Weiß er was davon?«

»Um Himmels willen, nein. Ich will ja auch nichts mit ihm anfangen. Ich find ihn halt nur ... na ja ... süß. Obwohl er mir mit seinem Geisterfimmel ganz schön auf die Nerven geht. Tut immer so bedeutungsschwanger, als wäre er John Sinclair persönlich. Dabei ist das alles Schwachsinn.«

»Da wäre ich mir an deiner Stelle nicht so sicher.« Marion setzte sich aufrecht und schaute Michaela besorgt an. Ihre Trunkenheit war plötzlich verflogen. Wolf hatte ihr gegenüber zwar hin und wieder Andeutungen gemacht, sie hatte diesen jedoch bisher keine Bedeutung beigemessen. Wenn Jürgen Rudloff allerdings seine gewohnte Zurückhaltung aufgab, war etwas im Gange, dem sie Beachtung schenken musste.

»Ach ja.« Michaelas Stimme klang leicht verärgert. »Das hatte ich ganz vergessen. Du hast ja schon immer einen besonderen Draht zu den Geistern gehabt.«

Achtung!, dachte Marion, ganz dünnes Eis! Das war ein Thema, das immer wieder zu Streit zwischen den Freundinnen geführt hatte. Zum Glück gab es jedoch etwas, womit sie Michaela ablenken konnte.

»Hast du denn das Gefühl, dass der nervende, aber süße Rudloff mehr als nur eine geschlechtsneutrale Kollegin in dir sieht?«

»Natürlich nicht«, antwortete Michaela, fischte nach der leeren Flasche und versuchte vergebens, noch einen letzten Tropfen aus ihr herauszuschütteln.

»Hast du nicht was Härteres da?«

»Nicht nach dem Sekt, sonst steh ich morgen gar nicht mehr auf. Aber mal im Ernst, wie gut ist deine Beobachtungsgabe?«

»Was soll denn die Frage? Ich bin Polizistin! Ich sehe alles.« Michaela schaffte es nur teilweise aufzustehen, um ihren Worten energisch Nachdruck zu verleihen. Die Schwerkraft und ihre wackligen Knie zwangen sie wieder zurück in ihren Sessel.

»Na, bei unserem Herrn Rudloff scheinen deine Fähigkeiten zu versagen. Nach deinem Geständnis kann ich einiges von dem, was Wolf mir in den letzten Tagen über das merkwürdige Verhalten seines Chefs erzählt hat, besser verstehen. Im Gegensatz zu dir kenne ich ihn ein bisschen. Und wenn mich nicht alles täuscht, dann hast du ihn am Haken wie einen zappelnden Fisch.«

»Scheiße!«, war Michaelas einziger Kommentar. Wenn das stimmte, dann hatte sie ein ernsthaftes Problem.

* * *

Es war dunkel. Nein. Nicht ganz. Da war ein Licht, ein Feuer, das in der Ferne flackerte. Der Traum! Es war wieder ihr Traum.

Sie hatte im Auto gesessen, hinten auf der Rückbank, vorne ihre Eltern, dann war wieder dieser Geist aufgetaucht, ein

Schatten mit schwarzen Augen, dann der Unfall. Aber sie war nicht erwacht. Der Schatten hatte sie mit sich gerissen, aus dem Auto in die Luft gezogen, weit hinauf in die Dunkelheit, in der sie jetzt seit Ewigkeiten zu schweben schien. Sie hatte Angst gehabt, furchtbare Angst, aber der Schatten hatte ihr nichts angetan.

Dann war er verschwunden.

Sie wusste, dass das, was sie erlebte, nur ein Traum war, trotzdem wachte sie nicht auf.

Das Licht kam näher.

Jetzt konnte sie sehen, dass es sich um ein großes Feuer handeln musste. Dunkle Gestalten bewegten sich davor.

Es waren wilde, drohende Bewegungen.

Gewalt lag in den hochgereckten Armen und den geballten Fäusten, die Schwerter, Keulen und Speere hielten.

Schreie. Tiefes, gutturales Brüllen. Dann ein hoher, gellender Schrei, dem begeisterte Jubelrufe folgten. Noch ein Schrei, lauter diesmal, und weitere Jubelrufe.

Das Feuer raste auf sie zu, wurde größer und größer. Dann plötzlich stoppte ihr rasender Flug. Sie schwebte über einem Lager, erhellt durch prasselnde Flammen. Schmutzige, mit rohen Fellen behängte Gestalten stampften um einen Mann, der sich am Boden krümmte. Er musste derjenige sein, von dem die hohen Schreie stammten.

Da löste sich einer aus dem Kreis, der daraufhin stehen blieb, und beugte sich über den Liegenden.

Der Schrei ging Michaela durch Mark und Bein. Eine Hand reckte sich in die Höhe, sie hielt einen Streifen blutigen Fleischs. Die triumphierende Geste wurde mit begeistertem Gebrüll belohnt, das die Schmerzensschreie des Opfers für Sekunden übertönte. Der Täter sprang zurück in den Kreis, und der Tanz ging weiter.

Sie konnte jetzt das Opfer sehen. Es war nicht das erste Stück, das sie aus ihm herausgeschnitten hatten. Dass er überhaupt noch lebte, war ein Wunder, ein grausames Wunder.

Vergebens schloss sie ihre Lider und hielt die Hände vor die Augen. Sie konnte, sie musste trotzdem alles mit ansehen.

Dann war da plötzlich ein seltsames Surren in der Luft. Wie tausend ledrige Flügel schrecklicher Drachenvögel.

Was kann schon schrecklicher sein als menschliche Grausamkeit, dachte sie, als sie endlich wach wurde.

* * *

Michaela hielt sich den schmerzenden Kopf. In ihrer Panik war sie viel zu schnell hochgefahren. Jetzt rächte sich der übermäßige Alkoholgenuss des gestrigen Abends.

Egal, Hauptsache weg von diesem Grauen. Das Geräusch aus ihrem Traum war immer noch da. Ihr Herz schlug, als wollte es ihren Hals hinaufklettern, um diesen gepeinigten Körper zu verlassen.

Da bemerkte sie, dass es ihr Handy war. Der Ton war abgeschaltet, aber der Vibrationsalarm ließ es wie ein dickes Insekt auf dem Nachttisch herumtanzen. Dabei blinkte die Anzeige sie wütend an.

Schnell schaltete Michaela das Licht an. Ein Blick auf die Uhr. Vier Uhr dreiundzwanzig. Welcher Idiot rief sie am Wochenende um diese Uhrzeit an?

»Rudloff hier. Es passiert jetzt, wir müssen sofort los.«

»Was? Sind Sie noch ganz bei Trost? Wissen Sie, wie spät es ist?«

Michaela machte sich keine Mühe, die Verärgerung in ihrer Stimme zu verbergen.

»Bitte, es ist wichtig. Beantworten Sie mir eine Frage: Haben Sie auch davon geträumt, von der Folterung am Lagerfeuer?«

Michaela hielt das Handy einen Moment von sich gestreckt und starrte es fassungslos an. Bis sie Rudloffs Stimme erneut hörte.

»Ihr Schweigen ist für mich Antwort genug. Ich weiß, wo es gerade passiert. Sie sind näher dran als ich. Es ist das Pflegeheim in Nettersheim. Wecken Sie Krüger, er soll Sie begleiten.«

Michaela zuckte zusammen, als hätte sie durch ihr Handy ein Stromschlag getroffen. Jetzt wurde es ihr wirklich unheimlich. Nicht nur, dass Rudloff wusste, was sie geträumt hatte, er kannte auch ihren genauen Aufenthaltsort. Den hat Krüger ihm verraten, beruhigte sie sich selbst. Trotzdem fragte sie Rudloff.

»Ich hatte den gleichen Traum«, antwortete er. »Es muss was damit zu tun haben, dass wir beide das Buch mit bloßen Händen angefasst haben. Und Ihren Aufenthaltsort verrät mir Ihr Handy. Darauf hätten Sie allerdings auch selber kommen können.«

»Wie bitte? Sie orten mich über mein Handy? Dafür haben Sie ganz bestimmt keine Erlaubnis.«

»Sie sind jetzt sauer.« Rudloffs Stimme klang alles andere als bedauernd.

»Allerdings! Das bin ich, und das wird ...«

»Gut so, das hilft am besten gegen die Angst«, unterbrach Rudloff einfach ihren Wutausbruch. »Wir sehen uns in der Pflegestelle. Und nehmen Sie Krüger mit.«

Er hatte aufgelegt, bevor Michaela antworten konnte.

»Scheiße«, stieß sie verärgert aus und unterdrückte den Impuls, ihr Handy gegen die Wand zu werfen. Aber, stellte sie fest, er hatte Recht. Die beklemmende Angst, die der

Albtraum bei ihr ausgelöst hatte, war mit ihrer Wut verflogen. Das sollte aber nicht bedeuten, dass sie ihm ein solches Benehmen durchgehen lassen würde. Dieser Blödmann sollte sie noch kennen lernen.

* * *

Als Michaela die Leiche sah, musste sie sich auf Wolf Krüger stützen. Eine unsichtbare Faust griff in ihren Brustkorb und quetschte ihre Lungenflügel einfach zusammen. Entsetzt schnappte sie nach Luft.

Es war der Mann aus ihrem Traum, und er war auf die gleiche grausige Weise zu Tode gefoltert worden. Sein Körper war von unzähligen Narben entstellt.

»Sie sind aber wirklich schnell«, sprach sie die leitende Nachtschwester an. »Ich hab gerade erst aufgelegt, da klingeln Sie schon an der Tür.«

Es würde sicherlich noch zehn bis fünfzehn Minuten dauern, bis Notarzt und Rettungswagen auftauchten. In deren Gefolge würde auch bald darauf eine Heerschar von Reportern erscheinen, da war sich Michaela sicher. Der letzte Mord in Schmidtheim hatte erwartungsgemäß hohe Wellen in der Presse geschlagen. Im Geiste sah sie jetzt schon die Ü-Wagen von RTL, Sat1 und Co. Schlange stehen.

Der Gedanke holte sie in die Wirklichkeit zurück. Eine Wirklichkeit allerdings, die hässliche Risse aufwies.

Wolf versicherte sich, dass es Michaela wieder besser ging, dann machte er die ersten Fotos. Michaela verhörte die Nachtschwester, die den Mann zuletzt gesehen hatte. Viel war nicht aus ihr herauszubekommen, sie stand unter Schock. Soweit Michaela aus ihrem Gestammel schlau werden konnte, hatte er sich noch bewegt, als sie aufgeschreckt von seinem Geschrei in das Zimmer stürmte.

Anton Liesenfeld, das Opfer, litt zunehmend an Altersdemenz und war seit zwei Jahren hier untergebracht. Seit letzter Woche plagten ihn keuchender Husten und unregelmäßige Fieberschübe. Der behandelnde Arzt hatte für den heutigen Tag die Einweisung in das Kreiskrankenhaus Mechernich angeordnet, sollte sich sein Zustand nicht verbessern. Er befürchtete, dass sich Anton Liesenfeld eine gefährliche Lungenentzündung zugezogen hatte. In seinem Zustand eine tödliche Bedrohung.

Rudloff traf kurz darauf ein, gleichzeitig mit dem Rettungswagen. Entweder hatte er sie von unterwegs aus angerufen, oder er war wie ein Irrer gefahren. Michaela favorisierte die zweite Variante.

»Nicht berühren!«, fuhr er den jungen Notarzt an, der gerade den Puls am rechten Handgelenk fühlen wollte. Die daran befindliche Hand ruhte auf einem dicken braunen Buch, das auf dem Brustkorb des Opfers lag.

Michaela hatte es sofort erkannt. Es war identisch mit den Büchern, die sie bei den anderen Opfern gefunden hatten.

»Aber ...«, stammelte der Notarzt aufgebracht.

»Das Buch ist ein wichtiges Beweismittel. Außerdem können Sie doch sehen, dass der Mann tot ist«, setzte Rudloff nach.

Michaela fiel auf, dass er nur mit Mühe die Aufregung in seiner Stimme verbergen konnte. Also ließ ihn die Sache nicht so kalt, wie er vorgab. Der Moment der Schwäche dauerte aber nicht lange, und Rudloff wirkte so unnahbar wie immer.

Wie vorausgesehen, fiel bald darauf die Presse ein, und Michaela musste Verstärkung ordern, um den Tatort freizuhalten.

Die Heimleiterin, auf das Buch angesprochen, wusste zu berichten, dass Anton Liesenfeld den dicken Wälzer ständig mit sich herumgetragen hatte.

»Selbst bei den Mahlzeiten lag es auf seinem Schoß, und er hatte immer eine Hand darauf liegen. Dabei flippte er regelrecht aus, wenn einer der Pflegerinnen versuchte, es ihm wenigstens für die Körperwäsche abzunehmen. Man durfte es nicht einmal berühren.«

Rudloff wechselte mehrfach Blicke mit Michaela, dann winkte sie ihn zu einem kurzen Gespräch beiseite.

»Es gibt da einiges, das Sie mir erklären sollten«, begann sie, nachdem sie sich vergewissert hatte, das kein ungebetener Horcher in der Nähe war.

Sie klang dabei nicht ganz so energisch, wie sie es vorgehabt hatte. Ihr Gespräch vom Vorabend mit Marion fiel ihr plötzlich wieder ein. Hegte sie wirklich tiefere Gefühle für diesen Eisberg von einem Mann? Im Moment war sie froh über ihre Größe. Er überragte sie nur um wenige Zentimeter. Das gab ihr ein wenig von ihrer gewohnten Sicherheit zurück.

»Hatten Sie wirklich denselben Traum wie ich?«, fragte sie schließlich mit gedämpfter Stimme. Dabei zwang sie sich, ihm fest in die Augen zu sehen.

Rudloff senkte den Blick, als wäre er plötzlich verlegen geworden. »Ein Lagerfeuer, Krieger in Fellkleidung, die einem Gefangenen bei lebendigem Leibe die Haut in Streifen abziehen.«

»Verdammt! Was hat das zu bedeuten?«

»Sagen Sie es mir«, antwortete Rudloff, hob den Kopf und trat auf Michaela zu.

Seine Augen glänzten stahlblau, aus der Nähe konnte sie deutlich erkennen, dass sein Blick unruhig flackerte.

»Vielleicht finden wir dann eher zu einem Konsens.«

Michaela wich unwillkürlich einen Schritt zurück. Seine Nähe löste eine ganze Kaskade widersprüchlicher Gefühle in ihr aus.

Rudloff bemerkte, dass er ihr zu nahe gekommen war, und entschuldigte sich.

»Ist schon gut«, antwortete sie nach einem nervösen Räuspern.

»Wir beide haben das Buch mit bloßen Händen angefasst, möglicherweise ist es mit einer Art Droge präpariert. Ich habe mein Exemplar jedenfalls zu einer weiteren Untersuchung ins Labor geschickt. Die haben mir versprochen, Atemschutzmasken zu tragen. Das Zeug könnte ausgasen.«

»Das ist eine Möglichkeit, wenn ich auch noch nie von einer Droge gehört habe, die hellsichtig macht«, unterbrach Rudloff. »Ich habe Krüger Anweisung gegeben, niemanden an das Buch heranzulassen. Auch nicht die Kollegen von der Spurensicherung, Wilden kann sich darum kümmern.«

Michaela sah auf ihre Hände. Das Ekel erregende Gefühl, dass sie gehabt hatte, als ihre Finger den Ledereinband des Buches zum ersten Mal berührt hatten, war noch deutlich in ihrer Erinnerung. Plötzlich fühlte sie sich verletzlich, so als hätte jemand einen unsichtbaren aber wirksamen Schutz von ihr genommen.

»Es hört sich vielleicht blöde an«, sagte sie mit unsicherer Stimme. »Aber ich habe das Gefühl, irgendwie in die Sache hineingezogen worden zu sein.«

»Ja«, bestätigte Rudloff, »ich befürchte, da liegen Sie richtig. Sie sollten vorsichtig sein.«

Es war ihm anzumerken, dass er noch mehr dazu sagen wollte, aber er schüttelte nur unmerklich den Kopf. Keine weiteren Spekulationen über schwarze Magie oder Dämonen, kein esoterisches Gewäsch. Michaela sollte darüber erleichtert sein, aber auf eine seltsame Art fühlte sie sich durch sein Schweigen beunruhigt. Wie ein Patient, dem der Arzt die niederschmetternde Diagnose vorenthält. Einen kurzen Moment war sie versucht, ihn zu ermutigen weiterzureden. Dann siegte jedoch die Vernunft oder der Teil in ihr, der die Vernunft vorschob, um nicht zum Vorschein kommen zu müssen.

Sie beratschlagten noch weiter, Oberflächlichkeiten, Naheliegendes, Alltägliches – nichts, das sie dazu zwang, in ihrem gemeinsamen Albtraum mehr als einen ungewöhnlichen Zufall oder das Werk einer besonders raffinierten Droge zu sehen.

Dennoch spürte Michaela, dass sie in Rudloffs Nähe allmählich wieder zu ihrer Sicherheit zurückfand.

Später begutachtete sie ein letztes Mal die Leiche. Das Buch, eingeschweißt in Folie, hatte Gerald Wilden zur näheren Untersuchung an sich genommen, sie hatte diesmal nichts dagegen einzuwenden. Im Gegenteil, je weiter weg dieses verfluchte Werk war, umso besser.

Bevor sie sich endgültig abwandte, stahl sich ein Vers über ihre Lippen.

Sechs du kennst den Leib nicht wieder.

Das kalte Grausen, das sie dabei anfiel, hielt ihren Körper noch Stunden später in seinem Bann.

Onkel Gabo

Den ganzen Morgen und bis in den Nachmittag hinein hatte dichter Nebel die Landschaft der Eifel verschluckt. Der Blick aus dem Fenster ließ den Eindruck entstehen, dass die Welt unmittelbar hinter den Scheiben aufhörte. Dann war Wind aufgekommen und hatte die wabernden weißen Schwaden vertrieben. Als die Strahlen der Sonne endlich bis zur Erde durchdringen konnten, enthüllten sie ein silberweiß glitzerndes Wunderwerk. Der Nebel hatte bei Temperaturen knapp unter dem Gefrierpunkt Bäume, Büsche, Wiesen und Zäune mit einer hauchzarten Eiskruste überzogen. Jeder noch so filigrane Zweig war in diamanten blinkendes Weiß eingehüllt.

Der Anblick war einfach umwerfend und machte die empfindliche Kälte mehr als wett, der man sich aussetzte, sobald man einen Schritt vor die Tür wagte.

Alina ging schon eine Weile schweigend neben ihrem Onkel her durch die verzauberte Winterlandschaft. Sie schaute hin und wieder verstohlen zu ihm, wollte aber nicht selbst das anstehende Gespräch beginnen. Schließlich wollte er etwas von ihr.

Vor einer halben Stunde hatte er sie zu Hause abgeholt. Sie kannte ihn nur flüchtig, von vereinzelten Familienfesten, auf denen er meist alleine in einer Ecke saß und mit spöttischem Lächeln das Treiben der Verwandtschaft betrachtete. Er war weit über siebzig Jahre alt und mit seinen einsfünfundachtzig für seine Generation ein hochgewachsener Mann. Seine aufrechte Haltung ließ ihn auch heute noch auffallen. Er strahlte Stolz und eine gewisse Würde aus, nur ganz selten ließ er durchblicken, dass er auch verletzlich war.

Sein Haar war weiß, aber dicht und kurz geschnitten. Die Augen waren von einem hellen Graublau und wirkten meist, als sähen sie durch einen hindurch. Diejenigen, die ihn näher kannten, bestaunten die Wandelbarkeit seiner Mimik. Er konnte väterlich gönnerhaft wirken, aber auch wie ein Patriarch Autorität und Unerbittlichkeit verkörpern. Dabei war es schwer zu sagen, ob er diese Eigenschaft gezielt einsetzte oder ob sie ein ebenso wandelbares Innenleben widerspiegelte.

»Ich habe Hedwig immer bewundert«, sagte er schließlich. »Sie war eine wunderbare Frau und hätte wahrlich noch ein paar schöne Jahre verdient.« Seine Stimme war heiser, was von einer verschleppten Entzündung des Kehlkopfes herrührte. Onkel Gabo schnaufte, als wollte er seinen Worten Nachdruck verleihen. »Es gab mal eine Zeit, da hatten wir uns sehr nahe gestanden.«

Alina fühlte, wie ihre innere Anspannung stieg. Auch wenn Onkel Gabo klang, als wäre das, was er sagte, ernst gemeint, wirkte dieses Bekenntnis konstruiert. Tante Hedwig hatte ihm, soweit sie wusste, nichts hinterlassen. Da konnte es mit ihrem Verhältnis so besonders nicht gewesen sein.

»Dann hatte ich eine Dummheit begangen, die sie gegen mich aufgebracht hatte.« Onkel Gabo blieb stehen und senkte den Blick. Mit der Spitze seines Schuhs zog er Kreise in den feinen hellen Belag aus Eiskristallen, der die Teerdecke des Feldweges wie Puderzucker überzog. »Ich habe mich mit den falschen ... Leuten eingelassen.«

Alina zog die Stirne kraus. Warum erzählte er ihr das?

»Es ist schon lange her, Jahrzehnte, und eigentlich habe ich mit den Sachen, die wir damals gemacht haben, nichts mehr zu tun. Trotzdem hat sie mir wohl nicht verziehen. Ich habe noch nicht einmal eine Nachricht von ihrem Tod bekommen.«

Er hob den Kopf und hielt seine Nase in die Luft, als wollte er Witterung aufnehmen. Alina konnte Tränen sehen, die in seinen Augenwinkeln glitzerten. Sein Atem rasselte leise.

»Ich bin selber schuld. Statt in der Weltgeschichte herumzureisen, hätte ich mich mit ihr aussöhnen sollen. Jetzt ist es zu spät.«

Onkel Gabo setzte den Spaziergang fort, und Alina folgte ihm.

»Ich habe Tante Hedwig nicht so gut gekannt«, sagte sie aus einem Impuls heraus. »Sie war mir immer ein bisschen unheimlich. Jetzt wünschte ich mir, ich hätte sie besser kennen gelernt.«

Ihr Onkel nickte zustimmend und legt ihr eine Hand auf die Schulter. »Den Wunsch haben viele, das kannst du mir glauben, aber es gibt nur eine Handvoll Menschen, die wussten, was Hedwig wirklich war.«

Jetzt war es Alina, die stehen blieb. Misstrauisch betrachtete sie ihn. Wusste er wirklich so viel von Hedwig, oder versuchte er, sie geschickt auszuhorchen?

Onkel Gabo lachte bei ihrem Anblick laut auf. »Immer auf der Hut, was? Genau wie Hedwig. Du bist deiner Großtante in vielen Dingen ähnlicher als du wahrscheinlich ahnen kannst. Ja, ich weiß, dass sie über so manche besondere Gabe verfügte und über ein tief greifendes Wissen von Kräften, die unsere Naturwissenschaftler noch nicht vermessen haben. Als ich hörte, dass du ihr Haus als Erste der Erben betreten durftest, war mir klar, dass sie dich als ihre Nachfolgerin einsetzen möchte. Hat sie dir schon von dem Bund erzählt?«

Überrascht von dem plötzlichen Stimmungswechsel bejahte Alina seine Frage und verriet ihrem Onkel damit mehr, als ihr lieb war.

»Hedwig, Hedwig. Sie kann es einfach nicht lassen.« Kopfschüttelnd hakte Onkel Gabo sich bei Alina unter und zog sie weiter. »Du solltest dir genau überlegen, worauf du dich da einlässt«, fuhr er fort. »Dass dir Hedwig unheimlich war, entstammt einer gesunden Grundeinstellung. Oh, versteh mich nicht falsch. Ich meine wirklich, dass Hedwig eine wunderbare Frau war. Dennoch gab es Seiten an ihr, die ich nicht gutheißen konnte. Dazu gehörte ihr Hang, mit Mächten zu spielen, die ihre Kräfte überstiegen. Glaub mir, ich weiß, wovon ich rede, schließlich habe ich mir selber mehr als einmal die Finger daran verbrannt. Aber sie und ich waren erwachsen und wussten trotz allem, womit wir es zu tun hatten. Das ist bei dir nicht der Fall.«

Alina wollte ihm widersprechen, sie fand jedoch keine Möglichkeit, ihm etwas zu entgegnen, ohne zu viel zu verraten. Die Hedwig, die sie über ihr Tagebuch, das Laptop, kennen gelernt hatte, war alles andere als verantwortungslos. Das Lernprogramm bewies ihre besondere Umsicht, Alina hatte nicht die geringste Befürchtung, dass Hedwig ihr mehr zumuten würde, als sie verkraften könnte. Nein, wenn sie jemanden fürchtete, dann eher Onkel Gabo mit seinen Winkelzügen.

Die beste Möglichkeit, etwas nicht zu sagen, ist zu schweigen. Eigentlich eine Selbstverständlichkeit, aber genau das empfand Alina als enorm schwierig. Onkel Gabo machte nach seinen letzten Worten eine erwartungsvolle Pause.

Alina schaute zum Horizont, schwieg und kämpfte gegen das Gefühl an, ein unhöfliches Kind zu sein. Nicht, dass sie besonderen Wert auf Umgangsformen legte, aber Onkel Gabo hatte gerade jetzt eine starke autoritäre Ausstrahlung. Sich seinem Willen nicht zu fügen, schien ein Sakrileg zu sein, etwas Ungeheuerliches, das schlimmste Strafen nach sich ziehen würde. Alina presste die Lippen zusammen und schwieg. Am liebsten hätte sie noch die Hände auf den Mund gelegt, damit dieser nicht ohne ihren Willen aussprach, was sie für sich behalten wollte.

Erst viel später verstand sie, dass sie in diesem Moment der Mittelpunkt eines erbitterten Kampfes zweier Mächte war.

»Es gibt etwas in Hedwigs Nachlass, das mir gehört und das ich unbedingt wiederhaben muss.«

Onkel Gabo gab das Bild des freundlichen Onkels vollends auf. Seine Stimme hatte plötzlich eine Härte, die Alina zittern ließ. Sie wusste sich nicht anders zu helfen, als weiterhin zu schweigen.

»Es ist ein Buch«, fuhr er sanfter fort. »Ich bin gerne bereit, seinen Wert zu ersetzen, Geld spielt dabei keine Rolle, das kannst du mir ruhig glauben.«

»Was hat das mit mir zu tun?« Alina musste all ihre Kräfte aufbieten, um ihrer Frage einen trotzigen Ton zu geben.

»Du hast das Buch. Leugne nicht. Ich weiß es.« Jetzt war er wieder unerbittlich. Der anklagende Richter, der gestrenge Vater. Heil und Erlösung lagen nur in der Erfüllung seiner Anweisungen.

»Nein!«, wehrte sich Alina dagegen, von ihm zu einem wehrlosen Kind herabgesetzt zu werden. »Selbst wenn ich das Buch hätte, von mir würdest du es nicht bekommen. Hedwig würde das nicht wollen, sonst hätte sie es dir wieder zurückgegeben.«

»Kind, bitte, du weißt nicht, worauf du dich da einlässt. Das Buch ist gefährlich, es zerstört Leben.« Seit Tonfall wechselte wieder. Nun klang er väterlich besorgt.

Es war irritierend, wie gezielt er seine Stimme einsetzen konnte. Zum ersten Mal regte sich so etwas wie Angst in ihrem Inneren. In was hatte Hedwig sie da hineingezogen?

»Sieh es doch ein: Das ist eine Nummer zu groß für dich. Auch wenn Hedwig und ich nicht immer einer Meinung waren, wir haben am Ende doch das Gleiche gewollt.«

Es war, als befehle Onkel Gabo eine riesige unsichtbare Hand, die sich jetzt mit unbarmherzigem Griff um Alinas Körper legte und sie festhielt. Er hatte die Macht, und sie musste gehorchen. Es wurde plötzlich kalt in ihrem Inneren, so als sauge er jegliche Wärme aus ihr heraus.

»Das Buch, Alina, wo hast du es?«

»Hedwig, bitte hilf mir«, bettelte sie lautlos, angesichts der ungeheuren Kraft, mit der Onkel Gabo sie bedrohte.

Ihre Tante antwortete nicht, wie konnte sie auch, sie war tot. Daran änderte auch ihr Konterfei in den Dateien des Laptops nichts. Alina war einem Trug aufgesessen, wenn sie glaubte, ihre Tante wache noch über sie.

Sie war kurz davor zu zerbrechen, aufzugeben und Onkel Gabos eisernem Willen nachzugeben, da erreichte sie doch noch Hilfe.

Allerdings von einer unerwarteten Seite.

Für einen winzigen Moment tauchte das Bild eines Jungen vor ihrem inneren Auge auf. »Gabriel«, flüsterte sie erstaunt. Von einer Sekunde zur nächsten fiel der Bann, den ihr Onkel um sie gelegt hatte, von ihr ab. Statt des mächtigen Patriarchen sah sie in ihm nun einen verblüfften alten Mann, der sie mit einer Mischung aus Wut und wachsendem Respekt ansah, hatte sie ihn doch mit geradezu erschreckender Leichtigkeit abgeschüttelt. Dass ihr jemand dabei geholfen hatte, hatte er nicht bemerkt.

Der Moment der Schwäche dauerte nicht lange. Seine Augen bekamen einen spöttischen Ausdruck. »Du scheinst über erstaunliche Kräfte zu verfügen, junge Dame. Aber wenn du dich nicht von dem Buch trennst, wirst du dennoch untergehen. Glaube mir, es gibt Kräfte, die weit jenseits deiner Vorstellungskraft liegen.«

Alina atmete tief ein, hob ihren Kopf und erwiderte seinen Blick mit funkelnden Augen. »Ich habe dir nichts mehr zu sagen. Und ich will in Zukunft nie wieder von dir belästigt werden.«

Onkel Gabos Blick wurde hart, aber Alina hielt mit Leichtigkeit stand. Sie hatte keine Angst mehr vor ihm, und eine leise männliche Stimme in ihrem Inneren flüsterte ihr zu, dass er ihr nie etwas antun könnte.

Mit einem verächtlichen Schnauben wandte er sich schließlich ab und stampfte mit wütenden Schritten davon.

Erst als er weit genug weg war, erlaubte sich Alina erleichtert aufzuatmen. Das war gerade noch einmal gut gegangen. Sie wandte sich dem Heimweg zu, als sie Gabriels Stimme in ihrem Inneren hörte: »Ich will das Buch sehen.«

Geheimnisse

Die Oberfläche des Einbandes ist geradezu steril. Keine Fingerabdrücke, obwohl welche drauf sein müssen, kein Staub, noch nicht einmal Mikroben. Aber das ist noch nicht alles. Sehen Sie sich einmal die Aufnahmen unter dem Rasterelektronenmikroskop an.«

Gerald Wilden wies auf eine wuchtige Apparatur, die von der Decke hing und sich nach unten hin verjüngte. Darunter lag das Buch. Über einen angeschlossenen Rechner wurden die Aufnahmen sofort ausgewertet und auf einen Flachbildschirm übertragen. Rudloff sah eine braune, abweisende Schluchtenlandschaft.

»Passen Sie auf, was passiert, wenn ich die Oberfläche verunreinige«, sagte Gerald und schritt zu einer Konsole, die mit der Apparatur verbunden war. Er tippte etwas ein, worauf ein nadelfeiner Strahl auf das Buch schoss. Auf den Monitoren fegte er wie ein Tornado über die Landschaft und hüllte alles in eine dicke, graue Wolke. Als der Staub sich gelegt hatte, sah es aus wie auf einer Müllkippe. Von dem braunen Untergrund war nichts mehr zu sehen.

Rudloff, den Gerald eigens für diese Vorstellung hatte kommen lassen, runzelte missbilligend die Stirn. So ging man nicht mit Beweismitteln um.

Da kam plötzlich Bewegung in das Bild. Die Berge, zu denen sich die Staubpartikel aus der Düse aufgestaut hatten, schrumpften zusammen. Erst als sie fast abgetragen waren und der Untergrund wieder zum Vorschein kam, war zu sehen, dass sie regelrecht in den Boden gesaugt wurden.

»Wenn es nicht so absurd wäre, würde ich behaupten, das Ding lebt. Geben Sie Acht, es geht noch weiter.«

Der Staub war mittlerweile verschwunden, aber die Oberfläche war trotzdem unruhig. Rudloff wollte nicht glauben, was er sah, aber es schien, als »verdaue« das Buch seine Mahlzeit.

»Was jetzt kommt, habe ich nur per Zufall entdeckt. Um das zu sehen, muss ich allerdings in den Infrarotbereich wechseln.« Gerald Wilden tippte auf die Tasten, und der Bildschirm änderte seine Farbe. Er wies nun einen deutlichen Rotstich auf. Kurz darauf stieg grellroter Nebel aus dem Untergrund hoch und füllte bald den ganzen Bildschirm aus.

Rudloff schaute entsetzt auf, aber auf dem Buch selber war nichts zu sehen.

»Keine Sorge«, beruhigte ihn Gerald und klopfte auf die Glaseinfassung, von der das Buch eingeschlossen wurde. »Das ist dicht. Ich habe eine Probe davon zu einem Speziallabor für biologische und chemische Kampfstoffe geschickt. Mal sehen, ob die was damit anfangen können.« Er fuhr den Rechner herunter und sah Rudloff mit durchdringendem Blick an. »Was glauben Sie, haben wir da gerade gesehen? Dunkle Magie in Gasform? Oder die Ausdünstungen eines bösen Fluches?«

Rudloff schüttelte den Kopf. »Ich kann mir das genauso wenig erklären wie Sie. Warten wir auf die Ergebnisse des Labors. Vielleicht sind wir dann schlauer.«

»Ja«, bemerkte Gerald mit unverhohlener Ironie. »Eine solche Antwort habe ich erwartet. Wann gedenken Sie eigentlich, Ihre engsten Mitarbeiter in die Geheimnisse einzuweihen, die sich in Ihrem interessanten Kopf befinden?«

»Ich ...«, setzte Rudloff zu einer Antwort an, wurde jedoch von Gerald mit einer wegwerfenden Handbewegung unterbrochen.

»Sparen Sie sich Ihre Standardantworten, ich kenne sie bereits. Wenn Sie weiterhin den Geheimnisträger spielen wollen, kann ich Sie nicht daran hindern. Ich komme auch so zu meinen Antworten, es dauert nur etwas länger. Aber Sie riskieren eine Verzögerung der Aufklärung, wenn Sie uns im Dunkeln tappen lassen.«

Rudloff sah Gerald Wilden scharf an, aber der Experte hielt seinem Blick ohne Schwierigkeiten stand. »Sie haben wahrscheinlich Recht.« Man konnte hören, dass ihm dieses Zugeständnis Mühe bereitete. Mit einem Seufzer sah sich Rudloff um. »Haben Sie etwas zu trinken? Ich glaube, ich kann jetzt was Alkoholisches gebrauchen.«

»Alles, was das Herz begehrt«, antwortete Gerald und führte ihn in das Wohnzimmer.

Wie jedes Mal, wenn er seinen Mitarbeiter in dessen Wohnung besuchte, bestaunte Rudloff die erlesene Einrichtung. Sie bewies nicht nur einen finanzstarken Besitzer, sondern einen extravaganten Geschmack. Für seinen Geschmack war die Einrichtung etwas zu durchgestylt, aber Geschmäcker waren ja bekanntlich verschieden.

Der Whisky, den Gerald Wilden ausschenkte, war genauso ausgezeichnet wie das Kristallglas, in dem er in sanfter goldgelber Färbung leuchtete.

»Sie haben nicht nur einen Hang zum Perfektionismus«, bescheinigte ihm Rudloff, »Sie sind verdammt nahe dran.«

»Danke«, antwortete dieser. »Aber mein Leben ist leider nicht in allen Bereichen so perfekt.«

»Ich weiß«, nickte Rudloff und hob sein Glas. »Obwohl ich Homosexualität nie als Makel angesehen habe.«

Gerald, der sein Glas angesetzt hatte, verschluckte sich und musste sich die brennende Flüssigkeit aus der Luftröhre husten. Rudloff klopfte ihm grinsend auf den Rücken.

»Sie wissen es?« Geralds Blick war abschätzend. Seine Miene drückte die Unsicherheit, die er empfand, deutlich aus.

»Nun ja. Es steht Ihnen nicht gerade auf der Stirn geschrieben, aber wer genau hinschaut und wie ich offen ist, kommt früher oder später von selbst drauf. Aber machen Sie sich keine Sorgen, für mich ist so etwas völlig belanglos. Mich wundert nur, dass Sie es verschweigen. Heutzutage ist das doch gesellschaftsfähig. Sogar führende Politiker bekennen sich dazu, schwul zu sein.«

Gerald verdrehte die Augen. »Mag sein, dass Sie über eine gute Beobachtungsgabe verfügen, aber Sie können sich nicht in meine Lage versetzen. Ich bin eben kein prominenter Medienstar oder Politiker. Ich bin ein Polizist. Glauben Sie, die Kollegen würden mich noch ernst nehmen, wenn sie wüssten, dass ich auf Männer stehe?«

»Das ist Ihr Problem«, antwortete Rudloff mit einem Schulterzucken. »Ich respektiere Ihre Entscheidung. Aber früher oder später kommt es sowieso raus. Besser, wenn Sie sich dem vorher stellen.«

»Ja, das ist der Rudloff, wie ich ihn kenne. Immer einen überlegenen Kommentar auf den Lippen. Aber wie sieht es vor Ihrer eigenen Haustür aus? Eine Zeit lang dachte ich, Sie gehörten zu den Männern meines Schlages. Ich meine, so wie Sie die Frauen geradezu meiden. Oder besser mieden. Neuerdings hat sich da ja etwas geändert.«

Rudloff schaute Gerald verdutzt an. Dann verdüsterte sich sein Gesicht, und er nahm einen Schluck. »Sie meinen die Hauptkommissarin Stark?«

Gerald nickte mit einem schadenfrohen Grinsen.

»Da ist nichts«, versuchte Rudloff gelassen zu beteuern, was ihm jedoch nicht ganz gelang. »Ich mache mir allerdings Sorgen um sie. Es sieht so aus, als hätte der Bann, mit dem wir es hier meiner Meinung nach zu tun haben, auch von ihr Besitz ergriffen.« Anschließend erzählte er Gerald von dem Albtraum, den sie und er gleichzeitig gehabt hatten, und von seiner Vermutung, dass es mit dem Umstand zusammenhing, dass sie beide das Buch mit bloßen Händen angefasst hatten.

»Woher wussten Sie, dass der Mord auch in der Wirklichkeit passiert?«, wollte Gerald wissen.

»Intuition, Erfahrung, ich wusste es einfach. Und mir war auch gleich klar, dass Michaela ebenfalls davon betroffen sein musste.«

»Michaela? Aha! Sie haben ihr das Du angeboten?« Geralds Gesicht war ein einziges süffisantes Grinsen.

»Das geht Sie gar nichts an!«, ärgerte sich Rudloff, woraufhin Geralds Grinsen allerdings noch breiter wurde.

»Nein«, gab Rudloff schließlich kleinlaut zu. »Sie haben schon Recht. Was den Umgang mit dem weiblichen Geschlecht anbelangt, bin ich etwas ... nun ja, gehemmt.«

»Stark untertrieben, aber immerhin ein Anfang. Wie wäre es, wenn Sie mir als Nächstes das Du anbieten? Dieses ewige Gesieze macht mir den Mund noch ganz fusselig.«

Rudloff schaute einen Moment konsterniert Gerald Wildens hingehaltene Hand an, dann gab er sich einen Ruck und schlug mit einem schiefen Lächeln ein.

»In Ordnung, Gerald. Aber ich bleibe trotzdem der Chef.« Und sofort wurde Rudloff wieder ernst. »Ich mache mir wirklich große Sorgen. Wir stecken da in einer Sache drin, die ich nicht abschätzen kann. Es scheint mir eine Art von Besessenheit zu sein. Aber etwas derart Tödliches habe ich dabei noch nie erlebt.«

»Was hat der Umstand zu bedeuten, dass die Opfer unmittelbar vor ihrem natürlichen Tod standen?«, fragte Gerald nach.

Rudloff machte ein nachdenkliches Gesicht, dann blitzten seine Augen plötzlich auf.

»Nur so konnten die Opfer überredet werden, dem Ritual zuzustimmen. ›Frei die Wahl.‹ Natürlich! Das ist es!«

Dem verdutzten Gerald erzählte er von dem Gedicht, das Professor Rosenblatt entziffert hatte.

»Die dritte Zeile lautete: *Zwiefach sie und frei die Wahl*. Die Opfer haben in ihren Tod eingewilligt.«

»Moment!«, protestierte Gerald, »das geht mir jetzt etwas zu schnell. Wollen Sie, äh, ich meine, willst du damit behaupten, dass die alten Leutchen damit einverstanden waren, so bestialisch umgebracht zu werden?«

»Ja, genau das.« Rudloff strahlte Gerald begeistert an. »Vielleicht wussten sie nicht genau, wie sie sterben würden. Um das zu beurteilen, müssten wir den Kontrakt lesen können.«

»Den Kontrakt? Du meinst so etwas wie einen Teufelspakt?«

»Nein, nicht Teufel, sondern Dämon.«

»Dämon? Ach, du Scheiße! Ich glaube, ich will doch nicht so genau wissen, was hier abgeht. Das kann doch nicht dein Ernst sein.«

Rudloff nickte energisch. »Das passt. Das passt genau! Die Bücher sind die einzelnen Ausfertigungen des Vertrages. Das Gedicht ist der Schlüssel, der magische Spruch, der den Kontrakt besiegelt. Dabei ist es unwesentlich, ob die Vertragspartner den Sinn entziffert haben oder nicht. Ihre Unterschrift bindet sie und liefert sie aus.«

»Aber warum, zum Teufel, sollte sich jemand auf so etwas einlassen?«

Rudloff überlegt einen Moment, bevor er auf Geralds Frage antwortete. »Weil er unbedacht ist. Weil er nicht wirklich an die Wirksamkeit des Vertrages glaubt oder weil er hofft, so die Unsterblichkeit zu erlangen.«

Hexenprozess

Trude versuchte verzweifelt die Füße von der sengenden Hitze wegzuziehen, aber die Stricke hielten sie unbarmherzig an den Pfahl gefesselt. Ihr war keine Gnade vergönnt.

Ihr hartnäckiges Beharren auf ihre Unschuld, vor allem aber ihre Weigerung, weitere unschuldige Frauen zu denunzieren, hatten zu einer Erschwerung ihrer ohnehin unausweichlichen Todesstrafe geführt.

Wer wie sie in den Zeiten des Großen Krieges im Erzbistum Köln als Hexe angeklagt worden war, hatte von Anfang an keine Chance, seine Unschuld zu beweisen. Es gab kein Entrinnen. Selbst wenn man es schaffte, die auf vierundzwanzig Stunden festgelegte grausame Folter der »Peinlichen Befragung« zu überstehen. Für Hexen wurde die Regel, dass die Verdächtige daraufhin freizusetzen sei, einfach außer Kraft gesetzt.

Die eigens für die Hexenverfolgung eingesetzten Kommissare vom Schlage eines Franziskus Buirman oder Dr. Schultheiß ließen unbarmherzig weiter foltern oder verurteilten die Beschuldigten dennoch zum Tode auf dem Scheiterhaufen. Nur dass die als Begnadigung empfundene vorherige Erdrosselung wegfiel.

Trude Meinard wurde bei lebendigem Leibe verbrannt, weil sie bei der Wahrheit geblieben war. Dabei hatte sie bis zum Schluss nicht glauben wollen, dass man sie wirklich verurteilen würde.

Es war Hochsommer und das aufgeschichtete Holz knochentrocken. Als der Henker es entzündete, schossen die Flammen sofort steil empor. Ohne Rauchbildung traf Trude die sengende Hitze mit ungebremster Macht.

Jetzt, wo das Feuer gierig an ihrer Haut leckte und der Schmerz mit tausend glühenden Nadeln in ihrem Körper wütete, bereute sie voller Bitterkeit, an ihren Idealen festgehalten zu haben.

Das Letzte, was ihrer Kehle entfuhr, bevor ihre Stimme in einem qualvollen Schrei verbrannte, war ein Fluch auf alles, was ihr einst etwas wert gewesen war. Besonders auf ihren Gott, der sie in ihrer schwersten Stunde schmählich im Stich gelassen hatte.

* * *

»Diesmal ist es eine Frau, Gerlinde Herrmanns. Sie brach unter furchtbaren Schreien zusammen und verwandelte sich vor den Augen der Zeugen in eine verkohlte Leiche.«

Michaela krampfte bei der Vorstellung von dem, was ihr der Kollege am Telefon berichtete, der Magen zusammen. Verbrannt! Die Nummer sieben starb wie ihre Vorgänger, genauso wie es das Gedicht, oder der Fluch, vorgesehen hatte. Dabei hatte es Zeugen gegeben, eine ganze Reisegruppe, die zur Besichtigung alter Burgen in der Eifel unterwegs war. Bei der spektakulär grausigen Todesart würde sich der Fall wie ein Lauffeuer herumsprechen. Jetzt gab es kein Entrinnen mehr vor dem Ansturm der Medien. Das würde sie und ihre Kollegen massiv unter Druck setzten.

Als Michaela einige Zeit später auf den Parkplatz der Wildenburg, dem Tatort, einbiegen wollte, fand sie ihre Befürchtung mehr als bestätigt. Hier war die Hölle los. Bevor irgendjemand es verhindern konnte, hatten mehrere der Zeugen mit ihren Handys zu Hause oder bei Freunden und Verwandten angerufen und von dem entsetzlichen Erlebnis berichtet. Die inzwischen versammelten Presse- und Fernsehleute mussten mit massivem Personaleinsatz auf Abstand gehalten werden. Michaela kam nur durch, weil einer der Kollegen von der Einsatzpolizei sie erkannte und ihr einen Korridor freiräumen ließ. Durch die Scheiben ihres Wagens schaute sie voll Widerwillen auf das hektische Treiben. Journalisten, deren Kameras mit gigantischen Teleobjektiven aufgemotzt waren, Fernsehfritzen, die sich herausputzten und vor Kameras mit den Logos der bekanntesten TV-Sender posierten.

Als sie endlich aussteigen konnte, war es wie ein Spießrutenlauf. Fragen schwirrten ihr um die Ohren.

»Stimmt es, dass dies schon der siebte Fall dieser Art ist? Wie kommt es, dass die Polizei immer noch im Dunkeln tappt? Fühlen Sie sich diesen Morden überhaupt noch gewachsen?«

Hier war ein Mensch auf schreckliche Weise gestorben, hatte furchtbar leiden müssen. Aber alles, was diese Hyänen interessierte, war, ob sie, die Leiterin der Mordkommission, scheitern würde.

»Glauben Sie im Ernst, dass Sie es mit dem Fluch eines Dämons aufnehmen können?«

Michaela blieb abrupt stehen und schaute sich nach dem Fragesteller um.

Ein altes Gesicht musterte sie mit spöttischer Miene. Die grauen, aber dichten Haare waren kurz geschoren, seine Augen erinnerten an die Farbe fließender Gewässer. Seine Stimme klang heiser, wie das Rauschen einer rostigen Wasserleitung. Marlon Brando in seiner Rolle als Pate fiel ihr dazu ein. Hatte er ihr diese Frage gestellt?

Michaela versuchte, sich die Gesichtszüge genau einzuprägen, und wandte sich wieder ab. Ihn jetzt anzusprechen, wäre unklug. Sie nahm sich jedoch vor, so schnell wie möglich jemanden auf ihn anzusetzen.

Der innere Bereich der Burg war zu Michaelas Erleichterung abgesperrt. Hinter der Absperrung empfing sie Thomas Schmidt, den sie sofort losschickte, nach dem Alten zu suchen. Wenn er nicht bereits verschwunden war, konnte der Kollege seine Personalien aufnehmen und ihn, wenn möglich, unauffällig befragen. Vielleicht war er nur ein verwirrter Spinner, aber Michaela hatte das unbestimmte Gefühl, dass er irgendetwas mit den Todesfällen zu tun hatte. Wie ein Journalist oder ein sensationslüsterner Gaffer hatte er auf jeden Fall nicht ausgesehen.

Wolf Krüger begrüßte sie mit einem freundlichen Lächeln. Seit ihrem Besuch bei Marion, seiner Frau, hatte er seine Zurückhaltung ihr gegenüber abgelegt. Auf ihre besorgte Bemerkung zum Medienspektakel wusste er sie zu beruhigen. »Jürgen ist zurzeit mit der Schadensbegrenzung beschäftigt. Mach dir keine Sorgen, das mit der Presse kriegt er hin. Ist nicht das erste Mal, dass er dafür seine Beziehungen spielen lässt.«

»Jürgen?«

Irritiert schaute Michaela ihn an. Ihr war von Anfang an der distanzierte Umgangston zwischen Rudloff und seinen beiden Mitarbeitern aufgefallen. Sollte sich da etwas geändert haben?

Wolf zwinkerte ihr verschwörerisch zu. »Manchmal geschieht ein Wunder, und ein Eisberg schmilzt in der Sonne.«

Mehr wollte er ihr jedoch nicht verraten. Das, was Jürgen und Gerald über das Buch herausgefunden hatten, wollte sein Chef ihr selber erklären, und das, was Gerald ihm insgeheim zugeflüstert hatte, behielt er sowieso besser für sich.

Auf dem Weg zum Hexenkeller, hinter deren meterdicker Mauer Gerlinde Herrmanns grauenhaft zugerichtete Leiche auf sie wartete, erzählte er Michaela, was er von der

Wildenburg wusste. Die Burg wurde vor mehr als achthundert Jahren errichtet und erlangte traurige Berühmtheit durch einen Streit zwischen dem damaligen Inhaber der Herrschaft Wildenburg, Marsilius von Pallandt, und dem Grafen Werner von Salm-Reifferscheid. Es ging um die hohe Gerichtsbarkeit im Lande Wildenburg. Nur um seine Ansprüche zu begründen, ließ Marsilius von Palland sechzehn Hexen verurteilen und hinrichten. »Das muss um 1628 herum gewesen sein«, schloss Wolf seinen Ausflug in die Geschichte. »Heute wird der idyllisch gelegene Gebäudekomplex vom Bistum Aachen als Tagungsstätte genutzt.«

Durch eine Lücke in der Umfassungsmauer konnte sie einen Blick auf das »Ländchen« erhaschen, das sich zu Füßen des Bergrückens, auf dessen Spitze die Wildenburg thronte, erstreckte. Waldgebiete, Felder und Wiesen im bunten Wechsel und hin und wieder die Dächer kleinerer Dörfer. Wie verwunschene Siedlungen in die Landschaft gestreut. Selbst unter dem grauen Baldachin des wolkenverhangenen Himmels sah die Landschaft unter ihnen aus wie eine Postkartenidylle.

»Es wird bald Schnee geben«, bemerkte Wolf mit prüfendem Blick nach oben. »Ich hoffe, du hast Winterreifen an deinem Wagen.«

Michaela nickte nur knapp, obwohl sie privat immer noch auf Ganzjahresreifen fuhr. Für ihren privaten Wirkungskreis im Raum Bonn waren sie ihrer Meinung nach ausreichend. Wenn sie sonst irgendwo hinmusste, war es immer nur dienstlich, und dafür hatte sie ja einen bestens ausgerüsteten Dienstwagen.

Mittlerweile waren sie am Hexenturm angelangt. Der süßliche Geruch nach gebratenem Fleisch stieg Michaela sofort in die Nase und ließ sie angewidert schlucken.

Gerald Wilden erhob sich bei ihrem Eintreffen von der am Boden liegenden Leiche, streifte Mundschutz und Einweghandschuhe ab und trat auf sie zu. »Das hier ist eine schwere Nuss für Ihren Realitätssinn.«

Michaela sah ihn erstaunt an und überlegte, was er ihr damit sagen wollte.

Mit neutraler Stimme, als verlese er ein Protokoll, fuhr Gerald fort. »Laut Bescheinigung des Arztes muss der Tod zwischen vierzehn Uhr und vierzehn Uhr dreißig eingetreten sein, was sich mit den Zeugenaussagen deckt. Todesursache: schwere Verbrennungen und Ausfall der wichtigsten Körperfunktionen durch rapiden Flüssigkeitsverlust. Nach allem, was ich bis jetzt gefunden habe, sieht es so aus, als sei das Opfer an Händen und Füßen festgebunden und bei lebendigem Leib verbrannt worden.« Er zeigte ihr die Spuren an Hand- und Fußgelenken, die man trotz der Verbrennungen gut sehen konnte. »Die Art und Schwere der Verkohlung ihrer Haut passen gut zu der Vorstellung, dass sie auf einem Scheiterhaufen verbrannt worden ist. Mir ist nur nicht klar, wie das unter den Augen von vierundzwanzig Zeugen passieren konnte, ohne dass einer etwas davon bemerkt hat.«

Die Zeugen befanden sich in psychologischer Betreuung oder wurden von den Kollegen der Kripo Euskirchen, die als Erste eingetroffen waren, befragt. Michaela schaute sich ihre vom Schock gezeichneten Gesichter an und versuchte sich vorzustellen, sie hätten gemeinsam den Mord an Gerlinde Herrmanns geplant und durchgeführt. Schon nach wenigen Augenblicken schüttelte sie entschlossen den Kopf. Nicht einer von den älteren Damen und Herren hatte nur annähernd das Kaliber zu einer solchen Tat.

Später, im Freien, überlegte Michaela, was sie mit den Informationen anfangen sollte. Wie sie es auch drehte und wendete, der Tod der armen Frau gab ihr schier unlösbare Rätsel auf.

Thomas Schmidts Auftauchen holte sie aus ihren Gedanken. Er hatte den Mann, der ihr aufgefallen war, tatsächlich aufgespürt. Offensichtlich hatte er sogar auf ihn gewartet. Er gab zu, dass die Bemerkung über den Fluch von ihm stammte. Seine Personalien hatte er bereitwillig bekannt gegeben, aber was ihn veranlasst hatte, Michaela anzusprechen, wollte er nur ihr gegenüber erklären.

»Der Kerl ist irgendwie unheimlich«, stellte Thomas abschließend fest. »Sie sollten nicht allein sein, wenn Sie ihn sich zur Brust nehmen.«

»Keine Sorge«, beruhigte sie ihn. »Ich weiß da jemanden, der mich bestimmt sehr gerne begleiten wird.«

Sie notierte sich Adresse und Rufnummer und nahm sich vor, bei nächster Gelegenheit Rudloff um Amtshilfe zu bitten. Mit kauzigen Typen kannte er sich schließlich am besten aus.

Unheimlicher Besuch

Mit einer Mischung aus Unbehagen und Faszination schaute Alina auf Gabriel. Er hatte ihr den Rücken zugedreht und schaute seinerseits gebannt auf das Buch, das aufgeschlagen vor ihm auf dem Schreibtisch lag.

Die Finger seiner schlanken Hände strichen geradezu zärtlich über die uralten, vergilbten Seiten. »Unglaublich, welche Macht es hat«, flüsterte er.

Alina spürte, wie sich die Haare auf ihrem Rücken aufrichteten. Sie war nicht gerade begeistert, dass Gabriel das Buch so leicht in die Hände bekommen hatte. Andererseits hatte er ihr gegen Onkel Gabo geholfen. Wenn sie auch nicht ganz begriff, was da bei dieser Auseinandersetzung wirklich passiert war. Gabriel hatte sich in den Tagen darauf nicht blicken lassen. Als Alina schon davon überzeugt war, dass sie sich seine Stimme in ihrem Kopf wohl nur eingebildet hatte, tauchte er auf.

Das war gestern gewesen. In der Pause hatte er plötzlich vor ihr gestanden und sie verschwörerisch angelächelt. Er war etwas jünger als sie, aber seine Augen wirkten entsetzlich alt, so als steckte ein Greis in seinem jugendlichen Körper.

»Hast du das Buch noch?« Alina suchte nach einer Antwort, aber Gabriel winkte ab. »Nicht heute, aber morgen, wenn du Zeit hast, komme ich zu dir.«

Alina wollte ihm eigentlich absagen, sie fühlte sich überrannt, aber die Worte wollten ihr nicht über die Lippen kommen. Stattdessen nickte sie nur stumm.

»Schön«, antwortete Gabriel. »Also dann bis morgen.«

Heute Morgen noch, in der Schule, war sie fest entschlossen gewesen, ihn wieder auszuladen. Sie hatte sich zu Hause daran erinnert, dass Hedwig ihr geraten hatte, sich von ihm fernzuhalten. Außerdem hatte sie seine Art wütend gemacht. Sie hasste es, wenn jemand versuchte, sie zu manipulieren.

Gabriel war jedoch unauffindbar. Angeblich war er krank. Als er dann am frühen Nachmittag vor ihr stand, wirkte er jedoch putzmunter.

Alinas Mutter hatte ihn hereingelassen. Ihre Augen blitzten schelmisch, als sie den vermeintlichen Verehrer bei ihrer Tochter ablieferte. »Ich bringe euch gerne Tee und Plätzchen, wenn ihr wollt.«

Alina hatte nur genervt die Augen verdreht und die Tür hinter Gabriel etwas fester als nötig verschlossen.

Dann war ihr Blick auf den Schreibtisch gefallen. Dort lag das Buch, ausgepackt und aufgeschlagen. Dabei hatte sie sich nicht daran erinnern können, es aus seinem Versteck herausgeholt zu haben.

Gabriel war ohne Umschweife darauf zugegangen und hatte beide Hände auf die Seiten gelegt, so als wollte er seinen Inhalt mit den Handflächen aufsaugen. Sein Blick bekam einen verzückten Ausdruck, und sein Mund formte sich zu einem erstaunten »Oh«.

Mit ihr hatte er noch kein Wort gewechselt. Vorsichtig warf Alina einen Blick auf Hedwigs Tagebuch. Der Laptop lag unauffällig im Regal, verborgen unter einem Stapel Schulhefte. Ein warnendes Gefühl in ihrer Magengegend sagte ihr, dass Gabriel das Gerät unter keinen Umständen in die Finger bekommen durfte.

Endlich richtete sich Gabriel auf und wandte sich Alina zu. »Es ist gut, dass du das Buch von deinem Onkel fernhältst. In den falschen Händen kann es furchtbares Unheil anrichten. Ich bin mir sicher, dass dir deine Tante genaue Anweisungen hinterlassen hat, wie du damit arbeiten kannst.«

Sein Blick tastete suchend das Zimmer ab, aber wie durch ein Wunder entging ihm der Laptop. Ein Wunder, weil Alina davon überzeugt war, dass er ihre Gedanken lesen konnte und sie es nicht schaffte, an irgendetwas anderes zu denken als an Hedwigs Tagebuch.

Aus Angst, sich durch eine falsche Antwort zu verraten, sagte Alina gar nichts und setzte einen verständnislosen Gesichtsausdruck auf.

Gabriel quittierte ihren Täuschungsversuch mit einem Grinsen. »Geschenkt«, sagte er jovial. »Ich brauche weder das Buch noch eine Anleitung. Aber wenn deine Tante es nicht schon getan hat, sei gewarnt: Dieses Buch ist gefährlich. Es kann dich weitaus mehr kosten als nur dein Leben.«

Hinterher, als Gabriel weg war, saß Alina noch lange vor dem Bildschirm des Laptops, daneben, aufgeschlagen, das Buch. Was sie aus Hedwigs Tagebuch erfuhr, bestätigte Gabriels Warnung und veranlasste sie, zusätzlich zu einem Paar Handschuhe einen Mundschutz aus dem Arbeitskeller ihres Vaters zu holen. Anfangs mühsam, dann jedoch immer flüssiger, erschloss sich ihr nun Seite für Seite ein Text, der sie wechselweise mit Erstaunen und mit Widerwillen erfüllte.

Erst als sie an eine Textpassage gelangte, die wie die Strophen eines Gedichtes geordnet war, kam sie mit der Übersetzung nicht mehr weiter. Die Seiten waren hier etwas zerknittert und feucht. Alina musste nicht lange überlegen, warum. Dies war die aufgeschlagene Stelle, auf die Gabriel seine Hände gelegt hatte. Er war wohl trotz der vermeintlichen Ruhe und Selbstsicherheit, die er ausstrahlte, ziemlich aufgeregt gewesen, wenn seine Hände so geschwitzt hatten. Was auch immer sich hinter den Zeichen verbarg, es war offensichtlich wichtig, vielleicht sogar der Schlüssel zum Geheimnis dieses Buches.

Alina wandte sich dem Laptop zu und suchte im Verzeichnis der Sonderzeichen nach. Dort fand sie die meisten der seltsamen Buchstaben wieder. Es waren griechische und kyrillische Buchstaben. Einige der Zeichen gehörten jedoch scheinbar keiner dieser Sprachen an.

Mal sehen, was passiert, wenn ich diesen Text als Nachricht an Hedwig sende, überlegte Alina und gab die Passage aus dem Buch, soweit wie es ihr möglich war, in die Eingabemaske für Fragen an das Tagebuch ein. Als sie die Entertaste drückte, passierte zunächst nichts. Der Rechner hatte offensichtlich Schwierigkeiten, die verschlüsselte Botschaft zu übersetzen. Dann erschien Hedwigs Konterfei auf dem Bildschirm.

»Hallo, meine Liebe. Deine Botschaft ist zutiefst beunruhigend, hast du sie aus dem Buch?«

Alina nickte zunächst, dann fiel ihr ein, dass sie ja reden musste, sollte die virtuelle Hedwig sie verstehen. »Ja. Und Gabriel hat sie leider auch gesehen.«

Das mit Gabriel rutschte ihr ungewollt heraus, sie rechnete nicht damit, dass das Programm darauf reagieren würde.

»Welcher Gabriel?«, fragte der Laptop und rief damit erstaunte Furchen auf Alinas Stirn hervor.

»Gabriel Müller«, antwortete sie irritiert. »Gibt es denn noch einen Gabriel, vor dem ich mich in Acht nehmen muss?«

»Ja, leider. Dein Onkel Gabo heißt auch Gabriel, Gabriel Frentzen, und ich befürchte, die beiden haben mehr gemein, als dir lieb sein kann. Dass Gabriel Müller von dem Buch weiß, lässt sich nun leider nicht mehr verhindern. Ich kann dir nur nochmals raten: Halte dich von ihm fern! Wie steht es mit Onkel Gabo? Hat er vielleicht versucht, dich zu beeinflussen?«

»Oh, ja!« Alina erinnerte sich mit Grausen an das Gefühl der Hilflosigkeit, als er sie mit seinen Kräften konfrontierte. Ein Glück, dass Gabriel ihr geholfen hatte.

Die virtuelle Hedwig machte ein besorgtes Gesicht. »Dann wird es höchste Zeit, dass wir den Bund einschalten. Dafür musst du den Laptop an das Internet anschließen. Wenn du zu Hause keinen entsprechenden Anschluss hast, suchst du am besten das nächstgelegene Internet-Café auf. Alles Weitere erledigt das Programm. Aber warte nicht lange.«

Kurz darauf stand Alina im Arbeitszimmer ihres Vaters, Hedwigs Tagebuch unter dem Arm, und überlegte, wie sie den alten Herrn davon überzeugen konnte, ihr den Anschluss zu überlassen.

»Darauf habe ich schon lange gewartet«, bemerkte ihr Vater grinsend und drückte ihr ein Funkmodul und eine CD in die Hand. »Als ich gehört habe, dass du einen Laptop geerbt hast, war mir klar, dass dieser Moment kommen würde.«

Kopfschüttelnd stieg Alina die Treppe zu ihrem Zimmer hoch. Eltern! Entweder raffen sie gar nichts, oder sie überraschen dich mit so etwas.

Dank ihres Funkmoduls war sie nun in der Lage, über Wireless LAN jederzeit den Router neben dem Telefonanschluss im Hausflur anzusteuern und im Internet zu surfen. Nachdem sie das zugehörige Programm installiert und die notwendigen Einstellungen im Betriebssystem festgelegt hatte, konnte es losgehen. Alina fuhr Hedwigs Programm hoch und wartete gespannt, was nun passieren würde.

Ausflug in die Eifel

Der Morgen begann viel zu früh und zu laut. Das Telefon klingelte. Es war Samstag, und eigentlich hatte sie vor auszuschlafen. Als sie dann auch noch Rudloffs Namen am Telefon hörte, wollte Michaela ihn so schnell wie möglich abwimmeln. Mag ja sein, dass es für ihn kein Wochenende gab, sie jedenfalls brauchte die zwei Tage, um ihren Kopf wieder freizubekommen. Dann lud er sie jedoch zu einem Frühstück ein, verbunden mit einem Überraschungsausflug in die Eifel.

»Das klingt verlockend«, antwortete sie, »aber da ist doch bestimmt ein Haken an der Sache.«

»Natürlich, was denken Sie, ich opfere doch nicht einen wertvollen Samstag, wenn dabei nicht auch etwas Spaß herausspringt.«

Erstaunt runzelte sie die Stirn. War das jetzt ein Witz? Wollte er sie auf den Arm nehmen oder tickte er einfach nur nicht richtig und dachte dabei, alle wären so wie er.

»Machen Sie sich fertig, in einer halben Stunde bin ich bei Ihnen.«

»Aber ...«

Sie habe doch gar nicht zugesagt, wollte Michaela hinzufügen, da hatte Rudloff schon aufgelegt.

Eine halbe Stunde, um sich für eine Verabredung fertig zu machen. Dieser Kerl war wirklich die reinste Plage.

Als sie ihr Spiegelbild betrachtete, dachte sie darüber nach, ob das tatsächlich eine Verabredung war. Mit einem Schulterzucken beschloss sie, wenigstens so zu tun. Es war schon ziemlich lange her, dass ein Mann sie zum Essen eingeladen hatte. Nun gut, ein Frühstück war nicht gerade ein Candlelight-Dinner, und irgendwann würde er mit dem eigentlichen Grund für diese Einladung herausrücken, wahrscheinlich irgendwelche abstrusen Theorien über ihren Fall. Aber bis dahin würde sie den Ausflug einfach nur genießen. Schließlich hatte Rudloff zugesagt, die Zeche zu zahlen. Und sie hatte nicht vor, sparsam zu sein.

Das Frühstück nahmen sie im *Café T* in Bad Münstereifel ein. Michaela bewunderte eine dicke Frau aus Pappmaché, die sich mit sichtlichem Heißhunger über ein ebenso üppiges Stück Kuchen hermachte. Sie gehörte schon seit Jahren zum Inventar. Das Café selber, originell und liebevoll eingerichtet, war ein Treffpunkt für Jung und Alt. Dazu trug neben der gemütlichen Atmosphäre auch die große Auswahl der Getränke und warmen Speisen bei.

Rudloff überraschte sie mit ungewöhnlichen Fragen. Er wollte alles Mögliche von ihr wissen. Wo sie aufgewachsen war, was ihre Kindheitsträume waren, ob sie Tiere mochte. Ihre Großmutter erregte sein besonderes Interesse. Sie hatte fast das Gefühl, er würde sie kennen oder hätte von ihr gehört. Michaela war erstaunt, wie offen sie von sich selbst erzählte. Dabei tauchten viele verschüttete Erinnerungen auf. Erst als sie auf ihren ständig wiederkehrenden Albtraum zu sprechen kamen, wurde sie still. Rudloff schien zu merken, dass sie einen wunden Punkt erreicht hatte, und wechselte taktvoll das Thema.

Anschließend erkundeten sie zu Fuß die Winkel und Ecken des reizvollen Städtchens.

Zurück am Wagen beschloss Michaela, dass es nun an der Zeit sei, auf Rudloffs eigentlichen Grund für die Einladung einzugehen. Er hatte sich tapfer geschlagen, ihr einen wundervollen Morgen beschert und sich ihre Aufmerksamkeit redlich verdient.

Rudloffs Antwort überraschte sie. »Ich habe für heute Nachmittag ein Treffen arrangiert, bei dem Mann, der Ihnen auf der Wildenburg aufgefallen ist.«

»Und deswegen laden Sie mich zum Frühstück ein?«

Jetzt wurde Rudloff verlegen. »Ich habe Sie eingeladen, weil ich Sie sowieso gerne näher kennen lernen möchte. Außerdem ...«

»Ach ja? Und wieso?« Reumütig biss sich Michaela auf die Lippen. Sie hatte ihn gar nicht unterbrechen wollen, schon gar nicht in einem so abweisenden Tonfall. Schließlich hatte er doch genau das gesagt, was sie hören wollte.

Eben darum bist du misstrauisch, stellte sie fest.

Rudloff sah sie einen Moment irritiert an, dann beschloss er, ihre Frage zu ignorieren. »Außerdem«, setzte er seine Erklärung mit Nachdruck fort, »ist es wichtig, dass Sie bei der uns bevorstehenden Begegnung möglichst entspannt sind.«

In Michaela stritten sich die Gemüter. Siehst du, ich habe es ja gewusst, sagte die Skepsis. Du zwingst ihn doch geradezu sich zu rechtfertigen, antwortete die Hoffnung.

»Also doch eine dienstliche Veranstaltung.« Michaela schaffte es nicht ganz, die Enttäuschung in ihrer Stimme zu unterdrücken.

»Wenn Sie so wollen. Aber eine, die Spaß machen soll. Kommen Sie, das Frühstück werde ich bestimmt nicht als Spesen abrechnen.«

Irgendetwas in seiner Stimme ließ sie aufmerken.

»Glauben Sie mir, ich gebe gerne Geld für Sie aus. Ich hätte Ihnen ja auch eine Aufzeichnung der Comedy-Serien von gestern Abend schicken können, sozusagen als Heimarbeit.«

Humor? Rudloff versuchte tatsächlich witzig zu sein. Und dabei war er noch nicht einmal schlecht. Michaela musste unwillkürlich grinsen. »Na gut, im Gegenzug werde ich unseren Ausflug nicht als Dienstzeit anrechnen. Was kommt als Nächstes? Bis heute Nachmittag ist ja noch etwas Zeit.«

* * *

»Haben Sie schon einmal von *Hörnchen* gehört?«

Rudloff rückte erst eine halbe Stunde später, als sie wieder mit dem Auto unterwegs waren, mit dieser Frage heraus. Dabei wandte er seinen Blick von der Straße ab und schaute Michaela an. In seinen Augen lag eine Mischung aus Neugier und kindlicher Vorfreude.

»Nein, auch wenn ich damit eine sträfliche Bildungslücke preisgebe. Trotzdem möchte ich Sie bitten, wieder auf den Verkehr zu achten, dann wäre mir viel wohler.«

Michaela lächelte amüsiert, als Jürgen Rudloff ihrer Bitte Folge leistete und sich wieder der Straße zuwandte. Er hatte für einen winzigen Moment sogar verlegen ausgesehen.

»Bei *Hörnchen* handelt es sich um einen Eisenwarenladen, der von einem Geschwisterpaar geführt wird.«

»Eisenwaren? Und was soll daran so Besonderes sein?«

»Warten Sie es ab«, sagte Rudloff vieldeutig.

Die Straße schlängelte sich in engen, lang gezogenen Kurven um die steilen Flanken einer Anhöhe und erforderte seine ganze Aufmerksamkeit. Sie fuhren an einem staubigen Zementwerk vorbei, passierten Sötenich und ein Sägewerk, bis das Ortsschild von Kall auftauchte. Nach wenigen hundert Metern bog Rudloff rechts auf einen kleinen Parkplatz und stellte den Wagen neben einem blaumetallicfarbenen Renault Scenic ab.

»Wir wären da.« Rudloff schnallte sich ab, öffnete die Tür, wandte sich aber noch Michaela zu. »Wir werden jetzt eine

Reise unternehmen in die Zeit, als Tante Emma noch den Einzelwarenhandel beherrschte.«

Das Geschäft war in einem großen Doppelhaus untergebracht. Schon bei dem Anblick der Schaufenster wurde Michaela klar, dass sie hier keinen der üblichen Läden vor sich hatte. Drinnen erwartet sie ein erstaunliches Angebot. Schrauben, Muttern, Haken, Ösen, Werkzeug, Schlösser, Beschläge, einfach alles, was irgendwie unter den Begriff Eisenwaren zu packen war, schien hier untergebracht zu sein. Verstaut in Kisten, Kästchen, Schubladen, aufgehängt an Stellagen, präsentiert in Regalen und einer meterlangen Auslage mit zahllosen Fächern. Michaela glaubte ihren Ohren nicht zu trauen, als dann auch noch eine antike Registrierkasse klingelte. Da wurde wahrhaftig an einer Kurbel gedreht.

Vor der großen Ladentheke stand ein circa einsneunzig großer Mann mittleren Alters und ein hoch geschossener weiblicher Teenager mit dichten braunen Locken. Schon an den Beinen konnte Michaela erkennen, dass es sich hier um Vater und Tochter handeln musste. Das Mädchen wippte unternehmungslustig von einem Fuß auf den anderen. Beide lauschten gebannt den Ausführungen der Verkäuferin zu zwei unterschiedlichen Drahtgestellen, die vor ihnen auf der Theke lagen.

Als Michaelas Blick auf die Frau hinter der Theke fiel, fühlte sie sich unwillkürlich in einen alten Miss-Marple-Film zurückversetzt. Sie mochte gut über sechzig sein, genau ließ sich das kaum sagen. Sie trug einen wollenen Rock, eine weiße Bluse und darüber eine Strickweste in Altrosa. An einer silbernen Kette baumelte eine Lesebrille. Ihre Augen waren warm und lebendig, ihre Bewegungen ruhig und wohlgesetzt. Mit freundlicher Stimme erklärte sie gerade die unterschiedliche Funktionsweise der Gestelle, bei denen es sich um Mausefallen handelte.

»Sehen Sie, diese hier verkaufe ich nur äußerst ungern, deshalb habe ich sie hinter dem Ladentisch versteckt. Ich möchte Sie Ihnen nur einmal zeigen. Die Funktionsweise ist zwar sicherer als die andere, aber auch sehr grausam. Ist die Maus einmal gefangen, kommt sie nie wieder frei und muss elendig verhungern. Solche Fallen werden heute nur noch in Kornspeichern eingesetzt.«

Auf die Nachfrage der Verkäuferin erklärte der Mann, dass seine Katze eine lebende Maus ins Haus gebracht hatte, die entweichen konnte und nun in den Kellerräumen herumhuschte.

»Ja, das ist eine der seltsamen Eigenarten der Katzen. Aber Sie dürfen dem Tier nicht böse sein. Es will Ihnen damit nur einen Liebesdienst erweisen. Eine Bekannte von mir hat da eine ganz besonders fleißige Katze, jeden Morgen liegen bei ihr vier bis fünf Wühlmäuse vor der Haustüre. Kennen Sie Wühlmäuse? Man kann sie ganz leicht erkennen, wenn man es weiß. Sie haben einen langen Oberkörper, fast so groß wie Ratten und einen kurzen Schwanz. Ratten haben einen langen Schwanz. Eigentlich ganz einfach. Langer Körper, kurzer Schwanz, Wühlmaus, langer Körper, langer Schwanz, Ratte.«

Zur Untermauerung ihrer Erklärung zeichnete sie die Proportionen mit den Händen auf der Fläche der Theke nach.

Vater und Tochter schauten sich kurz an und grinsten, dann fragte der Mann nach dem Preis und zückte seine Geldbörse. Kurz darauf klingelte die Registrierkasse, und die beiden verließen mit der harmlosen Version, einer Lebendfalle, die der Maus ein Leben auch nach ihrer Gefangennahme gestattete, den Laden.

Nun traten Michaela und Rudloff an den Ladentisch.

»Was kann ich für die Herrschaften tun?«

»Ich brauche ein Lot.«

»Ein Lot? Darf ich fragen, wofür Sie es brauchen?«

Rudloff kratzte sich verlegen am Kopf und warf einen Blick zu Michaela. »Äh, ich wollte es als Pendel verwenden!«

Die Verkäuferin schaute Rudloff mit zurückhaltender Neugier an, dann nickte sie, als sei diese Verwendung das Selbstverständlichste auf der Welt. »Dann würde ich Ihnen diese Ausführung empfehlen.«

Sie ging zu einem mit unzähligen Schubladen versehenen Regal und zog zielsicher einen der Schubkästen auf. »Sehen Sie, die Form ist sehr einfach gehalten und das Gewicht nicht zu schwer, sodass Sie es mit zwei Fingern leicht halten können.« Sie legte ein einfaches, konisch geschnittenes Metallpendel auf die Ladentheke. »Diese Ausführung aus Stahl ist auch gesünder als die alten Bleigewichte.« Ihr Blick traf Michaelas skeptische Miene. »Wissen Sie, es ist nichts Ungewöhnliches daran, mit einem Pendel zu arbeiten. Sie wären erstaunt, wenn Sie wüssten, wie viele Menschen die Begabung dafür besitzen. Das Ganze hat nichts mit Hokuspokus zu tun. Ich kenne da einen Herrn, der sehr erfolgreich mit Wünschelruten arbeitet. Er wird sogar von den Wasserwerken beauftragt, um die Lage alter Wasserleitungen auszukundschaften.« Während sie sprach, schob sie sich die Brille auf die Nase, um das Preisschild auf der Schublade, der sie das Pendel entnommen hatte, zu lesen. »Das macht dann zweifünfundvierzig. Möchten Sie vielleicht ein Bonbon?«

Michaela winkte lächelnd ab, während Rudloff sich dankend bediente.

Draußen, angesichts der vorbeirasenden Autos, hätte sich Michaela am liebsten wieder herumgedreht, um die zeitlose

Atmosphäre des Ladens noch etwas genießen zu können, aber Rudloff drängte darauf weiterzufahren.

Ihr Ziel war diesmal jedoch keine weitere vergnügliche Überraschung, sondern ein Mann, vor dem selbst Rudloff Respekt zu haben schien. Er hatte sich in einer Mühle in einem Waldgebiet zwischen Urft und Barhaus eingemietet.

Es war noch keine fünf Uhr, aber trotzdem schien es bereits zu dämmern, als sie von Nettersheim kommend, wenige hundert Meter hinter Barhaus von der Landstraße links in einen Waldweg abbogen. Bis zur Mühle war es nicht weit, und Rudloff schlug vor, hier zu parken und den Rest zu Fuß zurückzulegen.

Mit einem Achselzucken willigte Michaela ein. Ein Spaziergang konnte nach dem üppigen Essen bestimmt nicht schaden.

Dann standen sie vor den Mauern der Mühle.

Hier wohnte der Alte, der Michaela auf der Wildenburg angesprochen hatte. Sie hatte Rudloff von dem Vorfall auf der Wildenburg erzählt und ihm die Adresse des Mannes gegeben. Rudloff hatte zunächst seine Informationsquellen beim BKA über ihn befragt. Dabei war allerdings nicht allzu viel herausgekommen. Daraufhin hatte er sich direkt mit ihm in Verbindung gesetzt und für den heutigen Tag ein Treffen vereinbart.

Gabriel Frentzen, so hieß er, bat sie liebenswürdig hereinzukommen und servierte Kaffee und Gebäck. Er machte einen gepflegten Eindruck, strahlte Selbstbewusstsein und Gelassenheit aus und war offensichtlich sehr vermögend. Jedenfalls zeugte die Einrichtung der Mühle von einem erlesenen und kostspieligen Geschmack. Insgeheim verglich Michaela ihn mit den Opfern. Das Alter stimmte, und es gab bestimmt noch weitere Parallelen. Sie beschloss, am Montag jemanden darauf anzusetzen.

»Frau Stark, ich hoffe, ich habe Sie mit meiner unbedachten Äußerung nicht erschreckt.«

Michaela setzte ihre Kaffeetasse ab und schaute Gabriel Frentzen zweifelnd an. »Auf mich wirken Sie nicht wie jemand, der unüberlegte Bemerkungen macht. Sie sagten etwas von einem Fluch. Mich würde interessieren, wie Sie zu dieser Ansicht gekommen sind oder was Sie mir wirklich damit sagen wollten.«

Rudloff hatte die Hände zusammengefaltet und machte ein angespanntes Gesicht. Seine Augen schienen sich an Frentzens Gesicht festzusaugen. Als Michaela einen kurzen Blick zu ihm herüberwarf, nickte er unmerklich.

In Frentzens Gesicht blitzte ein Lächeln auf. Es wirkte nicht freundlich, eher herablassend. Ich durchschaue euer kleines Spiel, schien es zu sagen. »Sie müssen schon sehr verzweifelt sein, wenn Sie einem alten Narren so viel Beachtung schenken. Aber Sie haben Recht, ich wollte Ihnen etwas ganz Bestimmtes sagen. Genauer gesagt, ich wollte Sie warnen. Was hier passiert, geht weit über Ihre Kräfte.«

»Herr Frentzen, das lassen Sie mal ruhig meine Sorge sein. Verzweifelt bin ich noch lange nicht, aber es gehört zu meiner Arbeit, jeder Spur nachzugehen. Wenn Sie etwas über die Vorgänge wissen, sollten Sie mit mir zusammenarbeiten.«

Michaela bemühte sich, dem starren Blick ihres Gegenübers standzuhalten. Seine Augen hatten etwas Hypnotisches, seine Stimme klang düster und drohend, als er sprach.

»Die Todesfälle werden weitergehen, bis der Fluch erfüllt ist, daran werden weder Sie noch ich etwas ändern können. Auch nicht Ihr Kollege mit seinen Tricks.«

Rudloff reagierte mit keiner Wimper auf die Anspielung. Er sah völlig unbeteiligt aus, fast so, als wäre er in Gedanken weit weg. Michaela hoffte insgeheim, dass dieser Eindruck eine geschickte Täuschung war, und konzentrierte sich auf die weitere Befragung Frentzens.

»Sie klingen, als wüssten Sie genau Bescheid. Vielleicht wollen Sie ja gar nicht, dass der ... Fluch, wie Sie es nennen, aufgehalten wird. Vielleicht sind Sie ja selbst in die Todesfälle verwickelt.«

Gabriel Frentzen zeigte wieder sein herablassendes Lächeln, und Michaela fühlte sich plötzlich unsicher. Unsicher und allein, trotz Rudloffs Anwesenheit. Wenn er denn überhaupt anwesend war. So leer wie seine Augen plötzlich schauten, kamen ihr Zweifel daran.

»Ich sagte bereits, dass Sie mir altem Narren zu viel zutrauen. Wenn Ihre Bemerkung ernsthaft gemeint war, aber das war sie nicht. Sie glauben ebenso wenig an Flüche wie ich an den Weihnachtsmann. Ihr Kollege ist da anders, aber das wird Ihnen nicht helfen.«

Seine Augen, dachte Michaela, irgendetwas stimmt nicht mit ihnen. Sie wirken auf einmal so groß.

»Ich möchte Ihnen kein Leid antun«, fuhr Frentzen fort, während er sich erhob und auf Michaela zuging. »Aber zu Ihrer eigenen Sicherheit muss ich dafür Sorge tragen, dass Sie keine Dummheiten begehen.«

»Was haben Sie vor?«

Michaela versuchte aufzustehen, aber ihr Körper schien plötzlich mit unsichtbaren Bändern zusammengeschnürt zu sein.

»Haben Sie keine Angst, Frau Stark, ich werde Ihnen nicht wehtun. Es ist nur eine Kleinigkeit, dann können Sie gehen.« Auf Michaelas Hilfe suchenden Blick zu Rudloff schüttelte er nur lächelnd den Kopf. »Sie brauchen Ihren Kollegen nicht zu wecken. Er hat sich eingekapselt, als ich versuchte, in ihn zu dringen, aber das wird mich nicht aufhalten. Wissen Sie, er mag ja eine ganze Menge wissen, für jemanden, der nicht eingeweiht ist, aber sein Geist ist nicht besonders stark.«

Es war ein Ekel erregendes Gefühl, als Frentzen in Michaelas Bewusstsein eindrang. Sie versuchte verzweifelt, sich dagegen zu wehren, aber er überwand ihre Abwehr mit Leichtigkeit.

»Lassen Sie es einfach geschehen, dann wird es leichter für Sie.«

»Rudloff! Bitte, helfen Sie mir.« Michaela wusste nicht, ob sie laut gesprochen oder nur in Gedanken um Hilfe gerufen hatte. Sie hatte kein Gefühl mehr für ihren Körper und konnte ihre Umwelt nur noch verschwommen wahrnehmen. Es war wie in einem dieser furchtbaren Träume, in denen sie hilflos, mit geschlossenen Augen, umherirrte. Sie wusste, dass um sie herum etwas Wichtiges, ja Bedrohliches, geschah. Aber sie konnte ihre verdammten Augenlider nicht öffnen. So sehr sie sich auch anstrengte, es ging einfach nicht.

Irgendwo in ihrem Bewusstsein, in ihren Erinnerungen und Gefühlen, trieb dieser Alte sein Unwesen, und sie hatte keine Macht, ihn daran zu hindern. Der Gedanke, dass er womöglich dabei war, in ihren intimsten Geheimnissen herumzustöbern, schockierte sie zutiefst.

Nein! Das wollte sie nicht. Dazu hatte er kein Recht!

Jetzt wurde sie wütend, und mit ihrer Wut wuchsen ihre Kräfte. Dies waren ihr Körper und ihr Bewusstsein, ihr Leben! Und niemand durfte darin herumpfuschen.

Sie hatte den Gedanken kaum ausgedacht, da war es vorbei. Ihr Blick klarte auf, und sie konnte die Augen des Alten wieder sehen. Erstaunen lag in ihnen und etwas, das fast wie Furcht aussah.

Umso besser, dachte sie. »Versuchen Sie so etwas nie wieder!«, sagte Michaela laut. Ihre Stimme hatte einen bedrohlichen Tonfall. Es fehlte nicht viel und sie hätte geknurrt. Ihre Hände, ja ihr ganzer Körper, zitterten, sie schien mit Energie geradezu aufgepumpt zu sein. So aufgebracht, so voller Wut war sie noch nie gewesen.

Frentzen wich unwillkürlich ein paar Schritte zurück, wobei er beinahe über den Wohnzimmertisch gestolpert wäre.

»Sie verfügen über erstaunliche Kräfte«, stammelte er, sichtlich bemüht, seine Fassung wiederzuerlangen. »Aber auch das wird Sie nicht retten. Glauben Sie mir, ich wollte Sie nicht verletzen, ich wollte Sie nur schützen.«

»Schützen?«, fauchte Michaela ihn an. »Schützen, wovor? Vor Ihnen und dem Wahnsinn, den Sie veranstalten?«

»Nein. Das bin nicht ich.«

»Aber Sie wollen, dass es weitergeht, sonst hätten Sie nicht versucht, mich zu manipulieren. Was hatten Sie vorgehabt? Was sollte ich nach Ihrem Willen tun? Die falschen Fährten verfolgen? Die richtigen Spuren verwischen? Damit Sie Zeit haben, in Ruhe die letzten sechs Opfer hinzurichten?« Michaela war aufgestanden und stand nun Auge in Auge Frentzen gegenüber. Diesmal war sie es jedoch, die eine geradezu hypnotische Macht versprühte. Sie selber merkte nichts von ihrer Wirkung, sie hatte nur das Gefühl, bis zum Zerreißen angespannt zu sein. Ihr Blick ließ den alten Mann nicht los, daher bemerkte sie nicht, dass Rudloff wieder zu sich gekommen war und sie mit einem triumphierenden Lächeln beobachtete.

Rudloff hatte sich in ihr nicht geirrt, sie war eine außergewöhnliche Frau, in jeder Hinsicht. An Frentzen gewandt fragte er: »Besitzen Sie ebenfalls eines dieser Bücher oder sind die nur für die Opfer bestimmt?«

Frentzen schüttelte nur den Kopf. »Ich werde Ihnen nichts sagen. Gar nichts. Und alles, was nun geschieht, steht nicht mehr in meiner Verantwortung. Ich habe versucht, Ihnen zu helfen, aber Sie wollen ja nicht verstehen. Gehen Sie! Verlassen Sie mein Haus.«

Michaela ballte die Hände zu Fäusten, ihre Augen verengten sich zu schmalen Schlitzen, am liebsten wäre sie in Gabriels Kopf hineingekrochen, um ihm seine Geheimnisse zu entreißen. Dabei hatte sie das irre Gefühl, dazu sogar in der Lage zu sein. Es wäre das Gleiche gewesen, was Frentzen bei ihr versucht hatte, aber auch das gleiche Unrecht. Als Rudloff seine Hand auf ihre Schulter legte und sie damit aus diesem seltsamen Zustand erlöste, war sie geradezu erleichtert.

»Das genügt für heute, Herr Frentzen«, sagte Rudloff. »Aber glauben Sie nicht, dass Sie uns damit los sind. Wir bleiben Ihnen auf den Fersen. Und wir werden diesen Fluch aufhalten, ob mit oder ohne Ihre Hilfe.«

Frentzen zuckte mit den Schultern. Auf einmal sah er nur noch aus wie ein alter, müder Mann. »Ich kann Sie wohl nicht daran hindern. Dieser Fluch ist viel stärker als ich oder Sie, Herr Rudloff. Auch Sie, Frau Stark, werden ihm letzten Endes nichts entgegenzusetzen haben. Er wird Sie alle vernichten, wenn Sie versuchen, sich seiner Erfüllung in den Weg zu stellen.«

Auf dem Weg zum Parkplatz musste Michaela sich auf Rudloff stützen. Ihr Kreislauf kippte in ein tiefes Loch, und sie konnte sich nur mit Mühe aufrecht halten. Zum Glück dauerte der Kollaps nur wenige Minuten.

Im Wagen blieben sie noch eine Weile schweigend sitzen, bevor Rudloff den Motor startete.

»Glauben Sie, dass er diese Morde begangen hat?«

Rudloff kaute nachdenklich auf den Lippen, dann schüttelte er den Kopf und schaute Michaela an. »Was meinen Sie, verfügt der alte Herr über die Kräfte, so etwas zu tun?«

»Nein«, antwortete Michaela, »weder körperlich noch geistig. Aber dass er was damit zu tun hat, steht für mich fest. Wir müssen versuchen, mehr über ihn herauszufinden. Ich bin sicher, dass er nicht nur die letzten Opfer kennt, sondern genau weiß, wer als Nächstes an der Reihe ist. Er hat es zwar bestritten, aber ich wette mit Ihnen, dass er ebenfalls eines dieser Bücher besitzt.«

»Hat er nicht.«

Michaela schaute Rudloff erstaunt an. »Woher wissen Sie das?«

»Während er mit Ihnen beschäftigt war, habe ich mich ein wenig umgesehen.«

»Entschuldigen Sie, aber um das sicher feststellen zu können, braucht es einen Trupp Spurensicherer und etwas mehr Zeit als nur ein paar Minuten. Leider haben wir viel zu wenig in der Hand, um einen Durchsuchungsbefehl erwirken zu können.«

Rudloff seufzte. »Vertrauen Sie mir doch einfach. Er hat es nicht.«

»Wie können Sie da so sicher sein?«

»Ich sagte Ihnen doch schon, ich habe mich umgesehen. Allerdings nicht in seinem Haus. Jemand anderes hat das Buch, das eigentlich ihm gehört. Leider habe ich nicht herausfinden können, wer das ist. Frentzen hat mich zu früh entdeckt und geblockt.«

Michaela zog die Augenbrauen hoch. Sie schien etwas sagen zu wollen, schüttelte aber dann nur den Kopf. »Verrückt«, murmelte sie schließlich. »Das Ganze ist vollkommen verrückt.«

Draußen flimmerte es weiß im Strahl der Scheinwerfer. Schneeflocken, filigrane Gebilde, die kurz aufblitzten, bevor sie sich lautlos auf den Asphalt der Straßen legten. Nur wenige Minuten später hatte sich das Dunkel des Abends in eine flirrende, weiß strahlende Wand verwandelt. Rudloff verringerte das Tempo und schaltete die Nebelscheinwerfer an. Das Fernlicht, zurückgestrahlt vom Schneetreiben, blendete mittlerweile zu sehr.

Michaela schenkte der weißen Pracht keine Beachtung. In ihrem Kopf wirbelten die Gedanken und Gefühle durcheinander.

»Was ist da mit mir passiert?«, fragte sie schließlich und schaute Rudloff an.

»Was denken Sie?«, gab er ihre Frage zurück, wobei er seinen Blick nicht von der Straße abwandte.

»Oh, nein. Kommen Sie mir jetzt nicht mit so einem Scheiß!«, fauchte Michaela ihn an. »Dieser verfluchte Alte hat in meinem Kopf herumgepfuscht.«

Rudloff nickte anerkennend mit dem Kopf. »So kann man es auch nennen.«

»War das Telepathie?«

»Etwas in der Art. Nur, im Gegensatz zu Ihnen, verfügt der alte Frentzen nicht von sich aus über diese Begabung.«

Michaela zog die Stirne kraus. »Im Gegensatz zu mir?«

Ein schriller Klingelton unterbrach sie. Es war Rudloffs Handy. Nachdem Rudloff die Freisprecheinrichtung aktiviert hatte, klang Gerald Wildens Stimme aus den Lautsprechern.

»N'abend Chef. Ich hab 'ne gute und 'ne schlechte Nachricht. Welche ...?«

»Die schlechte zuerst«, bellte Rudloff ungeduldig in das Mikrofon, bevor Gerald zu Ende sprechen konnte. Er hasste solche Spielchen.

»Okay. Es gibt einen weiteren Toten, Rainer Altmüller. So wie es aussieht, ist er auf klassische Weise gepfählt worden. Ziemlich üble Sache.«

»Haben Sie das Buch gefunden?«, mischte sich Michaela ein.

»Frau Stark? Sie?« Geralds Stimme bekam einen spöttischen Unterton. »Ich habe Sie doch hoffentlich nicht bei irgendetwas gestört?«

»Halt den Mund, du Trottel, wir sind rein dienstlich unterwegs.«

»Entschuldigung«, gab Gerald kleinlaut zurück. »Ich hatte auch nichts anderes angenommen. Aber um Ihre Frage zu beantworten. Nein, wir haben das Buch noch nicht gefunden, aber die Begleitumstände des Todes sind so charakteristisch, dass kein anderer Schluss bleibt. Wir haben es hier mit einem weiteren unserer Opfer zu tun. Es ist eindeutig die Nummer acht.«

»Durchstoßet dich der Pfahl.« Rudloff nickte zustimmend.

»Ich bin sicher, dass das Buch auftaucht«, setzte Gerald seine Meldung fort. »Aber das ist möglicherweise gar nicht mehr so wichtig, denn jetzt kommt die gute Nachricht: Wir haben ein weiteres der Opfer, diesmal allerdings lebend.«

Michaela und Rudloff sahen sich gleichzeitig an, um sich zu vergewissern, dass sie richtig gehört hatten.

»Wie kann das sein?«, fragte Michaela schließlich. »Ich meine, woher wissen Sie, dass er einer von den dreizehn ist?«

»Er ist eine Sie«, antwortete Gerald mit kaum unterdrücktem Triumph in der Stimme. »Und wir sind uns so sicher, weil sie eines dieser Bücher besitzt.«

»Wo ist sie?« Rudloff war plötzlich sehr aufgeregt.

»In Gerolstein, Sankt-Elisabeth-Krankenhaus. Ich bin gerade bei ihr.«

»Gut! Wir sind unterwegs.«

Rudloff schaltete einen Gang tiefer und ließ den Motor aufheulen, bis er wieder hoch schaltete. Michaela schnappte entsetzt nach Luft, als sie sah, mit welcher Geschwindigkeit er den Wagen durch den Schnee jagte. Dann verdrängte jedoch die Neugierde ihre Befürchtungen. Was würde ihnen die Frau verraten können? Kannte sie vielleicht die Zusammenhänge dieser rätselhaften Mordfälle?

Kein Kontakt

Nichts!

Alina saß jetzt schon eine geschlagene Stunde vor dem flimmernden Bildschirm und las stets die gleiche Meldung:

Seite kann nicht angezeigt werden.

Was war da los? Waren die Adressen in Hedwigs Laptop bereits veraltet?

Sie musste bei all dem nichts tun, das Programm arbeitete selbstständig. Wie Fußspuren unsichtbarer Vögel flitzten die Buchstaben über die Adressenzeile des Browsers, jedoch nur, um kurz darauf die nächste Fehlermeldung hervorzurufen.

Schließlich erschien Hedwig wieder auf dem Bildschirm. »Alina, ich befürchte, wir haben ein ernsthaftes Problem. Sämtliche Internet-Adressen der Organisation sind gelöscht oder verändert worden. Entweder hat der Bund das selber veranlasst, um unterzutauchen, oder es handelt sich um einen Angriff auf die Organisation. Wir müssen mit beidem rechnen. Auf jeden Fall bedeutet das, dass du von dieser Seite im Moment keine Hilfe erwarten kannst.«

Mit angestrengter Miene wartete Alina auf Hedwigs Anweisung, was nun zu tun war, aber der Laptop ließ sich Zeit. Sie hatte fast den Eindruck, als müsse er nachdenken. Der Bildschirm schaltete sich ab, aber am Summen des Laufwerks konnte sie erkennen, dass der Rechner weiterhin arbeitete.

Was, wenn er nun stumm blieb? Die Vorstellung, schutzlos Onkel Gabos telepathischen Kräften ausgeliefert zu sein, ließ sie frösteln. Der Einzige, der ihr da helfen könnte, Gabriel Müller, war ihr mindestens genauso unheimlich.

Als der Bildschirm endlich wieder aufleuchtete und Tante Hedwigs Gesicht erschien, atmete Alina erleichtert auf.

Worauf habe ich mich da bloß eingelassen?, kam ihr dabei ein Gedanke, der ihr in der letzten Zeit des Öfteren durch den Kopf gegangen war.

»Entschuldige, wenn es etwas länger gedauert hat, aber ich musste noch ein paar Daten überprüfen.« Hedwigs Stimme aus den Lautsprechern klang fest und beruhigend sicher, so als hätte sie wieder alles im Griff.

»Es gibt noch jemand, der uns helfen kann. Er gehört zwar nicht zum Bund, schlimmer noch, er ist Polizeibeamter. Aber er hat uns schon einmal wertvolle Dienste geleistet. Ich glaube, er ist der einzige Beamte, der etwas von unserer Existenz weiß. Wie auch immer. Du musst sofort Kontakt zu ihm aufnehmen und ihm das Buch zeigen. Nur das Buch! Dieser Laptop und sein Inhalt dürfen auch ihm nicht bekannt gegeben werden. Wenn du keinen Drucker angeschlossen hast, nimm dir etwas zu schreiben.«

Alina notierte Name, Adresse und die Mobilnummer des Beamten.

Dann wurde Hedwigs Gesichtsausdruck plötzlich sehr ernst. »Bei meinen Recherchen bin ich auf etwas gestoßen, das meine schlimmsten Befürchtungen bestätigt. Dieser Rudloff arbeitet gemeinsam mit der Kripo Bonn an einer Reihe von mysteriösen Todesfällen, die erschreckende Parallelen zu dem verschlüsselten Text aufweisen, den du aus dem Buch abgeschrieben hast. Ich wollte dir die Übersetzung nicht zumuten, aber so wie die Dinge jetzt stehen, solltest du wissen, womit wir es hier wirklich zu tun haben.«

Hedwig verschwand, und die seltsamen Zeichen und Buchstaben, die Alina vor gut zwei Stunden in den Laptop eingegeben hatte, tauchten auf. Zu Anfang konnte sie noch immer nichts damit anfangen, dann jedoch gerieten die Zeichen und Symbole in Bewegung und verwandelten sich in lesbare

Buchstaben. Mit wachsendem Entsetzen las Alina den Text. Wort für Wort und Satz für Satz. Während sie las, fielen ihr einige seltsame Zeitungsmeldungen der letzten Wochen ein.

Und wieder kam ihr der warnende Gedanke, diesmal jedoch mit der Wucht eines Hammerschlages: Worauf habe ich mich da bloß eingelassen?

Ihre Hände zitterten immer noch, als sie eine Weile später die Tastatur des Telefons bediente.

»Der Anschluss ist zurzeit leider nicht erreichbar. Bitte versuchen Sie es später noch einmal.«

»So eine Scheiße!«, fluchte Alina ungehalten und überlegte, was sie als Nächstes tun sollte. Da hörte sie die Stimme ihrer Mutter von unten heraufdringen. »Hallo, Onkel Gabo! Das ist aber eine Überraschung.«

»Ich bin nicht da! Ich bin nicht da! Ich bin nicht da!«

Es war ein idiotischer Versuch, ihrer Mutter eine telepathische Nachricht zukommen zu lassen. Natürlich glaubte sie nicht eine Sekunde daran, dass das funktionieren könnte, aber in ihrer Verzweiflung fiel ihr einfach nichts anderes ein.

»Alina? Bedaure, sie ist nicht da. Ich glaube, sie besucht eine Freundin.«

Alina hielt ihre Hände vor den Mund. Beinahe hätte sie aufgeschrien, so überrascht war sie. Unglaublich, es hatte tatsächlich funktioniert. Sie war telepathisch begabt! Als Nächstes würde sie versuchen, Tassen und Löffel schweben zu lassen.

»Nein. Es hat keinen Zweck zu warten. Soweit ich weiß, übernachtet sie dort. ... Morgen? Nein, tut mir Leid, da ist sie mit mir verabredet. Ja, tatsächlich, ich habe einen Termin mit meiner eigenen Tochter. Du kannst dir gar nicht vorstellen, wie schwer es heutzutage ist, etwas mit den eigenen Kindern zu unternehmen, die hetzen ja nur noch von Termin zu Termin. Soll ich ihr etwas ausrichten?«

Die Tür schnappte ein, Schritte waren draußen zu hören. Sie entfernten sich, langsam, zögernd.

Alina stand in ihrem Zimmer, hielt die Luft an und versuchte an nichts zu denken. Am liebsten wäre sie sofort nach unten gelaufen, um ihre Mutter zu umarmen. Sie wusste es wahrscheinlich nicht, aber gerade hatte sie ihrer Tochter das Leben gerettet. Erst als es leise klopfte, wagte sie wieder auszuatmen.

»Alina, bist du da drinnen?«

»Moment!«, bevor sie ihre Mutter hereinließ, klappte Alina den Deckel des Laptops zu und verstaute das Buch in seinem Versteck. Es fiel ihr schwer, dieses Geheimnis vor ihrer Mutter zu bewahren, aber sie wollte sie nicht noch tiefer in diese Sache hineinziehen.

»Ich hoffe, es war dir Recht, dass ich Onkel Gabo fortgeschickt habe. Du warst nach seinem letzten Besuch so verstört. Mir ist er ehrlich gesagt suspekt.«

In dem Gespräch, das folgte, ließ Alina durchblicken, dass Onkel Gabo Druck auf sie ausübte, weil er Anspruch auf etwas erhob, das Tante Hedwig ihr vererbt hatte. Ihre Mutter fragte so lange nach, bis Alina schließlich das Buch aus seinem Versteck holte und es ihr zeigte. Natürlich verriet sie ihr nichts von seinem schrecklichen Geheimnis, aber ihre Mutter schien auch so beeindruckt zu sein.

»Es ist uralt und sicherlich sehr wertvoll. Dieser feine Onkel soll mir noch einmal unter die Augen kommen. Ich verspreche dir, du wirst deine Mutter nicht wiedererkennen. Dem werde ich ordentlich die Leviten lesen. Ein unschuldiges Kind zu hintergehen, das ist ja wohl das Letzte.«

Sie schimpften noch eine Weile gemeinsam auf den bösen Onkel, dann verkündete Alina, dass sie müde sei und schlafen gehen wollte.

Später im Traum verfolgte sie ein Gedanke. Da war irgendetwas, etwas Wichtiges, das sie vergessen hatte. Es erschien vor ihrem geistigen Auge in Form einer verschlossenen Kiste. Sie wusste, dass darin etwas war, das sie dringend brauchte, aber so sehr sie sich auch bemühte, sie konnte sie nicht öffnen.

Hätte sie ihr Handy auf dem Schreibtisch sehen können, hätte sie vielleicht gewusst, worauf der Traum sie hinweisen wollte. Sie hatte Rudloff noch immer nicht angerufen.

Elsas Leiden

Michaela blieb wie angewurzelt stehen und starrte auf die dunkle Erscheinung, die wie ein Unglücksmahl drohend in der Luft über dem Bett schwebte. Es war ihr Albtraumbild, ein verdecktes Gesicht, ein dunkles, bösartiges Grinsen, verschwimmende Konturen und kalte, nachtschwarze Augen, die sie spöttisch musterten.

Rudloff, der nach ihr das Krankenzimmer betrat, konnte nur knapp einen Zusammenstoß verhindern. »Was ist los?«, fragte er sie beunruhigt, während seine Hand unwillkürlich nach der Dienstwaffe tastete.

Michaela zeigte auf die Gestalt und suchte Rudloffs Blick. Er musste sie doch auch sehen. Aber Rudloff sah nur kurz zum Bett hinüber und schaute Michaela dann mit besorgtem Blick an. »Sie sehen blass aus. Ist Ihnen nicht gut?«

»Können Sie es nicht sehen?« Michaela hatte sich nur ganz kurz Rudloff zugewandt, als sie wieder zum Bett schaute, war die Gestalt verschwunden.

»Was sehen?«

Michaela schüttelte den Kopf und kniff die Augen kurz zu. Es war weg. Eine Einbildung, natürlich, was sonst. Das würde ihr gerade noch fehlen, dass sie anfing, Gespenster zu sehen. »Nichts«, antwortete sie auf Rudloffs Frage. »Da war nichts, ich habe mich wohl von dem schlechten Licht täuschen lassen.«

Sie konnte in seiner Miene lesen, dass er mit ihrer Erklärung nicht zufrieden war, dennoch nickte er und fragte nicht weiter nach.

Michaela unterdrückte einen erleichterten Seufzer und versuchte, sich wieder auf die Sachlage zu konzentrieren.

Rudloff war in Rekordzeit bis nach Gerolstein gefahren. Unterwegs hatte Wolf Krüger sie und die beiden Kollegen von der Kripo Euskirchen angerufen. Sie sollten zum Haus des achten Opfers fahren, um dort nach dem Buch zu suchen. Rainer Altmüller war in einem Schwimmbad, der *Eifel Therme Zikkurat* in Mechernich-Firmenich, ausgerutscht und so unglücklich gestürzt, dass er sich eine schwere Kopfverletzung zugezogen hatte. Davon war zunächst der zu Hilfe eilende Bademeister ausgegangen. Dann hatte er mitangesehen, wie er sich in schrecklichen Krämpfen wand. Altmüller musste fürchterlich geschrien haben, bis er endlich tot war. Der herbeigerufene Notarzt hatte auf Bauch und Rücken je eine kreisförmige Vernarbung festgestellt und sofort die Polizei verständigt.

Gerald Wilden, der sie im Krankenhaus erwartete, hatte sich den Untersuchungsbericht faxen lassen. Bei ihrer Ankunft erstattete er kurz Bericht. Die Vernarbung führte durch den ganzen Körper und ließ darauf schließen, dass Altmüllers Körper in Höhe seines Bauchnabels mit einem angespitzten Gegenstand von etwa zehn Zentimetern Durchmesser durchstoßen worden war.

Auf dem Weg zur Intensivstation, in der sich das mögliche nächste Opfer befand, zeigte er ihnen das Buch, das er bei der Frau gefunden hatte, und klärte sie über ihre Personalien und den Grund ihrer Einlieferung auf.

Elsa Czarnowski war mit ihrem PKW von einem Laster gerammt worden. Dabei war ihr Wagen von der Fahrbahn geraten und eine mehrere Meter tiefe Böschung hinabgestürzt. Die Feuerwehr hatte sie aus dem total demolierten Wagen herausschneiden müssen. Neben inneren Verletzungen, zahlreichen Quetschungen und Knochenbrüchen hatte sie einen schweren Schädelbasisbruch erlitten. Seitdem lag sie im Koma.

Ein aufmerksamer Polizist hatte das Buch im Wagen entdeckt und die Kripo in Euskirchen verständigt. Die Kollegen dort hatten Wilden angerufen, nachdem sie Rudloff und Michaela auch über Handy nicht erreichen konnten.

»Das Funkloch in Nettersheim«, brummte Rudloff verärgert. »Daran hätte ich denken sollen.«

Der leitende Chefarzt äußerte sich besorgt über den Zustand der Frau. »Ich habe ehrlich gesagt Zweifel, dass sie die Nacht überstehen wird.«

Daraufhin beschlossen Rudloff und Michaela, dass sie die Nacht Wache halten wollten. Gerald wurde beauftragt, das Buch zu seinem Privatlabor in Bonn mitzunehmen und zu untersuchen.

»Ich will wissen, ob es Unterschiede zu den anderen Exemplaren gibt«, trug ihm Rudloff auf, ohne sich zu äußern, welche Unterschiede er erwartete.

Jetzt, im Zimmer der Patientin, spürte Michaela plötzlich eine eisige Kälte, die mit klammen Fingern in sie eindrang. Sie schien von dem Bett auszugehen, von Czarnowskis geschundenem Körper, von den Drähten und Kabeln, die von ihr zu den blinkenden Apparaten am Kopfende des Bettes führten. Von dem sterilen Weiß ihrer Decke, selbst von ihren blassen, von zahlreichen Fältchen durchzogenen Gesichtszügen.

Zitternd schlang Michaela die Arme um ihren Körper und trat an das Bett heran, dabei blickte sie ganz kurz zu der Stelle, an der sie den Schatten gesehen hatte. Er blieb verschwunden, Gott sei Dank. Dennoch spürte sie, dass etwas hier war. Etwas, das sie beobachtete und geduldig auf seine Gelegenheit wartete. Plötzlich legte sich etwas Weiches und Warmes um ihre Schultern. Rudloff hatte ihr Zittern bemerkt und ihr seinen Mantel umgelegt. Dankbar nickte sie ihm zu und nahm auf dem Stuhl Platz, den er ihr anbot.

»Bevor Sie mich fragen«, sagte er. »Ich spüre es auch.« Seine Stimme war leise, fast nur ein Flüstern, aber sie konnte deutlich die Anspannung darin hören. »Vielleicht erfahren wir in dieser Nacht genug, um dem hier ein Ende zu bereiten.«

Michaela machte ein skeptisches Gesicht. Sie wusste nicht, woher er diese Zuversicht nahm. Sie kam sich im Moment nur hilflos, schwach und einsam vor. »Sie wird also die Nummer neun werden?«

Bei dem Gedanken an den grausamen Tod, den diese arme Frau erwartete, überkam sie große Wut. »Vielleicht können wir es doch verhindern. Ich meine, wenn wir doch hier bei ihr sitzen und Wache halten.«

Hilfe suchend schaute sie Rudloff an, aber der schüttelte nur betrübt den Kopf. »Auch bei den anderen Fällen hat es Zeugen gegeben, und sie haben nicht das Geringste dagegen unternehmen können. Was die Kraft anbelangt, die dahintersteckt, muss ich Frentzen leider Recht geben. Sie übersteigt unsere Möglichkeiten bei weitem. Aber jede noch so große Macht hat ihren Schwachpunkt, und den müssen wir finden.«

Michaela konzentrierte sich auf das Gesicht der Frau. Ihre Haut war von einem wächsernen Gelb. Selbst die dunklen Flecken des Alters schienen zu verblassen. Sie sah jetzt schon aus wie eine Leiche. War sie bereits tot? Die Instrumente bezeugten noch einen, wenn auch geringen Rest an Leben, der in ihr steckte. Nein, sie hatte es noch nicht überstanden.

Rudloffs Handy surrte. Auf Michaelas strengen Blick hin erklärte er, dass es besonders abgeschirmt sei und die Instrumente und Apparaturen nicht beeinträchtigen würde.

Wolf Krüger war in der Leitung. Sie hatten das Buch gefunden, und er brachte es gerade zu Gerald Wilden. Die Spurensicherer würden Altmüllers Haus weiter untersuchen, um Hinweise auf weitere Gemeinsamkeiten mit den anderen

Opfern zu finden. Außerdem hatten sie einen Durchsuchungsbefehl für Elsa Czarnowskis Wohnung erwirkt. Sie wohnte in einem Mehrfamilienhaus in Hillesheim. »Ihr werdet Besuch von einem Rheinland-Pfälzer Kollegen bekommen. Die haben natürlich auch die Zeitungsmeldungen gelesen und sind wohl neugierig geworden.«

»Das kann ich ihnen nicht verdenken«, bemerkte Rudloff mit einem seltsamen Unterton, als er Michaela Bericht erstattete.

Wenige Minuten später klopfte es an der Tür und ein breitschultriger Mann mit schütterem Haar, sauber gekürztem Vollbart und listig blitzenden Augen betrat das Zimmer.

»Ich hoffe, Sie haben nichts dagegen, wenn ich Ihnen Gesellschaft leiste? Roters ist mein Name, Franz Roters. Ich komme vom Kommissariat Trier und wollte ein wenig schnüffeln kommen. Nur wenn es Ihnen nichts ausmacht.«

Rudloff stand auf, überprüfte kurz den Dienstausweis, den Roters ihm hinhielt, und schüttelte anschließend seine ausgestreckte Hand. Dabei schaute er ihm in die Augen und ließ ein freundliches Lächeln sehen. »Ich muss Sie warnen, Herr Kollege. Wenn Sie die Zeitungsberichte gelesen haben, dann wissen Sie vielleicht, womit wir es hier zu tun haben.«

Roters trat zu Michaela und begrüßte auch sie mit Handschlag, dann warf er einen Blick auf die Frau im Krankenbett. »Soweit ich informiert bin, ist bis jetzt alles noch im ... nun ja, grünen Bereich. Wenn ich das so sagen darf. Der Fahrer des LKW hat zugegeben, dass er am Steuer eingeschlafen ist. Sekundenschlaf, Sie wissen ja, wie das ist. Die Verletzungen der Frau, die mir der behandelnde Arzt geschildert hat, entsprechen exakt dem Unfallhergang.« Er sah von der Frau auf und wandte sich an Michaela, die mittlerweile ebenfalls aufgestanden war. »Wie kommen Sie auf die Idee, dass der Unfall etwas mit Ihrer schrecklichen Mordserie zu tun hat?«

Michaela wechselte einen Blick mit Rudloff, dann setzte sie zu einer Erklärung an. Sie hatte das erste Wort noch nicht ausgesprochen, da wurde sie von einem markerschütternden Schrei unterbrochen.

Elsa Czarnowski bäumte sich unter der Decke auf und schrie, dass Michaela fürchtete, ihr Trommelfell würde unter den Schwingungen der schrillen Stimme platzen. Dabei vollführte der Körper der Frau Verrenkungen, die ihre Gelenke gequält knacken und krachen ließen. Michaela sah, dass Czarnowskis Augen sich weit geöffnet hatten, aber ihr Blick ging ins Leere. Die Apparaturen sirrten laut piepsend und pfeifend Alarm. In einer kurzen Pause, in der Czarnowskis Stimme zu einem gequälten Schnarren absank, war von draußen hektisches Fußgetrappel zu hören.

Die Tür flog auf, und der Stationsarzt stürmte in Begleitung zweier Schwestern herein. »Was ist hier los?«

Die Polizisten zuckten gleichzeitig ratlos die Schultern, keiner von ihnen war imstande zu reden. Eine der Schwestern berührte Elsa Czarnowski an der Stirne und zog mit einem Schrei ihre Hand wieder zurück. Der Arzt sah sie kurz an, wurde jedoch von Czarnowski abgelenkt, die sich erneut in einem heftigen Anfall aufbäumte. Er streckte seine Hand aus, um ihren Puls zu fühlen.

»Das sollten Sie besser nicht tun.«

Rudloffs Warnung mit einem abweisenden Knurren quittierend, packte er fest zu. Sofort schrie er auf und zitterte, als hätte er in eine Starkstromleitung gepackt.

Rudloff sprang hinzu und zog den Arzt mit Gewalt vom Bett zurück.

»Verdammte Scheiße, was war das?«

Entsetzt schaute der Stationsarzt von seiner geschwollenen, rot leuchtenden Hand zur Patientin.

»Ich kann es Ihnen nicht erklären, aber Sie dürfen die Frau auf keinen Fall berühren«, schärfte ihm Rudloff ein, nachdem er sich etwas beruhigt hatte.

Michaela zog schnüffelnd Luft durch die Nase ein. »Was ist das für ein Geruch?«

Rudloff sah zum Bett, unter Czarnowskis Körper drang weißer Rauch hervor. »Schnell!«, kommandierte er die Schwestern. »Ich brauche einen Feuerlöscher und dicke Schutzhandschuhe. Wir müssen die Frau umdrehen, sonst gerät das Bett in Brand.«

Die eine der beiden Schwestern, die Czarnowski berührt hatte, stand offensichtlich unter Schock. Sie schüttelte nur den Kopf und murmelte: »Das ist unmöglich!« Zum Glück war die andere noch ansprechbar.

Sie lief direkt los und kam kurz darauf mit einem Feuerlöscher und mehreren nassen Handtüchern wieder, von denen sie sich jeweils eines um ihre Hände wickelte. »Handschuhe kann ich auf die Schnelle nicht finden, aber vielleicht reicht auch das hier.«

»Eine gute Idee«, lobte Rudloff anerkennend. »Das wird gehen.« Er nahm ihr zwei Handtücher ab und umwickelte damit seine Hände. Danach drehten sie gemeinsam die zuckende Frau im Bett auf den Bauch und zogen ihr vorsichtig das dampfende Nachthemd hoch.

Als Rudloff sich anschließend an den Arzt wenden wollte, stellte er fest, dass dieser verschwunden war. Mit einem Schulterzucken nahm er es zur Kenntnis und wandte sich an Michaela. »Schauen Sie sich die Wundmale an. Ich wette, dass ein glühendes Rost die gleichen Verbrennungen auf der Haut hinterlässt.«

Michaela konnte nur gequält nicken. Czarnowskis Rücken war von einem Gitterwerk flammendroter Striemen durchzogen. Die Haut dort warf Blasen und sonderte weißgrauen Rauch ab. Es stank widerlich nach verbranntem Fleisch; ein Geruch, der Übelkeit hervorrief.

Die Schwester, die Feuerlöscher und Handtücher gebracht hatte, führte ihre Kollegin hinaus, sodass sie erst einmal mit der Patientin allein waren.

Rudloff vergewisserte sich, dass außer Czarnowski und den Kriminalbeamten niemand mehr anwesend war. »Herr Roters, ich glaube, hiermit ist Ihre Frage ausreichend beantwortet.«

Franz Roters nickte mit nachdenklichem Gesicht. Er wirkte angesichts der erschreckenden Ereignisse erstaunlich gefasst. »Es ist also wahr«, bemerkte er. »Keine Sorge, ich werde niemandem erzählen, was ich hier gesehen habe. Davon abgesehen, dass es mir sowieso keiner glauben würde, kann ich mir schon denken, dass Sie auch so genug Ärger mit der Presse haben.«

Die Schwester kam kurz darauf mit einer Ärztin wieder, die eine aufgezogene Spritze in der Hand hielt.

»Das ist die Anästhesistin, Frau Doktor Heinlein«, stellte sie die Ärztin vor.

Frau Doktor Heinlein nickte den Polizisten kurz zu, ging zum Bett und stieß Elsa Czarnowski kurzerhand die Spritze in den Oberarm. Dabei achtete sie sorgfältig darauf, sie nicht zu berühren.

Czarnowskis Stimme, gedämpft durch das Kissen, auf dem ihr Kopf lag, erstarb bald darauf zu einem leisen Wimmern. Ihr Körper kam ebenfalls zur Ruhe. Das Wüten auf ihrem Rücken ging jedoch unvermittelt weiter.

»Ich habe ihr ein sehr starkes Morphin injiziert«, erklärte die Anästhesistin anschließend. »Das wird eine Weile vorhalten.« Sie sah Rudloff und Michaela nacheinander in die Augen, als versuche sie, dort die Ursache für das Leiden ihrer Patientin zu finden. Dann zeigte sie auf die brodelnden Wunden auf dem Rücken der Sterbenden. »Was hat das zu bedeuten? Wenn Sie etwas wissen, das uns helfen kann, die Frau zu retten, sollten Sie schleunigst damit rausrücken.«

Michaela wechselte einen Blick mit Rudloff und schüttelte traurig den Kopf.

Die Ärztin wies die Schwestern an, die Wunden so gut es ging zu versorgen, aber die Hitze, die von den Verbrennungen ausging, machte es unmöglich, Brandsalbe aufzutragen oder einen Verband anzulegen. Schließlich gaben sie es auf. Rudloff nahm die Ärztin beiseite und redete leise auf sie ein. Sie schien von dem, was er ihr sagte, nicht gerade begeistert zu sein, aber dann zuckte sie resigniert die Schultern und verließ gemeinsam mit den Schwestern das Zimmer.

Franz Roters räusperte sich kurz darauf und verkündete, dass er genug gesehen habe. Zum Abschied versicherte er Michaela und Rudloff, dass er sie keineswegs um ihren Job beneide. Dann waren die beiden mit dem neunten Opfer alleine.

Czarnowskis Todeskampf dauerte noch anderthalb Stunden. Zum Schluss bäumte sie sich ein letztes Mal auf, dann erschlaffte ihr Körper, und die Apparatur, die ihren Herzschlag überwachte, zeigte nur noch eine dünne grüne Linie.

Im Hinausgehen warf Michaela noch einen letzten Blick auf die Tote.

Ein dunkler Schatten grinste sie an. Sein Mund formte Worte, sie konnte sie nicht hören, aber irgendwie wusste sie trotzdem, was er ihr sagte.

Ich werde wiederkommen. Und du wirst mein sein.

Verfolgt

Alina schaute besorgt aus dem Fenster des Schulbusses. Der dunkelblaue BMW fuhr immer noch hinter ihnen her. Dabei hatte er mehrfach die Möglichkeit gehabt, den wesentlich langsameren Bus zu überholen. Sie hatte eine ungute Ahnung, warum er es nicht tat.

Wer hinter dem Steuer saß, konnte sie nicht erkennen. Die Scheiben des BMW waren verdunkelt, außerdem behinderte eine milchige Salzkruste auf dem Heckfenster des Busses ihre Sicht.

Unter normalen Umständen hätte sie die Fahrt genießen können. Die Landschaft, die vor ihren Augen an den Fenstern des Schulbusses vorbeizog, sah aus, als sei sie einer Kitschpostkarte entsprungen. Seit Samstagabend hatte es ununterbrochen geschneit, die ganze Welt war unter einer dicken Schneeschicht verschwunden. Sie kleidete die Hügel zu beiden Seiten der Straße in majestätisches Weiß. In ein Weiß, das nur unterbrochen wurde von den dunklen Strukturen kahler Äste, den zierlichen Linien zahlreicher Zaunpfähle und dem satten Grün, das zwischen den Schneemassen hervorlugte, unter deren Last sich Fichten und Tannen bogen. Alina liebte den Winter, wenn er in dieser Gestalt auftrat. Wenn es nach ihr ginge, könnte es so von November bis März bleiben. Sie sehnte sich danach, wenn stattdessen Regen und Matsch jeden Spaziergang in eine Schlammschlacht verwandelten.

Das Fahrzeug, das sie verfolgte, seit sie das Haus verlassen hatte, verdarb ihr die gute Laune, die sie heute Morgen beim Blick aus ihrem Zimmerfenster erfasst hatte. Sie wusste mittlerweile, wer der Fahrer war. Onkel Gabo hatte zwar eingesehen, dass er sie nicht mehr zu Hause besuchen konnte, aber das bedeutete leider nicht, dass er sie in Ruhe ließ.

Der Bus bog nach links ab und kämpfte sich die Serpentinen nach Steinfeld hoch. Auch jetzt blieb der BMW hinter ihm.

Was in aller Welt hat er vor?, überlegte Alina. Er kann es doch wohl kaum wagen, mich in aller Öffentlichkeit anzugreifen oder gar in seinen Wagen zu zerren. – Vielleicht muss er das ja gar nicht. Vielleicht reicht es ihm, in meiner Nähe zu sein, damit er mich dazu bringen kann, freiwillig mitzugehen.

Alina dachte an die letzte Begegnung mit ihrem Onkel und daran, wie er sie gefesselt hatte, ohne sie auch nur zu berühren.

Gabriel Müller! Er wird mir helfen. Und was dann? Was wird er von mir verlangen, als Gegenleistung?

In der Zwischenzeit war der Schulbus am Gymnasium in Steinfeld angekommen. Der vertraute Anblick der hohen Bruchsteinmauer, die das Klostergelände und die dazugehörige Schule umfasste, strömte eine trügerische Sicherheit aus. Doch noch war sie nicht dahinter.

Alina musste noch etwas warten, bis der Gang des wie immer voll besetzten Fahrzeugs frei war. Mit bangem Atem trat sie ins Freie.

Sie hatte gerade ein paar Schritte gemacht, als sie Onkel Gabos Zugriff spürte. Wie eine stählerne Kette legte sich sein Wille um ihren Körper und zwang sie, sich ihm zuzuwenden. Er hatte seinen Wagen auf dem Parkplatz auf der anderen Straßenseite gegenüber dem Einlass zum Klostergelände abgestellt, stand auf dem Bürgersteig und sah Alina lächelnd an.

Alina versuchte dagegen anzukämpfen, aber ihre Beine gehorchten ihr nicht. Sie gingen einfach Schritt für Schritt auf

Gabo zu. Hilfe suchend schaute sie sich um, aber ihre Schulkameraden, wenn sie sie überhaupt bemerkten, dachten sich nichts dabei, als sie Alina und ihren Onkel sahen. Er sah harmlos aus. Ein freundlich lächelnder, älterer Herr.

Sie war bereits auf der Hälfte der Straße, als Alina eine Veränderung bemerkte. Onkel Gabos Zugriff lockerte sich, ja, es schien fast so, als würde sie zurückgestoßen. Gabriel, dachte sie mit einer Mischung aus Erleichterung und unterschwelliger Angst.

Gabos Gesichtsausdruck veränderte sich ebenfalls. Das Lächeln verschwand, die Lippen angestrengt zusammengekniffen, schien er einen inneren Kampf auszufechten.

Dann weiteten sich plötzlich seine Augen, und er riss die Arme hoch, als wolle er einen unsichtbaren Angreifer abwehren. Seine Beine bewegten sich. Ungelenk stakste er vorwärts, auf die Straße zu. Sein Gesicht verzerrte sich zu einer angstvollen Grimasse, er versuchte offensichtlich etwas zu sagen, die Lippen bewegten sich, aber kein Ton kam aus seiner Kehle.

Jetzt waren doch einige der Schüler aufmerksam geworden. Sie blieben stehen und zeigten auf den Mann, der offensichtlich volltrunken auf die Straße torkelte. Aus den Augenwinkeln sah Alina einen Wagen auf der Hügelkuppe aus Richtung Wahlen auftauchen, der mit ziemlich hoher Geschwindigkeit heranfuhr.

»Nein!«, flüsterte sie. »Das will ich nicht. Das darfst du nicht tun.«

Etwas wie ein Lachen klang plötzlich in ihrem Kopf. Es war humorlos und bösartig.

»Ich kann, was ich kann, und was ich darf oder nicht, entscheide nur ich allein.«

Alina schaute sich verzweifelt um. Irgendwo hier musste er stecken. Vielleicht, wenn sie auf ihn zuging, ihm in die Augen sah, konnte sie ihn von dem, was er vorhatte, abhalten. Gabriel stand direkt neben dem großen gusseisernen Tor, den Blick starr auf Onkel Gabo gerichtet, ein zufriedenes Lächeln auf den Lippen. Alina hatte ihn noch nie so glücklich gesehen, und das machte ihr mehr Angst als alles andere. Was war das für ein Mensch? Sie rannte auf ihn zu, wissend, dass es zu spät war. Lautes Quietschen, ein hässliches Klatschen und aufgeregte Schreie zeigten ihr, dass es keinen Sinn mehr hatte. Trotzdem lief sie weiter, bis sie heftig keuchend vor Gabriel stand. Er lächelte immer noch.

»Keine Sorge, ich habe ihn nicht getötet. Es sind lediglich ein paar harmlose Knochenbrüche, die ihn für eine Weile außer Gefecht setzen.«

»Ein paar Knochenbrüche? Wie kannst du dir da so sicher sein?«, fuhr Alina ihn an. Die herablassende Arroganz, die er ausstrahlte, ließ ihre Angst vor seiner Macht in Ärger und Wut umschwenken.

»Du solltest mir dankbar sein«, antwortete Gabriel. In seiner Stimme klang Unverständnis über ihren Vorwurf. »Jetzt brauchst du dich nicht mehr vor ihm in Acht zu nehmen. Du bist frei.«

»Was ist, wenn er doch tot ist? Macht es dir denn überhaupt nichts aus, einen Menschen zu töten?«

Gabriel machte ein nachdenkliches Gesicht, dann erschien wieder das herablassende Lächeln. »Nein. Es ist, wie ich es gesagt habe. Er lebt. Ich hatte nicht vorgehabt, ihn zu töten. Schließlich wird er noch gebraucht. Dein Onkel Gabo hat sich auf etwas eingelassen, das seine Kräfte weit übersteigt. Er wird sehr bald daran zugrunde gehen. Aber glaube mir, ich bin es nicht, der sein Schicksal besiegeln wird. Das hat er selber getan. Vor langer Zeit.«

In Alinas Geist blitzte es auf. Das Buch. Die Zeitungsberichte über die schrecklichen Todesfälle. Tante Hedwigs

Warnung. Sie musste jemanden anrufen. Wie war noch einmal sein Name? Rudloff! Etwas Dunkles drang in sie ein, legte sich wie klebriger Schleim auf ihr Bewusstsein und schwemmte ihre letzten Gedanken fort.

Blinzelnd sah sie zu Gabriel hin. Was hatte sie gerade gedacht? Es war ihr entfallen, konnte wohl nicht wichtig gewesen sein. Schulterzuckend wandte sie sich ab. Irgendwo hinter ihr auf der Straße hatte es einen Unfall gegeben. Aber das war auch nicht wichtig. Sie gehörte schließlich nicht zu diesen dämlichen Gaffern, die bei jedem Unglück sabbernd herbeigelaufen kamen, um endlich einmal echtes Blut zu sehen.

Die erste Unterrichtsstunde, Mathe, und sie hatte die Hausaufgaben vergessen. Dabei hatte sie doch das ganze Wochenende über Zeit gehabt. So ein Mist! Was hatte sie denn die ganze Zeit gemacht? Sie konnte sich an nichts erinnern. Grinsend zuckte sie erneut die Schultern. Wenn sie so darüber nachdachte, eigentlich war das auch nicht wichtig.

Gabriel machte ein zufriedenes Gesicht, als er Alina über den Klosterhof schlendern sah. »Braves Mädchen«, flüsterte er zärtlich. »Hab keine Angst, ich werde schon auf dich aufpassen.«

Schatten

Wie eine Insel, inmitten eines weiten lebensfeindlichen Ozeans, leuchtete der helle Kreis, den das Licht der Lampe auf die Oberfläche des Schreibtisches warf. Michaela saß in ihrem Büro in Bonn und wippte rhythmisch mit den Beinen. Ihre Augen schmerzten vom langen angestrengten Schauen. Vor ihr breiteten sich die Aufnahmen der Tatorte aus. Bilder, die von schrecklichem Leid zeugten. Bisher hatte sie es ganz gut geschafft, eine gesunde Distanz zu den Schicksalen zu schaffen, mit denen sie in ihrer Arbeit konfrontiert wurde. Es würde sie nur zermürben, sich jedes Mal erneut aufzuregen oder mitzuleiden, um am Ende doch hilflos zusehen zu müssen. Was nicht hieß, dass sie gleichgültig war. Sie war nur darauf bedacht, eine professionelle Einstellung zu wahren.

Die Nacht, in der sie zusehen musste, wie Elsa Czarnowski vor ihren Augen qualvoll zugrunde ging, hatte diese Distanz zerstört. Ob nur vorübergehend oder für immer, wusste sie nicht. Es bereitete ihr seelische und körperliche Qualen, die gemarterten Körper auf den Fotos zu betrachten. In ihren Ohren gellten ungehörte Schreie, jammerten, weinten und flehten die Opfer um Gnade.

»Sie hatten sich freiwillig dem Fluch unterworfen.«

Das jedenfalls war das Ergebnis der Übersetzungen Professor Rosenblatts. Das Buch war so etwas wie ein Vertrag, geschlossen zwischen seinen Besitzern und einer nicht näher beschriebenen Macht. Dabei ging es um die Unsterblichkeit. Der Text äußerte sich jedoch nur vage darüber, ob dieser Preis für alle oder nur für einen der Beteiligten bestimmt war. Dennoch war der Preis offensichtlich erstrebenswert genug, dass sie bereit waren, sogar ihr Leben dafür aufs Spiel zu setzen.

Eine der Bedingungen war, dass der Tod erst unmittelbar vor dem eigentlich vorgesehenen Tod einsetzen würde. Sie würden also höchstens ein paar Stunden ihrer Lebenszeit verlieren.

Michaela bezweifelte, dass sie das Gedicht übersetzt hatten. Sonst wäre ihnen klar geworden, was es bedeuten kann, sich einer unbekannten Macht auf Gedeih und Verderb auszuliefern. Dummheit schützt vor Strafe nicht. Wer weiß, vielleicht war die Übereinkunft schon vor Jahrzehnten geschlossen worden, als die Beteiligten noch jung waren und sich, wie es der Jugend entspricht, unsterblich wähnten. Jetzt fuhr der Fluch der dreizehn Tode seine Ernte ein.

Bei der letzten Besprechung der Mordkommission hatten sie sich darauf geeinigt, die Ermittlungen auf die Suche nach den noch verbliebenen drei oder vier Vertragspartnern zu konzentrieren. Die Zahl hing davon ab, ob Gabriel Frentzen zum Kreis dazugehörte oder nicht.

Wolf Krüger kümmerte sich um die Vergangenheit der Opfer und versuchte, Hinweise auf ein zurückliegendes Treffen zu finden. Irgendwann mussten sie zusammengekommen sein. Rudloff hatte ihn für diese Arbeit vorgeschlagen. Gerald Wilden hatte ihnen die Aufnahmen seines Rasterelektronenmikroskops vorgeführt. Sie zeigten die Vorgänge an Elsa Czarnowskis Buch, während sie starb. Es war fast genauso dramatisch wie der Todeskampf der Besitzerin.

Das alles war so falsch! So etwas durfte es einfach nicht geben! Und dennoch konnte Michaela sich einer gewissen Faszination nicht entziehen, die von den Vorgängen ausging. Hier waren ungeheure Kräfte am Werk. Hier öffnete sich ein Tor zu einer Wirklichkeit, die, wie sie erkannte, schon seit ihrer Kindheit ein Teil ihrer selbst war. Ein verdrängter Teil, ein ungeliebter Teil, der uralte Wunden in ihr öffnete.

»Du bist mein«, flüsterte Michaela aus einem plötzlichen Impuls heraus und wunderte sich im gleichen Moment, dass ihre Stimme so laut klang. Sie blickte vom Schreibtisch hoch und bemerkte erst jetzt, wie dunkel es geworden war.

Außerdem war es ungewöhnlich still. Der Blick auf ihre Uhr ließ sie aufschrecken. Das Ziffernblatt zeigte 20.35 Uhr. Bis auf die Bereitschaft befand sich niemand mehr in den angrenzenden Büros. Kein Wunder, dass es so still war.

»Zeit, dass du nach Hause gehst, Mädchen«, kommandierte sie sich selbst und klaubte die verstreuten Fotos zusammen, um sie zurück in den Umschlag zu stecken. Dabei fiel ihr eines der Bilder aus der Hand und landete auf dem Boden. Michaela bückte sich und griff danach.

Plötzlich hatte sie das Gefühl, dass etwas Kaltes ihren Rücken streifte. Erschrocken fuhr sie hoch und schaute sich um. Es war nichts zu sehen, aber das Fenster stand einen Spalt offen. »Verdammt! Jetzt reicht es wirklich. Wenn das so weitergeht, kann ich mich in die nächste Anstalt einliefern lassen.«

Seufzend sah sie auf das Foto, es hatte wohl unter den anderen verborgen gelegen, denn sie kannte es noch nicht. Es war eine Aufnahme aus dem Krankenhaus in Gerolstein. Nach Elsa Czarnowskis Tod hatten die Ermittler der Spurensicherung Aufnahmen von ihrer Leiche gemacht. Bei diesem Foto musste wohl etwas schief gelaufen sein, denn ein dunkler Fleck verdeckte den größten Teil des Bildes. Die Form kam ihr bekannt vor. Ein Schatten, den sie schon einmal gesehen hatte.

Du bist mein.

Der eisige Hauch war wieder da, wie eine unsichtbare Gestalt, die durch sie hindurchging. Das Licht der Lampe schien schwächer zu werden. Oder war es die Dunkelheit, die in ihren Schein hineinwuchs? Plötzlich wurde das Bild in ihrer Hand lebendig, zwei dunkle Augen, die sie anstarrten, ein Mund, der sich zu einem fratzenhaften Grinsen verzog.

Irgendetwas in Michaela zerbrach, die Zeit setzte zu einem Sprung an, und im nächsten Augenblick fand sie sich in ihrem Auto wieder. Am ganzen Körper zitternd, während ihre Hände vergeblich versuchten, den Zündschlüssel in das Schloss zu stecken. Zum Glück schaffte sie es, sich einigermaßen zu beruhigen, bevor sie losfuhr. Nicht auszudenken, wenn sie in diesem Schockzustand gefahren wäre. Unterwegs trommelte sie mit den Fingern auf dem Lenkrad und versuchte, das Bild des Schattens aus ihrem Kopf zu bekommen.

Du brauchst professionelle Hilfe, meldete sich ein mahnender Gedanke.

»Scheiße! Nein! Ich bin nicht verrückt!« Da war sie wieder, ihre stärkste Verbündete, die Wut. Was auch immer dahinterstecken mochte, sie war nicht gewillt, sich auf diese Weise fertig machen zu lassen. Dennoch konnten solche Anfälle gefährlich werden. Sie brauchte tatsächlich Hilfe, aber nicht die eines Psychologen. Hier waren andere Fachkenntnisse gefragt als die der menschlichen Psyche. Nach kurzer Überlegung tippte Michaela die Rufnummer von Marion Krüger in ihr Handy.

»Natürlich habe ich Zeit für dich. Ich kann sowieso nicht schlafen, die Kleine zahnt schon wieder.«

Michaela nahm die Autobahn Richtung Wesseling, wechselte über Godorf auf die A 555 bis zum Kreuz Bliesheim und fuhr von dort auf der A 1 weiter. Bis zur Abfahrt Mechernich ging alles gut. Dann begann es zu schneien, und ihr fiel ein, dass sie mit ihrem Privatwagen unterwegs war. Mitten in der Eifel, im Winter, mit Ganzjahresreifen. Dämlicher konnte man eigentlich gar nicht sein.

Sie beschloss, dennoch weiterzufahren. Der Räumdienst funktionierte eigentlich ganz gut, vielleicht waren die Hauptverkehrsstraßen noch oder schon wieder frei. Die Schneeflocken schmolzen auf der salzgestreuten Autobahn sofort weg, aber ab der Abfahrt Nettersheim blieb eine feine weiße Schicht liegen, die immer dicker wurde. Hinter dem Zingsheimer Kreisel gab es Schneeverwehungen, und Michaela begann, sich ernsthafte Sorgen zu machen. Der Wagen schlingerte bedrohlich, und sie musste das Tempo erheblich verringern.

»Scheiße, wenn ich so weiter krieche, bleibe ich am Berg hängen.«

Zunächst ging es jedoch erst einmal steil bergab. Schon beim ersten Bremsmanöver reagierte das ABS-System des Fahrzeugs. Es knackte und polterte, und das Bremspedal zitterte unter ihren Füßen. Jetzt machte sich das regelmäßige Fahrsicherheitstraining bezahlt. Michaela zwang sich zur Ruhe und gab in der Kurve am Fuß der Senke leicht Gas, um den Wagen in der Spur zu halten. Hier war sie auf der Brücke hoch über dem Rosbachtal. Wenn der Wagen hier ausbrach, dann hieß es Adieu schöne Welt. Trotz der Schlingerbewegungen erhöhte sie das Tempo. Der Vorderradantrieb zog den Wagen in die Spur, aber die Reifen hatten erhebliche Mühe, auf dem rutschigen Untergrund Halt zu finden. Mit klopfendem Herzen schwor sie, gleich morgen neue Reifen aufziehen zu lassen, Winterreifen, mit denen sie diese Probleme nicht gehabt hätte.

Im Heckspiegel sah sie die Lichter eines sich nähernden Fahrzeugs. Es fuhr mit beunruhigendem Tempo auf sie zu. Ihr Fahrzeug dagegen wurde am Berg immer langsamer. Sie musste mit geringer Drehzahl fahren, um ein Durchdrehen der Räder zu verhindern. Der Abstand zu dem Wagen hinter ihr verringerte sich erschreckend schnell.

»Wenn der Kerl nicht bald abbremst, fährt er mir noch hinten drauf.«

Sie hatte den Gedanken kaum zu Ende gedacht, da war er bereits dicht hinter ihr. Offensichtlich hatte der Fahrer es besonders eilig und meinte, seinen Unmut durch beständiges Aufblenden gebührend zum Ausdruck bringen zu müssen.

»So ein Arschloch!«, fluchte Michaela ungehalten. »Wenn ich nicht Angst hätte, dass ich an diesem Scheißberg hängen bleibe, würde ich den aus seiner Scheißkiste rausholen und ihm eine verpassen.«

Sie musste den Spiegel verstellen, um nicht geblendet zu werden. Zum Glück tauchte jetzt die erste der beiden Abfahrten nach Nettersheim auf. Den Drängler war sie jetzt los, dafür waren die Straßen hier noch schlechter geräumt. Im Schritttempo schlitterte sie durch den Ort, bis sie endlich beim Haus der Krügers angelangt war. Als sie ausstieg, merkte sie, dass ihre Knie zitterten, und sie beschloss, Marion zu fragen, ob sie wieder bei ihr übernachten durfte.

Sie durfte. Marion war sogar begeistert. Wolf lächelte höflich. Er war nicht ganz so begeistert, hatte Marion ihm doch die ehrenvolle Aufgabe übertragen, den jüngsten, zahnenden Nachwuchs die Nacht über zu betreuen.

»Wir machen uns einen gemütlichen Frauenabend, und du erzählst mir, was los ist«, bestimmte Marion.

Sie strahlte dabei eine weibliche Autorität aus, die jeden Gedanken an Widerspruch schon im Keim erstickte.

Michaela fühlte jetzt schon, wie die Anspannung von ihr abfiel. Das war genau das, was sie jetzt brauchte.

»Das und noch etwas anderes«, ergänzte Marion mit süffisantem Grinsen. Sie ging zur Küche und kam mit zwei großen Portionen Schokoladeneis zurück. »Lass uns so richtig im Klischee schwelgen und etwas für unsere Fettpolster tun.«

»Ach, Marion, du bist einfach unbezahlbar.«

»Ich weiß. Aber darüber hinaus bin ich auch neugierig. Also los, erzähl mir, was dich so erschreckt hat. Du siehst ja immer noch ganz mitgenommen aus.«

Michaela holte tief Luft und überlegte, wo sie anfangen sollte. »Kannst du dich noch an unser letztes Gespräch erinnern? Ich hatte dir erzählt, dass mir der Kollege Rudloff mit seinem Geistergetue auf die Nerven geht.«

Marion forderte Michaela mit einem Nicken auf weiterzureden.

»Heute sieht die Welt für mich ein bisschen anders aus. Dieser Fall, diese schrecklichen Morde ... Ich hab mit eigenen Augen gesehen, wie ein Mensch zu Tode geröstet wurde. Ich habe sie sterben sehen, aber den Mörder und sein Mordwerkzeug konnte ich nicht sehen. Er oder es war da. Verdammt!« Michaela vergrub das Gesicht in den Händen. »Ich glaube, ich habe ihn doch gesehen. Und das Schlimme ist, ich kenne ihn.«

Marion runzelte die Stirn, sagte jedoch nichts, um Michaela Zeit zu lassen, sich wieder zu fassen.

Mit zittrigen Händen öffnete Michaela ihre Handtasche und förderte ein zerknicktes Foto zu Tage. »Das hier ist mir heute in die Hände gefallen. Es zeigt die Leiche des letzten Opfers, Elsa Czarnowski. Sie war ...«

»Ich weiß Bescheid«, sagte Marion, um Michaela die Mühe zu ersparen, weiterreden zu müssen. Das Erlebnis hatte ihre Freundin offensichtlich tief verletzt. Sie nahm das Foto aus Michaelas Hand, schaute drauf und stutzte. Hatte sich da etwas bewegt?

»Du hast es auch gesehen?« Michaelas Stimme klang geradezu flehend.

Marion nickte zögernd. »Da war irgendetwas, aber ich kann jetzt nichts mehr erkennen.«

»Es ist einfach unmöglich«, stellte Michaela resigniert fest. »Was mir in den letzten Wochen passiert ist, lässt nur zwei Möglichkeiten offen. Entweder ist die Welt verrückt oder ich bin es. Als Polizistin habe ich gelernt, immer von der wahrscheinlichsten Variante auszugehen. Aber ich will nicht verrückt sein.«

»Du bist keineswegs verrückt«, versuchte Marion sie zu beruhigen. »Und die Welt ist es auch nicht. Sie ist nur etwas größer, als du bisher angenommen hast. Eigentlich geht es dir wie meiner Kleinen, wenn sie sich bei ihren Krabbelausflügen wehgetan hat. Ich kann mir denken, dass sie dann auch ganz verzweifelt ist, weil die Welt sie plötzlich gebissen hat.«

»Danke«, antwortete Michaela mit einem zaghaften Lächeln. »Es ist echt tröstlich, mit einem Kleinkind verglichen zu werden. Aber wahrscheinlich hast du Recht. Ich muss mich neu orientieren. Das ist auch einer der Gründe, warum ich hier bin. Ich kenne niemanden, der mir dabei besser helfen könnte als eine Hobbyhexe wie du.«

»Hobbyhexe? Darauf trinken wir einen!« Marion holte eine Flasche Rotwein und zwei Gläser herbei und schenkte ordentlich ein.

»Männer und böse Geister kann man am besten im Suff ertragen. Eine uralte Weisheit eifelanischer Landhexen. Prost.«

Der Alkohol tat bald darauf seine Wirkung, und Michaela erzählte. Zunächst von ihrem unheimlichen Erlebnis in ihrem Büro, dann jedoch auch von ihrem Albtraum, von dem Unfall, bei dem ihre Eltern starben, und der schrecklichen Erscheinung, die ihm vorausgegangen war.

Marion, die von all dem nichts gewusst hatte, saß fassungslos ihrer Freundin gegenüber und hörte schweigend zu. Michaela schien ihr immer eine gute, zuverlässige

Freundin gewesen zu sein, aber auch ein etwas oberflächlicher Mensch, der alles ablehnte, was nicht zu erklären war. Jetzt wusste sie, wieso. Warum hatte sie nie auch nur etwas davon geahnt?

Am Ende hielten sich die beiden Frauen lange in den Armen, ließen ihre Tränen laufen und schwiegen. Schließlich schnäuzte Michaela laut in ihr Taschentuch und verkündete, dass es ihr jetzt viel besser gehe. »Tut mir Leid, dass ich dich so anflenne, aber das musste einfach raus.«

»Von mir aus kannst du mich jeden Tag anflennen. Ich besorge dir auch einen Extravorrat an Taschentüchern. Mir tut es so Leid um vieles, was wir verpasst haben, weil du mich nicht viel früher vollgeheult hast.«

»Ich glaube, ich muss meine Vorgehensweise gründlich überdenken. Willst du mir dabei helfen?«

»Gerne«, antworte Marion. »Soll ich Wolf ...?«

»Nein«, Michaela schüttelte den Kopf. »Dafür ist das alles noch zu neu. Wenn wir zu einem vernünftigen Ergebnis kommen, werde ich den Rest der Mannschaft informieren. Ich hab schon so Schwierigkeiten zu erklären, was hier eigentlich vorgeht. Der Staatsanwalt und natürlich die Presse sitzen mir im Nacken. Ich kann von Glück reden, dass ich bei meinen Vorgesetzten noch etwas gut habe, sonst hätte man mir den Fall vielleicht schon abgenommen.«

»Mach dir da mal keine Sorgen. Jürgen setzt große Stücke auf dich. Ich sagte ja schon, du hast ihn am Haken.«

»Ach Gott, Rudloff, der ist richtig nett geworden. Wenn du nicht wärst, ich glaube, ich wäre heute Abend in meiner Verzweiflung zu ihm gefahren. Aber der könnte mich auch nicht retten.«

Marion setzte ihr schelmisches Lächeln auf und zwinkerte Michaela zu. »Dass du dich da mal nicht verschätzt. So, so.

Richtig nett geworden. Siezt ihr euch eigentlich immer noch? Ihr saht aus wie ein richtiges Paar, als ihr neulich bei uns zu Besuch ward.«

Mit gespieltem Entsetzen winkte Michaela ab. »Da war nichts, wir hatten uns nur etwas umgesehen. Das mit dem Sie ist komisch. Ich weiß auch nicht, aber es kommt mir irgendwie unanständig vor, Du und Jürgen zu ihm zu sagen, so als würde ich eine Grenze übertreten, von der es kein Zurück mehr gibt.«

»Manchmal braucht es ein wenig Mut. Du weißt, dass wir Frauen die Initiative ergreifen müssen, wenn die Herren der Schöpfung zu zögerlich sind.«

»Ja ja, und dabei sollte es so aussehen, als hätte der Mann letztlich alles geregelt, damit er keine Angst bekommt und ausreißt.«

»Hört, hört, hier sitzt eine Frau, die Bescheid weiß. Dann kann ich dir nur raten, hör auf das, was dir dein Herz sagt. Beim nächsten Mal fährst du zu ihm und nicht zu mir.«

Michaela, die sich in die dicken Kissen des Sofas geflätzt hatte, schwang sich empört auf. »Hallo! Jetzt reicht es aber. Der Rudloff ist ein Kollege, und außerdem wollten wir über diese besch... ‘tschuldigung ... diese, du weißt schon, Fälle reden. Mein Liebesleben hat nichts damit zu tun.«

»Da muss ich dir widersprechen. Was die dunkle Seite unserer Wirklichkeit anbelangt, kenne ich mich besser aus als du. Wenn du dich mit einem Dämon anlegen willst, musst du deine Gefühle kennen, sonst wird er sie nutzen, um dich in den Irrsinn zu treiben. Du hast heute Abend eine kleine Kostprobe davon erlebt.«

Seufzend ließ sich Michaela wieder in die Kissen fallen. »Ich hab Schiss. Das mit Jürgen ist mir eine Nummer zu ernst. Wenn das in die Hose geht ...«

»... wird es echt wehtun, ja. Das Risiko musst du eingehen. Es tut mir Leid, dir das sagen zu müssen, aber es steht viel mehr auf dem Spiel als nur ein gebrochenes Herz.«

»Das weiß ich doch schon längst. Darum macht es mir auch solche Angst. Ich hab mich noch nie so verletzlich, so ausgeliefert gefühlt. Kannst du das denn nicht verstehen?«

»Und wie, aber da müssen wir alle durch.«

»Danke, Mutter Courage, das hilft mir jetzt echt weiter.« Mit gespielter Verärgerung warf Michaela ein Kissen nach Marion, die es geschickt auffing.

»Pass bloß auf, sonst kannst du die Rotweinflecken aus dem Teppich schrubben.«

»Spießiges Hausmütterchen.«

»Memme.«

»Zicke.«

»Selber.«

Söhns

Helmut Söhns' Hände krampften sich um die Zeitung. Am liebsten hätte er das Papier in tausend Fetzen gerissen. Jahrzehnte seines Lebens hatte er hart gearbeitet, immer das eine Ziel vor Augen: die Unsterblichkeit.

Er hatte den Vertrag von Anfang an ernst genommen. Er war damals jung gewesen, aber lange nicht so unbedacht wie die anderen. Gabriel Frentzen hatte ziemlich diffus dahergeredet, ließ in einem Nebensatz durchblicken, dass alle die Unsterblichkeit erlangen würden, um im nächsten Moment die Wirksamkeit des Rituals anzuzweifeln. Damit hatte er ihn aber nicht täuschen können. Helmut Söhns hatte sofort gewusst, dass die Bücher mehr waren als nur das Ergebnis eines armen Irren. Der Vertrag, den sie abgeschlossen hatten, war echt und band sie unwiderruflich an seine Erfüllung. Immer und immer wieder hatte er den Text des Buches durchgelesen, um mehr herauszufinden. Aber leider war er genau so ausweichend und mehrdeutig verfasst wie Gabriel Frentzens Aussagen.

Er zog dennoch seine Schlüsse. Der Preis der Unsterblichkeit war nicht für alle bestimmt, sondern nur für einen, für den, der die anderen überlebte.

Nach Meinerts Tod, spätestens jedoch, nachdem Bartusch unter mysteriösen Umständen gestorben war, musste das auch den anderen klar geworden sein. Das Ritual, dem sie sich unterworfen hatten, war dabei sie einzuholen. Was Söhns zutiefst erschreckte, war die Grausamkeit der Todesarten, die seine Mitbewerber um den Preis der Unsterblichkeit erleiden mussten. Davon hatte nichts in den Büchern gestanden. Das heißt, nichts in dem Teil, den sie übersetzen konnten. Es gab da eine Passage, die für sie damals keinen Sinn ergab. Hier, musste Söhns zugeben, hatte auch er einen Fehler gemacht. Zunächst hatte er versucht, diesen Teil zu entschlüsseln, als ihm das nicht gelang, hatte er die Passage ignoriert. Was konnte schon da drinstehen? Jetzt hatte er die Übersetzung, schwarz auf weiß, in der Tageszeitung.

Es war ein Gedicht oder besser, die Beschreibung des Rituals in Reimform. Hätten sie von Anfang an gewusst, dass so etwas auf sie wartete, nie und nimmer hätten sie den Kontrakt abgeschlossen. Die Kripo hatte den Text an die Medien weitergegeben, um weitere mögliche Opfer des Rituals ausfindig zu machen.

Die Ermittler waren erstaunlich weit gekommen, wenn sie auch die falschen Schlüsse zogen. Nach ihrer Einschätzung handelte es sich um die Tat eines Psychopathen, der den Spruch entgegen jeder Logik Ernst nahm und offensichtlich davon überzeugt war, durch die Erfüllung des Rituals die Unsterblichkeit zu erlangen. Wie sollten sie auch auf den Gedanken kommen, dass sie es mit real wirkender Schwarzer Magie zu tun hatten? Nach dem Bericht ging die Kripo davon aus, dass nur ein begrenzter Personenkreis direkt gefährdet war, die Besitzer eines ganz bestimmten Buches.

Söhns schaute unwillkürlich auf den ledernen Einband, der in einer Vitrine neben seinem Schreibtisch sicher aufbewahrt war.

Die Zeitung zeigte neben der Übersetzung auch ein Foto des Originaltextes. Söhns konnte sich schon denken, was die Kripo damit bewirken wollte. Sie versuchten ihn einzuschüchtern, ihn dazu zu bewegen, sich zu melden. Aber das kam für ihn auf keinen Fall in Betracht. Alles hatte er nur darauf ausgerichtet, länger am Leben zu bleiben als die anderen. Kein Alkohol, keine Zigaretten, keine Aufregung,

Sport in Maßen, Meditationsübungen und Isolation. Vor allem: kein Risiko eingehen. Er hatte sich mit zunehmendem Alter immer seltener nach draußen gewagt, aus Angst, sich an einer gefährlichen Krankheit anzustecken oder einem Unfall zum Opfer zu fallen.

Sich bei der Polizei melden, seine sichere Deckung aufgeben? Nein! Jetzt so kurz vor dem Ziel würde er seinen Erfolg nicht aufs Spiel setzten.

Und dennoch, das Ritual, die dreizehn Tode. Sie waren so grausam und wurden immer schlimmer. Angst lauerte hinter diesen Gedanken wie ein hungriges Raubtier, bereit, jederzeit in seinen Nacken zu springen. Neun hatte es bislang erwischt. Dass es bald losgehen würde, war zu erwarten gewesen. Sie hatten das kritische Alter erreicht. Ein Alter, in dem es sich zeigte, wie die Veranlagung zu gewissen Krankheiten aussah und ob man danach gelebt hatte.

»Ich habe noch Jahrzehnte vor mir«, versuchte er sich zu beruhigen. Seine Vorfahren hatten alle ein überdurchschnittlich hohes Alter erreicht, seine Werte, die er jeden Monat überprüfen ließ, waren ausgezeichnet.

Kontrolle war für Söhns das Schlüsselwort. Sie war seine einzige Waffe im Kampf gegen die Angst, die sich in seinem Kopf eingenistet hatte, seit er den Vertrag mit seinem Blut besiegelt hatte. Kontrolle über den eigenen Körper, seine Lebensführung, aber auch darüber, was die anderen zwölf machten. Er war immer im Bilde darüber, wo sie wohnten, was sie gerade taten und seit kurzem auch, wie sie starben.

Meinert, Bartusch, Lebesch, der cholerische Teufel, und die meisten der anderen hatten ihre Gesundheit sträflich missachtet. Sie waren letzten Endes selbst schuld an ihrem Schicksal. Bei Altmüller sah das anders aus. Er war topfit gewesen, trotz seines Alters. Ein Unfall, nun ja, das kann passieren. Dass Elsa Czarnowski kurz darauf ebenfalls einen tödlichen Unfall erlitt, weckte jedoch Söhns Misstrauen. Zuletzt wurde Gabriel Frentzen angefahren. Er hatte zwar Glück und kam mit ein paar Knochenbrüchen davon, aber Söhns witterte nun Verrat.

Offensichtlich hatte noch jemand die gleichen Schlüsse gezogen wie er – nur mit dem Unterschied, dass er nicht warten wollte, bis die anderen eines natürlichen Todes sterben würden. Vielleicht hatte er selber nicht mehr lange zu leben und versuchte seine Chancen dadurch zu verbessern, dass er ein wenig nachhalf.

Helmut Söhns hatte diese Möglichkeit eingeplant und dafür gesorgt, dass niemand ihn erwischen konnte. Sein Haus glich einer Festung. Hohe Mauern, Überwachungskameras, Sicherungsanlagen, daran würde sich jeder Einbrecher die Zähne ausbeißen. Dennoch interessierte es ihn zu wissen, wer hinter den letzten Unfällen stehen könnte. Viele blieben ja nicht mehr übrig. Da waren noch Walter Rebmann, Ingeborg Steinbüschel, Gabriel Frentzen und er. Vielleicht sollte er der Kripo doch noch einen Tipp geben. Natürlich anonym, schließlich wollte er nicht entdeckt werden. Andererseits, wenn er als Einziger verborgen blieb, konnte sich der Verräter denken, wer der Polizei die Namen der Vertragspartner genannt hatte. Eine Zwickmühle! Was sollte er tun?

Schließlich fiel ihm ein Ausweg ein. Er würde nur einen Namen preisgeben. Gabriel fiel seiner Meinung nach als Täter aus, wer bringt sich schon selbst ins Krankenhaus? Blieben nur noch Rebmann und Steinbüschel.

Nach kurzer Überlegung griff Söhns zum Telefon.

Dämonenbilder

Wolf Krüger und Gerald Wilden starrten schon seit Stunden auf die Aufnahmen, die Gerald vom Tod Elsa Czarnowskis gemacht hatte. Die anfängliche Neugier war zunächst einer Mischung aus Schrecken und Faszination gewichen. Dann jedoch fühlten sie nur noch mattes Grauen. Gerald hatte in ihrem Krankenzimmer mehrere Spezialkameras installiert, die Bilder in unterschiedlichen Frequenzbereichen aufgenommen hatten. Rudloff hatte ihn und Wolf beauftragt, die Aufnahmen zu sichten und auszuwerten. Wolfs Einwände, dass diese Arbeit mehrere Tage in Anspruch nehmen würde und er bei seinen Ermittlungen über die Vergangenheit der Opfer noch nicht sehr weit gekommen war, schob Rudloff beiseite.

»Die kannst du ruhig zurückstellen. Frau Stark hat eine Idee, wie sie die fehlenden Mitglieder der Zielgruppe aus der Reserve locken kann. Es ist jetzt wichtiger herauszufinden, was da wirklich passiert ist. Wir müssen alles daran setzten, etwas zu finden, das uns hilft, den nächsten Tod zu verhindern.«

Rudloff war in einer Weise aufgebracht, wie Wolf sie an ihm noch nie erlebt hatte. Jetzt, wo er sah, was er und Michaela in der Nacht im Krankenhaus hatten miterleben müssen, konnte er seinen Chef verstehen. Aber auch den unerwarteten Besuch Michaelas neulich. So etwas steckt keiner mal so eben weg.

»Machen wir erst einmal eine Pause«, schlug Gerald vor, und Wolf willigte dankbar ein.

Die Kripo hatte ihnen einen Raum im Gebäude der Polizeidienststelle Euskirchen zur Verfügung gestellt. Hier hatte Gerald seinen Laptop und einen Beamer aufgebaut, mit dem er die Filme auf eine Leinwand projizierte. Bevor sie nach draußen gingen, verschloss Gerald sorgfältig die Tür. Man sollte es zwar nicht für möglich halten, aber auch in einem Polizeigebäude war man vor Langfingern nicht sicher.

Im Freien schlug ihnen kalte Winterluft entgegen. Sie nahmen den Weg in die Innenstadt, Richtung Fußgängerzone. Festliche Beleuchtung, Schnee auf Häusern und Straßen, weihnachtlicher Schmuck und im Kopf die Bilder einer Frau, die unter unsagbaren Qualen starb. Wolf und Gerald gingen eine Weile schweigend nebeneinander her.

»Jürgen hat sich verändert«, meinte Wolf unvermittelt und erntete einen skeptischen Gesichtsausdruck. Eigentlich interessierte er sich nicht so sehr für Rudloffs Gefühlsleben. Andererseits musste er zugeben, dass er im Moment auch froh war, seine Gedanken in eine andere Richtung lenken zu können.

»Ja, hast du erwartet, dass er uns jemals das Du anbietet?«

Wolf schüttelte den Kopf und wandte sich mit erwachendem Interesse dem neuen Thema zu. Ein bisschen Tratsch hatte noch nie geschadet.

Sehr bald schon kamen sie auf Michaela Stark zu sprechen, wobei Wolf ihren letzten Besuch bei seiner Frau verschwieg. Er hatte festgestellt, wie gut seiner Frau die wiedergewonnene Freundschaft tat und wollte nichts tun, was sie gefährden könnte.

Nach einer knappen Stunde kroch ihnen die Kälte in die Glieder, und sie beschlossen, ihre Arbeit wieder aufzunehmen.

»Eine Aufnahme noch, dann ist Schluss für heute«, bestimmte Wolf. Am liebsten hätte er jetzt schon Schluss gemacht. Sein Kopf war jetzt wieder klar, so musste er anschließend mit diesen quälenden Bildern nach Hause gehen. Heute

Abend werde ich wie Salvatore Dalí malen, oder besser noch, wie Hieronymus Bosch, dachte er mit düsterem Blick.

»Keine Sorge, wahrscheinlich werden wir jetzt so gut wie nichts sehen«, beruhigte ihn Gerald, dem es nicht besser ging.

Sie nahmen sich eine Aufnahme vor, die von einer Spezialkamera stammte, die eigentlich nur Wärmequellen erfassen konnte. Bunte Schemen huschten über den Bildschirm. Wolf konnte drei Gestalten ausmachen, sie glimmten in einem satten Rot. Da war noch eine vierte Figur, liegend, viel dunkler.

»Das ist Elsa Czarnowski«, erklärte Gerald.

Wolf nickte nur, darauf war er schon von selbst gekommen.

»Ich gehe jetzt bis zu dem Punkt, bei dem es passiert ist.«

Die leuchtenden Gestalten huschten in hektischer Bewegung hin und her. Dann plötzlich explodierte der Bildschirm geradezu in grellen, strahlenden Farben. Wolf zuckte erschrocken zusammen.

»Das ist es.« Gerald zog eine Teleskopstange auseinander und zeigte auf die leuchtende Figur in der Mitte des Bildschirms. Die Kamera hatte sich automatisch auf die Intensität der Wärmequelle eingestellt.

Gerald hatte Recht, man konnte wirklich kaum etwas erkennen. Wolf versuchte, sich bei dem Anblick der flackernden Leuchtgestalt nicht das gequälte Gesicht der Frau vorzustellen, was ihm fast gelang. Gut, dachte er, das bringst du noch hinter dich, und dann ist Feierabend.

Die Aufnahme war fast vorbei, als Gerald plötzlich aufschrie. »Stopp! Da war was.«

Wolf kniff die Augen zusammen. Er hatte es auch gesehen, ein dunkler Fleck, der plötzlich über Elsa Czarnowskis mittlerweile nur noch schwach leuchtendem Körper aufgetaucht war.

Gerald ließ die Sequenz erneut ablaufen, aber wesentlich langsamer. Der Fleck tauchte wieder auf, sah zunächst aus wie eine Bildstörung, dann jedoch bewegte er sich. Tentakelartige Gliedmaßen, die entfernt an Hände oder Füße erinnerten, zwei Punkte, glühend rot, wie Augen, die sie anstarrten. Nein, es starrte nicht sie, sondern etwas anderes an.

»Was ist das?«

»Vielleicht unser Dämon«, antwortete Gerald. »Mich würde interessieren, wo das Ding hinsieht.«

»Oder mit wem es da redet.« Wolf konnte jetzt so etwas wie einen fratzenhaften Mund erkennen, der sich bewegte.

Von den drei anfänglichen Zuschauern im Krankenzimmer war nur noch einer übrig geblieben. Gerald und Wolf hatten die Aufzeichnungen oft genug gesehen, um zu wissen, wer hinter der in warmen Rottönen leuchtenden Gestalt steckte, die im Hinausgehen stehen blieb, um einen letzten Blick zurückzuwerfen.

Beiden war Michaelas entsetzter Gesichtsausdruck aufgefallen, sie hatten ihn jedoch als Reaktion auf die entstellte Leiche im Krankenbett gedeutet. Nun fragten sie sich, ob die Hauptkommissarin den Dämon gesehen hatte.

»Das gefällt mir überhaupt nicht«, sagte Wolf schließlich.

Gerald nickte zustimmend. »Wir müssen sofort Jürgen verständigen.«

Ein Dämon, der mit einer Wärmekamera zu erfassen war, davon hatte noch keiner der beiden gehört.

Erwachen

Sag mal, Alina, hat das mit dem Internet eigentlich geklappt?«

Alina hob den Kopf und schaute ihren Vater mit verständnislosem Blick an. »Internet?«

»Alina, bitte. Ich habe dir doch das Funkmodul für deinen Laptop gegeben.«

Irgendetwas in Alinas Kopf bewegte sich, sie nahm es als plötzlich aufkommende Übelkeit wahr, gepaart mit hämmernden Kopfschmerzen. »Entschuldige, mir geht es nicht gut. Ich glaub, ich leg mich besser hin.«

Ihr Vater schaute ihr mit verdutztem Gesichtsausdruck hinterher, sagte jedoch nichts. Bei Jugendlichen in Alinas Alter musste man auf alles gefasst sein. Sollte sie Probleme haben, hoffte er, würde sie früher oder später von selbst damit herausrücken.

Er wusste ja nicht, von welcher Art Alinas Probleme wirklich waren.

In ihrem Zimmer angekommen, trieb sie eine seltsame Unruhe dazu, das Chaos auf ihrem Schreibtisch aufzuräumen. Wieso hatte sie all diese Blätter, Hefte und Bücher darauf verteilt? Man konnte von der Tischplatte überhaupt nichts mehr sehen.

Die Kopfschmerzen wurden stärker, und sie überlegte, ob sie sich doch besser erst einmal hinlegen sollte. Aber da war auch diese Unruhe, wie ein summender Bienenschwarm in ihrem Bauch. Ihre Hände zitterten, während sie weiter, Blatt für Blatt, den Stapel auf ihrem Schreibtisch abtrug. Da stießen ihre Finger auf etwas Festes. Ihre Augen wurden groß, als sie erkannte, dass es ein Laptop war. Ihr Vater hatte doch eben ...?

Sie klappte den Deckel auf und schaltete damit den Rechner ein. Ein seltsamer Strudel aus Farben drehte sich auf dem Bildschirm und zog ihren Blick magisch an. Die Kopfschmerzen steigerten sich ein weiteres Mal, um dann von einem Moment auf den anderen auszusetzen. Dafür setzten die Erinnerungen ein. Erinnerungen an Ereignisse, die nur wenige Tage zurücklagen, die sie jedoch völlig vergessen hatte. Ihre anfängliche Verwunderung darüber schlug am Ende in Entsetzen, ja, in Angst um. Irgendetwas schien ihre Erinnerungen an Tante Hedwig einfach ausgeschaltet zu haben. Ob Onkel Gabo dahintersteckte? Wenn ja, hatte er sie zum Glück nicht wirklich gelöscht, so gingen ihr nur ein paar Tage Zeit verloren, und sie konnte dort weitermachen, wo sie aufgehört hatte.

Aber wo hatte sie aufgehört? Was wollte sie tun? Verflixt! Genau daran konnte sie sich immer noch nicht erinnern.

Mit einem Mausklick schaltete sie den Farbstrudel aus, einer von Tante Hedwigs Tricks. Offensichtlich hatte die Frau an alles gedacht.

Hatte sie das wirklich?

Internet!

Jetzt fiel ihr ein, dass es Schwierigkeiten gegeben hatte, den Bund, die Organisation, der Hedwig einst angehört hatte, zu erreichen. Sie hatte ihr etwas aufgetragen. Alina suchte im Hauptmenü des Programms, das Hedwig für ihr Tagebuch benutzte, und fand eine Funktion, mit der sie die Information hervorrufen konnte, auf die sie zuletzt zugegriffen hatte. Es war ein Gedicht. Alina brauchte nur die ersten Zeilen zu lesen, um sich wieder an alles erinnern zu können. Auch an die Telefonnummer, die sie an diesem Tag vergeblich gewählt hatte. Sofort holte sie ihre Handtasche und kramte das Handy hervor. Diesmal hatte sie mehr Erfolg, schon beim zweiten Klingeln meldete sich eine energische Männerstimme.

»Ja!«

»Sind Sie Herr Rudloff?«

Als der Mann bestätigte, zögerte Alina einen Moment, dann begann sie zu erzählen. Zunächst vorsichtig, schließlich gab es einiges an ihrer Geschichte, das für einen Außenstehenden einfach unglaubwürdig sein musste. Dann merkte sie an Rudloffs Fragen, dass er Alina sehr ernst nahm und mit Leuten wie Tante Hedwig vertraut sein musste.

Hinterher saß sie an ihrem Schreibtisch und horchte in sich hinein. Sie wusste nicht, wie Rudloff es angestellt hatte, aber er hatte es geschafft, ihr wieder Mut zu machen. Er hatte ihr allerdings geraten, morgen früh nicht in die Schule zu gehen. Er wollte sich Onkel Gabo vorknöpfen und anschließend bei ihr vorbeikommen, um sich das Buch anzusehen. Onkel Gabo lag mit mehreren Knochenbrüchen im Krankenhaus. Herr Rudloff hatte es ihr erzählt. Er hatte genau an dem Tag einen Unfall gehabt, an dem sie wahrscheinlich diese seltsame Amnesie befallen hatte. Was noch verwunderlicher war, es passierte genau vor ihrer Schule. Alina hatte ein ungutes Gefühl bei dem Gedanken, so als wäre da noch etwas Bedrohliches in ihrem Gedächtnis verborgen, an das sie jedoch nicht herankam.

Hatte Onkel Gabo sie nicht verfolgt? So ein Mist! Sie konnte sich einfach nicht daran erinnern. Dabei war es furchtbar wichtig, das konnte sie ganz deutlich spüren.

Nur eine alte Frau

»Machen Sie sich um mich keine Sorgen, ich bin doch nur eine alte Frau.«

Der Satz, mit dem Ingeborg Steinbüschel sie verabschiedet hatte, wollte Michaela nicht aus dem Kopf gehen. Wie konnte sie angesichts einer solchen Bedrohung so gelassen sein? Frau Steinbüschel war eindeutig eines der verbliebenen vier potenziellen Opfer des Fluchs. Sie hatte das Buch.

Sie zu finden war der ersehnte Erfolg einer umstrittenen Aufrufaktion gewesen. Es hatte Michaela eine ganze Stunde Überredungsarbeit gekostet, bis sie die Kollegen von der Notwendigkeit dieser Maßnahme überzeugen konnte. Hinweise aus der Bevölkerung zu erfragen, war an sich nichts Ungewöhnliches, dabei jedoch wichtige Informationen aus den laufenden Ermittlungen preiszugeben, stieß zunächst auf Widerstand. Schwierig war auch, die aktuellen Ergebnisse ihrer Ermittlungen so zu schildern, dass der zuständige Staatsanwalt sie nicht für vollkommen verrückt erklärte.

Michaela war ja selber immer noch hin und her gerissen. Manchmal wurde sie das Gefühl nicht los, einem gerissenen Trickbetrüger aufzuliegen, der sich heimlich über die leichtgläubige Polizei lustig machte.

Dann wieder fiel ihr der Schatten ein, der sie angesprochen hatte. Du bist mein! Schon die Erinnerung jagte ihr Schauer über den Rücken. In diesen Momenten war sie bereit, Rudloff jedes Wort zu glauben.

Unzählige Anrufe waren über die eigens eingerichtete Hotline eingegangen. Fast alles nur Fehlmeldungen. Man glaubte, etwas gesehen zu haben, ein Bekannter hatte da alte Bücher, die genauso aussahen. Damit war zu rechnen gewesen. Heute Morgen kam der entscheidende Tipp eines anonymen Anrufers, der sie zu Ingeborg Steinbüschel führen sollte.

Kurz darauf erhielt Rudloff einen Anruf auf seinem Handy, der ihn in ungewöhnliche Aufregung versetzte. Er hatte ihr zunächst nichts erzählen wollen, was sie wütend gemacht hatte. Für Geheimniskrämerei innerhalb des Ermittlungsteams hatte sie, angesichts der zurückliegenden Ereignisse, kein Verständnis. Schließlich hatte er ihr zähneknirschend geschildert, was er erfahren hatte und – nachdem sie ihm keine Ruhe gelassen hatte – welche Schlüsse er daraus zog. Es hatte völlig verrückt geklungen, aber sie hatte sich gehütet ihm das zu sagen.

Sie hatten sich nach kurzer Beratung aufgeteilt. Michaela fuhr zu Ingeborg Steinbüschel, und Rudloff stattete Gabriel Frentzen und anschließend dem Mädchen, das ihn angerufen hatte, einen Besuch ab.

Ingeborg Steinbüschel war sofort bereit, bei den Ermittlungen zu helfen. Ihre Schilderungen bestätigten einen Teil von Rudloffs Vermutungen. Gabriel Frentzen spielte eine zentrale Rolle in dem Ritual. Er hatte vor weit über vierzig Jahren per Zeitungsannonce Freiwillige für ein außergewöhnliches parapsychologisches Experiment gesucht. Den zwölf Probanden, die sich gemeldet hatten, wurde jeweils ein Buch ausgehändigt, mit der Aufforderung, sich den Daumen einzuritzen und das austretende Blut auf den Einband zu drücken. Damit war der Kontrakt besiegelt und konnte nicht wieder rückgängig gemacht werden. Zu den Folgen des Experiments hatte er sich erst hinterher genauer geäußert. Er versprach ihnen die Aussicht auf die Unsterblichkeit als Preis für einige wenige Stunden ihrer Lebenszeit.

Frau Steinbüschel schien Zweifel zu haben, in dem Buch fanden sich keine eindeutigen Hinweise darauf, dass alle, die den

Kontrakt besiegelt hatten, auch automatisch die Unsterblichkeit erlangen würden. Michaela hatte Rudloff sofort angerufen und ihm den neuen Stand der Ermittlungen geschildert. Frentzen würde ihm einige unangenehme Fragen beantworten müssen.

Jetzt saß Michaela hier in dem provisorisch eingerichteten Büro ihrer Mordkommission in Euskirchen und wartete auf Rudloffs Rückkehr.

Auf ihrem Schreibtisch hatte sie die Bücher aufgereiht. Sauber, Rücken an Rücken, standen sie vor ihr. Nur das neueste Exemplar, aus dem Besitz Ingeborg Steinbüschels, lag auf der Seite. Leider würde es die Frau nicht vor dem Unheil bewahren, dass sie das Buch der Polizei für ihre Ermittlungen zur Verfügung gestellt hatte. Selbst kilometerweit von seinem Eigentümer entfernt, büßte es seine tödliche Wirkung nicht ein. Das hatte Michaela nur zu deutlich beim Tod Elsa Czarnowskis erfahren müssen.

Ein roter Fleck lenkte Michaelas Aufmerksamkeit auf Frau Steinbüschels Buch. Der war doch vorhin nicht da gewesen. Er war allerdings nicht besonders groß und hätte durchaus übersehen worden sein können. Michaela holte eine Lupe aus einer Tasche, die Utensilien für die Spurensicherung enthielt. Sie musste schlucken, als sie die Konturen des Flecks erkennen konnte. Es waren filigrane, gewellte Linien. Sollte es etwa Frau Steinbüschels Fingerabdruck von vor vierzig Jahren sein? Das war kaum möglich, dafür war der Abdruck viel zu deutlich.

»Ich sehe wieder Gespenster.« Energisch rollte sie auf ihrem Schreibtischstuhl nach hinten, stand auf und ging zum Fenster. Draußen schneite es. Dicke Flocken, die sanft zu Boden segelten. Sie sah Menschen, beladen mit bunten Plastiktüten, die über die Gehsteige hasteten, als würden sie verfolgt. »Du meine Güte, Weihnachten«, murmelte sie frustriert. Ihre eigene Einkaufsliste war nicht sonderlich lang. Ein paar Kleinigkeiten für Freunde, die sie nur hin und wieder sah. Sie würden es wohl kaum vermissen, wenn der Verlegenheitskram, den sie Jahr für Jahr verschickte, ausblieb. Für Marion und Wolf könnte sie etwas suchen und für deren Kinder, das würde sicher Spaß machen. Das Fest der Freude war für Menschen wie sie eher eine schreckliche Prüfung. Statt der heimeligen Gemütlichkeit im Kreis der Familie erwartete sie nur trostlose Einsamkeit. Sie hatte sich jedes Jahr freiwillig für den Bereitschaftsdienst über die Feiertage gemeldet, um wenigstens einen Teil der Zeit in Gesellschaft zu verbringen.

Rudloffs Wagen, der gerade in die Einfahrt fuhr, hellte ihre Gedanken etwas auf. Für den Mann ein passendes Geschenk zu finden, wäre eine echte Herausforderung. Jetzt stahl sich sogar ein feines Lächeln auf ihr Gesicht.

Ein seltsam schmatzendes Geräusch ließ sie herumfahren. Mit Frau Steinbüschels Buch passierte etwas Sonderbares. Der rote Fleck hatte sich enorm ausgedehnt. Er nahm mittlerweile mehr als die Hälfte des Einbandes ein. Er sah jetzt aus, als bestünde er aus dickflüssigem Blut, das aus dem Inneren des Buches nach außen quoll.

Michaela ging zurück zu ihrem Schreibtisch, um sich den Vorgang genauer anzusehen.

Du bist mein!

* * *

Nur wer sie genau kannte, konnte die kleinen Hinweise deuten, die zeigten, was in Ingeborg Steinbüschel vor sich ging. Das leichte Zittern ihrer schmalen Hände, das gelegentliche Zucken in ihrem Gesicht, die Art, wie sie sich bewegte. Nein, so gelassen, wie sie sich gegenüber der netten Frau Kommissarin gegeben hatte, war sie weiß Gott nicht. Sie hatte sich auf etwas Schlimmes eingelassen, hatte Gott gefrevelt, um nach der Unsterblichkeit zu streben. Jetzt war diese Tat dabei, sie einzuholen. Frau Steinbüschel hatte die Kommissarin belogen, als sie sagte, dass sie die Zeitungsmeldungen nicht gelesen hatte. Sie wusste von dem Gedicht und dem Schrecken, der auf ihren Tod wartete. Aber sie wollte das Grauen so lange wie irgend möglich verdrängen. Was nutzte es ihr, wie das Kaninchen vor der Schlange darauf zu warten, dass ihr Schicksal zuschlug?

Frau Stark hatte sie gewarnt, es habe einige unerklärliche Unfälle gegeben, sie befürchte einen Anschlag auf Ingeborgs Leben. Ingeborg hatte es mit einem Lächeln abgetan. »Ich bin müde«, hatte sie gesagt, »der Tod ängstigt mich nicht.«

Der Tod vielleicht nicht, aber das Sterben. Welche der verbliebenen Arten ihr auch drohen mochte, sie waren alle schrecklich. Ihre Augen blickten suchend im Wohnzimmer umher. Nachdem die Kommissarin gegangen war, hatte sie ein drückendes Gefühl von Endgültigkeit befallen. Sie spürte eine große innere Unruhe, die sie in ihrer Wohnung umhertrieb. Der große Vitrinenschrank zog sie an, er schien sie geradezu zu rufen. Mit schlurfenden Schritten ging sie darauf zu. Die Tür war nicht verschlossen. Wie konnte das sein? Sie war eine ordentliche Frau.

War sie das?

Sie musste ihn sofort wieder zuschließen.

Musste sie das?

Bevor ihr bewusst wurde, dass sie in wirren, fremden Gedanken dachte, stand sie dicht vor dem hohen mächtigen Möbelstück. Ein dumpfes Poltern lenkte ihren Blick nach oben. Der gusseiserne, siebenarmige Kerzenständer. Ein schweres Stück, so hässlich, dass sie ihn oben auf dem Schrank versteckt hielt. Er tauchte plötzlich über ihr auf, ganz nahe an der Kante, und bewegte sich.

Starr vor Schreck schaute sie zu, wie er vor und zurück wippte, immer stärker, bis er vornüber kippte, genau auf sie zu. Ingeborg wusste in diesem Moment mit einzigartiger Klarheit, dass er ihrem Leben ein Ende setzen würde. Die Pupillen ihrer Augen wurden weit, gleichzeitig schrumpfte ihre ganze sichtbare Welt auf diesen einzigen Gegenstand zusammen. Der Kerzenständer machte eine elegante Drehung, sodass der massive Fuß genau ihre empfindlichen Schläfen treffen würde.

Sie starrte ihn an, als könne sie allein durch die Kraft ihrer Augen das Unheil abwenden. Da schoss ein brennender Schmerz von unten in ihre Eingeweide. Ein Schmerz, so stark, dass sie sogar den Tod vergaß, der gusseisern auf sie zuraste. Ein hässliches Zischen war zu hören, aber sie bekam davon nichts mehr mit. Der Fuß des Kerzenständers zerbrach ihre Schädeldecke wie die Schale eines rohen Eis. Ingeborg Steinbüschel starb noch im Fallen und entging so einer Tortur, die durch die Jahrhunderte hindurch Entsetzen und Schrecken verbreitet hatte.

* * *

Das Mädchen hatte sofort Rudloffs Interesse geweckt. Sie hatte eine Ausstrahlung, wie er sie nur selten erlebt hatte. Jetzt war sie hübsch, aber er war sicher, dass sie sich mit zunehmendem Alter zu einer Schönheit entwickeln würde. Doch das war es nicht, was ihn an ihr faszinierte. Es war eine verborgene Kraft in ihrem Inneren. Eine Kraft, von der sie selbst noch nichts wusste, die vielleicht sogar für immer verschüttet bleiben würde.

Der Besuch im Krankenhaus in Schleiden, in das man nach seinen Informationen Gabriel Frentzen eingeliefert hatte, war ein klassischer Reinfall gewesen. Frentzen hatte sich zwei Stunden vorher selbst entlassen. Trotz heftigen Protestes der Schwestern und Ärzte war er auf seinen Krücken davon gehumpelt. Ein Taxi hatte ihn abgeholt. Wo er hinwollte und was er vorhatte, vermochte natürlich niemand zu sagen. Zum Glück war er nicht sofort zu dem Mädchen gefahren. Rudloff war erleichtert, als sie ihm unbeschadet die Tür öffnete und ihn hereinließ.

Sie war alleine zu Hause. Ihre Eltern waren unterwegs, um Weihnachtsgeschenke einzukaufen. Jetzt in ihrem Zimmer schaute Alina den Polizeibeamten mit einer Mischung aus Neugier und Misstrauen an. Ein verständliches Misstrauen, nach all dem, was sie bisher erlebt hatte. Rudloff versuchte ein Lächeln, was ihm erstaunlich gut gelang, und fragte nach dem Buch.

Sie zögerte, dann rückte sie ihren Schreibtisch von der Wand ab, griff dahinter und holte ein in Packpapier eingewickeltes Päckchen hervor.

Rudloff brauchte das Buch nicht näher zu untersuchen, um zu erkennen, dass es das richtige war.

»Was werden Sie damit anfangen?«, fragte Alina.

»Wir werden es mit den anderen Exemplaren vergleichen, um herauszufinden, ob es Unterschiede gibt.«

»Diese Morde, haben sie wirklich etwas mit diesem Buch zu tun?« Alina wollte das nicht aus reiner Neugier wissen. Sie hatte Angst, selbst zu einem der Opfer zu werden.

Rudloff sah die Sorge in ihren Augen und versuchte sie zu beruhigen. »Die Opfer waren zwar ausnahmslos im Besitz dieses Buches, aber wir haben herausgefunden, dass sie vor vielen Jahren so etwas wie einen Vertrag abgeschlossen haben. Das war zu einer Zeit, als Sie noch nicht einmal geboren waren. Ich glaube nicht, dass Sie in Gefahr sind.«

Alina nahm seine beruhigende Erklärung erleichtert und dankbar an.

Dann fing Rudloff jedoch an, Fragen zu stellen. Eigenartige Fragen, über ihre Kindheit, besondere Vorlieben, ungewöhnliche Begegnungen oder Erlebnisse.

Sie versuchte, ihm so gut es ging zu antworten, aber irgendetwas in ihr sträubte sich dagegen, dem Polizisten zu viel zu erzählen. Tante Hedwig hatte ihr eingeschärft, ihr Tagebuch vor ihm geheim zu halten. Das war leichter gesagt als getan. Sie hatte das Gefühl, dass er seine Fragen wie Spiegel benutzte, mit denen er in ihre Seele blicken konnte. Sollte Rudloff gespürt haben, dass sie ihm etwas verheimlichte, so ließ er es sich nicht anmerken. Er blieb gleich bleibend ruhig und sachlich.

Als Rudloff das Mädchen wieder verließ, waren Alinas Eltern immer noch nicht da. Er überlegte, ob er unauffällig wachen sollte, bis sie zurückkehrten, entschied sich jedoch dagegen. Gabriel Frentzen wollte von ihr nur das Buch zurückhaben, bei dem es sich, wie Rudloff vermutete, um sein eigenes Exemplar handelte. Dafür musste er sich nun direkt an ihn wenden. Ein Umstand, der Rudloff hoffen ließ, vielleicht doch etwas bewirken zu können.

Jetzt wurde es Zeit, dass er nach Euskirchen zurückfuhr, wo Michaela auf ihn wartete. Rudloff fiel auf, wie gut ihm der Gedanke gefiel, dass sie dort auf ihn wartete, und brummte beunruhigt vor sich hin. Beziehungen schaffen Abhängigkeiten und Abhängigkeiten, schwächen den Willen.

Aber dennoch fühlte es sich gut an.

Dass er schneller fuhr als gewöhnlich, registrierte er irgendwann am Rande, weigerte sich jedoch, darüber nachzudenken, was das bedeutete. Sie stand am Fenster und schaute hinaus, als er in den Hof des Polizeigebäudes fuhr. Rudloff konnte ihr Gesicht nicht erkennen, aber ihre Umrisse waren ihm vertraut. Dann drehte sie sich um. Irgendetwas hinter ihr musste ihre Aufmerksamkeit auf sich gezogen haben.

Rudloff kniff die Augen zusammen. Er wusste nicht, wie er darauf kam, aber ihre Bewegungen strahlten für ihn etwas Besorgnis erregendes aus. Plötzlich wurde er unruhig. So schnell er konnte, parkte er den Wagen, stieß die Tür auf und rannte zum Eingang.

* * *

Der Schatten war wieder da. Als Michaela es bemerkte, war es bereits zu spät. Er wuchs inmitten der Blutlache, die sich mittlerweile vom Buch über den Tisch ergoss, und starrte sie mit toten Augen an.

»Das ist nicht echt«, versuchte Michaela wieder zur Besinnung zu kommen. Die Erscheinung weigerte sich jedoch hartnäckig, sich als Halluzination entlarven zu lassen.

»Komm näher!«, befahl eine Stimme. »Komm näher!«

Verzweifelt kämpfte Michaela dagegen an. Vergebens. Sie fand sich von einem Moment auf den nächsten auf dem Stuhl sitzend wieder, den Kopf vornüber gebeugt, nur wenige Zentimeter über der blutigen Lache, aus der ihr ein schwarzer zahnloser Mund entgegengrinste.

»Küss mich, meine Braut, bald komme ich zu dir, und du wirst mein sein.«

Gellendes Lachen schrillte in ihren Ohren, drang in ihren Kopf, um ihr den Verstand auszusaugen. Mit allergrößter Willensanstrengung hob Michaela ihre Arme und versuchte, sich von der Schreibtischplatte abzudrücken. Sie hätte genauso gut versuchen können, einen Berg zu verrücken. Der Schatten lachte, lachte sie aus und drang noch tiefer in sie ein. Es war so ähnlich wie die unheimliche Auseinandersetzung mit Gabriel Frentzen, nur war das hier finsterer, bedrohlicher. Es war, als würde das Ding ihre Seele beschmutzen.

»Frau Stark! Was tun Sie da?«

Ein Windhauch streifte ihr Gesicht, ein Poltern, das Rascheln von Blättern, ein enttäuschter Schrei, dann war es vorbei.

Schwer atmend erhob sich Michaela und schaute in Rudloffs entsetztes Gesicht.

Er hatte das Buch vom Tisch geschleudert, als er Michaela, starr wie eine Wachspuppe, darüber gebeugt gesehen hatte.

»Frau Steinbüschel...«, stotterte Michaela, während Tränen ihre Wange hinunterliefen. »Es passiert mit ihr, genau jetzt.«

Für einen kurzen Moment spürte Rudloff den Impuls, Michaela tröstend in den Arm zu nehmen.

»Abhängig«, flüsterte es augenblicklich in seinem Kopf. Er senkte verlegen den Kopf und biss sich auf die Lippen. Um irgendetwas zu tun, kramte er ein Taschentuch aus seiner Hosentasche und reichte es Michaela.

Sie nickte dankbar, wischte sich die Tränen ab und schniefte ein paarmal.

Als Michaelas Blick auf das Buch fiel, das Rudloff gerade aufgehoben und zurück auf den Tisch gelegt hatte, verkrampfte sich ihr Körper. Es war nichts mehr zu sehen, kein Blut, kein Schatten, noch nicht einmal der verdammte Fingerabdruck.

Ich bin verrückt, ich verliere den Verstand. Michaela schaute Rudloff an und überlegte, ob er etwas gesehen hatte. Er musste, sonst hätte er doch das Buch nicht angerührt. Sie gab sich einen Ruck und fragte ihn. Schließlich war er doch der Geisterjäger.

Rudloff hatte jedoch nur seine Kollegin in einer unheimlichen Trance gesehen und instinktiv gehandelt.

Michaela kämpfte mit der aufsteigenden Panik, als Rudloff sie fragte, ob es der Schatten war, den sie gesehen hatte. Eine Erscheinung mit Augen und Mund, die ihre Gestalt laufend veränderte.

»Sie haben sie gesehen?«

»Ja und nein.«

Rudloff sah die Unsicherheit in Michaelas Augen und klärte sie über die Entdeckung auf, die Gerald und Wolf bei der Auswertung der Aufnahmen aus dem Gerolsteiner Krankenhaus gemacht hatten.

Das Telefon klingelte. Michaela erkannte Thomas Schmidts Handy-Nummer auf dem Display und griff sofort nach dem Hörer. Sie hatte dem Kollegen aufgetragen, möglichst unauffällig auf Ingeborg Steinbüschel aufzupassen.

Rudloff sah, wie Michaela blass wurde, während sie der Stimme aus dem Telefon lauschte. Zum Schluss sagte sie nur: »Ist gut. Wir kommen sofort« und legte mit zitternden Händen auf.

»Frau Steinbüschel. Sie ist tot.«

Gabriels Geschenk

Gabriel Frentzen biss die Zähne zusammen und stapfte in seinem Arbeitszimmer weiter auf und ab. Sein rechtes Bein tat mit jedem Schritt weh, die gebrochen Rippen – zwei links, eine rechts – sandten bei jeder Bewegung höllische Schmerzsignale aus, der gegipste rechte Arm pochte wütend. Sein ganzer Körper schrie förmlich nach Ruhe, aber Gabriel konnte sie ihm nicht gewähren.

Das Experiment war dabei, aus dem Ruder zu laufen. Irgendetwas oder irgendjemand hatte sich eingemischt und war dabei, die Probanden vorzeitig umzubringen. Das beschleunigte zwar den Ablauf des Rituals, brachte ihn aber auch unter Zugzwang. Er musste seinen Kontrakt, das Buch, das Hedwig seiner Nichte vermacht hatte, wieder an sich bringen. Es war das einzige der dreizehn Exemplare, das noch nicht besiegelt worden war. Kein Blut war auf seinen Einband geflossen, es war sozusagen jungfräulich.

Nicht auszudenken, wenn das dumme Mädchen sich verletzen und dabei etwas von ihrem Blut auf das Buch gelangen würde.

Frentzen hatte von Anfang an genau gewusst, worauf das Ritual hinauslief. Er hatte schon damals eine Übersetzung des Gedichtes gehabt, sich aber gehütet, seinen »Freiwilligen« davon zu erzählen. Sie hätten sich sonst niemals auf das Ritual eingelassen.

Ein schlechtes Gewissen hatte er trotzdem nicht. Sicher, die Todesarten waren schrecklich, aber letzten Endes verloren sie doch nur ein paar Stunden ihres Lebens.

Er hatte einen besonderen Grund, sein Exemplar unangetastet zu lassen. Die Verheißung der Unsterblichkeit sollte ein außergewöhnliches Geschenk für eine außergewöhnliche Frau sein: Hedwig, eine Magierin des Bundes, die er über alles verehrt hatte. Er wollte ihr damit zeigen, dass er zu ihrem Kreis gehörte, dass er sie verstand und bereit war, für sie das Wertvollste zu opfern, das er besaß. Er war sicher, sie würde begeistert sein und ihn endlich erhören.

Doch statt auf Dankbarkeit stieß er bei Hedwig auf gnadenlose Ablehnung. Sie hatte das Buch an sich genommen, aber nicht, um es für sich zu nutzen, sondern um es für immer wegzuschließen, und hatte ihn fortgeschickt. Nachdem Frentzen den Schock überwunden hatte, hatte er sein Leben neu ausgerichtet und auf Hedwigs Tod gewartet.

Er hatte beschlossen, das Buch nach ihrem Ableben wieder an sich zu nehmen, um den Kontrakt mit dem Schöpfer des Rituals selbst zu beschließen. Dass sich das als so schwierig erweisen würde, hatte er allerdings nicht erwartet.

Das Taxi, das ihn vom Krankenhaus zu seiner Mühle gebracht hatte, wartete immer noch draußen. Frentzen war zuerst hierher gefahren, um sich umzuziehen und einige Erkundungen einzuholen. Jetzt überlegte er, wie er weiter vorgehen sollte. Er musste versuchen, Alina davon zu überzeugen, dass es besser war, ihm das Buch freiwillig zu geben. Leider war das schon einmal schief gegangen.

Das Buch mit Gewalt an sich nehmen? Er kannte zwar Mittel und Wege, Menschen seinem Willen zu unterwerfen, aber damit war er in der letzten Zeit wiederholt gescheitert. Besonders Alina schien einem unüberwindbaren Schutz zu unterstehen.

Würde sie das Buch herausgeben, wenn er ihr die Wahrheit erzählte? Der Gedanke führte ihn zu einer genialen Idee. Er würde mit ihren Eltern reden. Wenn sie erfuhren, dass ihre Tochter etwas Gefährliches besaß, würden sie sicher darauf bestehen, dass sie das Buch weggab. Der Artikel fiel ihm ein. Frentzen war zuerst furchtbar wütend geworden, als er den Inhalt des aufwändig verschlüsselten Rituals in einer Tageszeitung gelesen hatte. Doch jetzt konnte sich die Aufrufaktion der Polizei für ihn als ein entscheidender Vorteil erweisen. Das Gedicht zeigte eindrucksvoll, welche Gefahr von dem Buch ausging.

Mit zusammengebissenen Zähnen humpelte Frentzen zum Ausgang, stieß ungeduldig die Tür auf und stieg in das Taxi.

* * *

Er hatte sich nicht geirrt. Alinas Mutter war entsetzt, als sie erfuhr, was Tante Hedwig ihrer Tochter vererbt hatte.

Sie rief Alina sofort herunter, um sie zur Rede zu stellen. Als das Mädchen das Zimmer betrat, bemerkte Frentzen sofort, dass irgendetwas nicht stimmte. Sie reagierte bei seinem Anblick viel zu gelassen. Der Grund dafür stellte sich bald heraus. Frentzen war zu spät gekommen. Der Polizist, dieser Rudloff, war bereits bei ihr gewesen und hatte das wertvolle Buch an sich genommen.

Frentzen kochte vor Wut. Nur mit Mühe konnte er seinen Ärger zurückhalten. Doch es gelang ihm nicht, ihn ganz zu unterdrücken. Mit hochrotem Kopf eilte er wortlos davon. Den Schmerz, den seine gebrochenen Glieder aussandten, begrüßte er mit verbissener Genugtuung. Wer so versagt hatte wie er, sollte jede Strafe freudig begrüßen. Sie würde ihn daran erinnern, in Zukunft schneller zu reagieren.

Draußen im Taxi gab er dem Fahrer Anweisung, ihn zurück zur Mühle zu fahren. Er brauchte jetzt Zeit und Ruhe, die Lage zu überdenken. Und er musste wissen, wer von den Probanden seines Experimentes noch lebte.

»Das Buch ist also bei der Kripo«, murmelte er nachdenklich.

Während der Fahrt fiel Gabriel Frentzen in brütendes Schweigen. Der Taxifahrer versuchte die trübe Stimmung, die von ihm ausging, durch ein Gespräch aufzulockern. Der auf der Rückbank sitzende Frentzen warf ihm jedoch über den Rückspiegel solch einen vernichtenden Blick zu, dass auch er für den Rest der Fahrt schwieg.

Als Gabriel Frentzen sich eine Stunde später ächzend in sein Bett legte, stand sein Entschluss für den nächsten Tag fest. Er würde der Kripo einen Besuch abstatten und bei der Gelegenheit versuchen, irgendwie an das Buch zu gelangen. Sich den Daumen einzuritzen und sein Blut auf den Einband zu drücken, dürfte ihm auch in seinem Zustand möglich sein. Damit hätte er seine Option für die Unsterblichkeit wahrgenommen und könnte sich mit ganzer Kraft auf den Verursacher der Unfälle konzentrieren.

Wer auch immer das war, er sollte erfahren, dass sich niemand ungestraft in die Angelegenheit eines Gabriel Frentzen einmischen durfte.

Verraten

Frau Steinbüschels Leiche war am Vorabend zur sofortigen Obduktion in die Pathologie nach Bonn überführt worden. Der Befund bestätigte Michaelas und Rudloffs Befürchtungen – sie war den zehnten Tod gestorben.

Rudloff wollte sich die Leiche selbst ansehen, und Michaela, die sich irgendwie für Steinbüschels Tod verantwortlich fühlte, begleitete ihn dabei.

Das, was sie erwartete, war grauenvoll. Die Gedärme waren verschmort und zu einem schwarz-roten Klumpen zusammengeschmolzen. Nach dem Bericht des Pathologen hatte man Frau Steinbüschel einen glühenden Metallstab durch den Anus in die Eingeweide gestoßen.

Sie verließen gerade das Gebäude, als Michaelas Handy klingelte, ein Anruf aus Euskirchen.

»Er hat was getan?«

Michaela schrie so laut in ihr Handy, dass Rudloff erschrocken zusammenfuhr. Auf seinen fragenden Blick reagierte sie mit einem wütenden Augenrollen. »Wie konnte das passieren? Ich hatte die Bücher gestern Abend noch in der Asservatenkammer einschließen lassen.«

Rudloff, der neben Michaela stand und zu lauschen versuchte, konnte vor seinem inneren Auge sehen, wie sich ihr Gesprächspartner vor Verlegenheit wand.

»Sie haben ihm doch nicht etwa ...? Wie konnten Sie ...?! Darüber unterhalten wir uns später!« Wütend klappte Michaela das Handy zu und sah Rudloff an. »Ich glaube, wir haben ein weiteres Problem.«

Rudloff befiel eine ungute Ahnung, er sagte jedoch nichts.

Michaela verdrehte die Augen und ballte die Hände zu Fäusten. »Dieser Gabriel Frentzen ist während unserer Abwesenheit einfach in das Dienstgebäude der Polizei spaziert, hat nach der Asservatenkammer gefragt und sich dort nach dem Buch erkundigt, das Sie gestern mitgebracht hatten. Es kommt noch schlimmer: Die hilfsbereiten Mitarbeiter von der Polizei, unserem Freund und Helfer, haben es ihm selbstverständlich gestattet, das Beweisstück in Augenschein zu nehmen. Was glauben Sie, was der nette alte Mann daraufhin gemacht hat?«

Rudloff wurde blass. Er hatte das Buch in Gewahrsam genommen und es, obwohl er wusste, über welche Fähigkeiten Gabriel Frentzen verfügte, in Euskirchen gelassen.

»Ich denke, Sie vermuten richtig«, fuhr Michaela fort. »Er hat es mit seinem Blut getränkt. Natürlich nur ein Tropfen, aber bei dem was Frau Steinbüschel mir erzählt hat, reicht es aus, um sich selbst zu einem der Opfer des Rituals zu machen.«

»Es war mein Fehler.«

»Was?« Jetzt erst fiel Michaela auf, wie geschockt Rudloff auf die Nachricht reagierte.

»Es war mein Fehler. Ich hätte das Buch niemals aus den Händen geben dürfen.«

»Um Himmels willen, Rudloff, daran hätte ich auch denken müssen. Ich weiß genauso wie Sie, wozu Frentzen in der Lage ist. Er hat seine telepathischen Fähigkeiten eingesetzt und die Kollegen in Euskirchen genauso manipuliert, wie er es bei uns versucht hat, nur dass er bei denen erfolgreicher war. Zum Glück hat er es nicht mitgenommen. Wie auch immer, was geschehen ist, ist geschehen. Wenn dieser Irre unbedingt sterben will, kann ich ihm nicht helfen. Er muss doch genau wissen, worauf er sich damit eingelassen hat.«

Rudloff richtete seinen Blick ins Nichts und überlegte. Es stimmte, Gabriel Frentzen kannte den Fluch und seine Auswirkungen. Selbst wenn er es schaffte, als Letzter zu überleben. Die Nummer dreizehn erwartete das schlimmste Schicksal von allen. Was brachte ihn dazu, zu glauben, dass ihm dieser Tod die Unsterblichkeit bringen würde?

»Frentzen muss verrückt sein!«

Verwundert schaute Rudloff Michaela an. Fing sie jetzt an, seine Gedanken zu lesen?

»Sie haben sich doch sicherlich gefragt, warum Frentzen sein eigenes Todesurteil besiegelt.« Michaela grinste ihn freudlos an. Sie fühlte sich plötzlich müde und ausgebrannt. Ein Teil von ihr registrierte ihren Zustand mit Besorgnis. So etwas war ein warnendes Anzeichen für Arbeitsüberlastung.

»Scheiße! Ich fürchte, dass uns die Sache über den Kopf wächst«, sprach sie weiter. »Die Leute sterben vor unseren Augen, und wir sind nicht in der Lage, ihnen auch nur ansatzweise zu helfen.«

Rudloff legte den Kopf schief und schaute sie besorgt an. »Nein!«, sagte er nach einer kurzen Weile, in der sie sich schweigend gegenübergestanden hatten.

»Wir geben nicht auf. Sie und ich werden das gemeinsam durchstehen. Ich weiß nicht, ob es uns gelingen wird, diejenigen, die noch leben, zu retten, aber wir werden dem Spuk ein Ende setzen.«

Michaela seufzte resigniert. »Danke für den Zuspruch. Aber wie sollen wir das bewerkstelligen?«

»Indem wir endlich anfangen zu kämpfen.«

* * *

Gabriel Frentzen streckte sich vorsichtig auf seinem Bett aus und atmete erleichtert auf. Er hatte es doch noch geschafft, sich rechtzeitig Zugriff zu seinem Buch zu verschaffen. Der Vertrag war endlich besiegelt. Jetzt, wo alles erledigt war, konnte er sich getrost zurücklehnen und abwarten.

Außer ihm lebten nur noch zwei der dreizehn Todeskandidaten. Es würde nicht mehr lange dauern, bis sich der Fluch erfüllt haben würde und sein Weg zur Unsterblichkeit frei war.

Dreizehn nimmer endend Pein
die Seele zieht zur Hölle ein

»Ist ja schon gut«, sprach er laut zu sich selbst. »Ich wusste von Anfang an, dass der Weg der dreizehn Tode kein Spaziergang werden würde. Aber wer Großes erreichen will, muss auch bereit sein, etwas dafür zu opfern.«

Dreizehn nimmer endend Pein
die Seele zieht zur Hölle ein

»Verdammt noch mal! Jetzt reicht es aber!« Wütend über die Stimme in seinem Kopf, die ständig den letzten der dreizehn Tode aufsagte, richtete er sich in seinem Bett auf. Sofort meldete sich sein verletzter Körper mit hämmernden Schmerzen in Rippen, Armen und Beinen.

Ein Wunder, dass er sich in seinem Zustand überhaupt aus dem Haus hatte bewegen können.

Gabriel Frentzen schnappte entsetzt nach Luft. Die Schmerzen waren viel stärker, als er sie in Erinnerung hatte. Es ging doch nicht schon los?

Steif, mit verkrampften Händen saß er da und horchte mit bang klopfendem Herzen in sich hinein, die Schmerzen wurden jedoch langsam schwächer.

»Alles in Ordnung«, flüsterte er erleichtert. »Ich habe noch alles im Griff. Der Fluch wird seinen Lauf nehmen, und weder ein Herr Rudloff noch eine Frau Stark werden etwas dagegen unternehmen können.«

Dreizehn *nimmer endend Pein*
die Seele zieht zur Hölle ein

»Nein. Du wirst mich nicht mehr ...«

Plötzlich wurde Gabriel bewusst, dass es nicht ein anderer Teil seiner Persönlichkeit war, mit dem er sprach. Da war etwas Fremdes in seinem Kopf. Ein dunkler Fleck in seinen Erinnerungen, der sich plötzlich lichtete und Teile einer grauenhaften Wahrheit enthüllte.

... die Seele zieht zur Hölle ein

Mit Entsetzen stellte Gabriel fest, dass er nicht allein war..

Da war etwas in ihm, in seinem Kopf.

»Hallo Gabriel, mach dir keine Sorgen, ich bin dir nicht böse, dass du mich vergessen hast.«

Das Fremde in seinem Kopf nahm langsam Konturen an. Obwohl es in ihm war, konnte Gabriel seine verzerrte Gestalt sehen. Ein Schatten, der versuchte, die Form eines Menschen anzunehmen. Es sah grotesk und gleichzeitig bedrohlich aus.

Mit weit aufgerissenen Augen ins Nichts starrend, erkannte Gabriel, wen der Schatten darzustellen versuchte, und mit einem Mal kamen die Erinnerungen zurück. Sein Geist arbeitete fieberhaft daran, die Fülle der Informationen, die auf ihn einstürmten, zu verarbeiten.

Als die geistige Flut abebbte, wusste er bereits, was zu tun war. Er musste die Kripo-Leute verständigen. Sie warnen, denn auch sie waren in Gefahr. Da rührte sich der Schatten in seinem Inneren und warf ein dunkles Tuch über Gabriel Frentzens Bewusstsein.

Der alte stolze Mann fiel augenblicklich in einen tiefen, von Albträumen durchwirkten Schlaf, aus dem er so schnell nicht wieder erwachen sollte.

Michaelas Dämon

»Wir können davon ausgehen, dass das Ritual noch mindestens drei Opfer fordern wird, wenn es uns nicht gelingt, den Täter vorher ausfindig zu machen und auszuschalten.« Michaela schaute in die Gesichter ihrer Kollegen und wunderte sich, wie leicht ihr diese Floskeln über die Lippen gingen.

Um sich einen Überblick über den Stand der Ermittlungen zu verschaffen, aber auch, um zu sehen, wie ihre Kollegen die unerklärlichen Vorfälle verarbeiteten, hatte sie die Mitglieder der Mordkommission zu einer Besprechung in das Dienstgebäude der Polizei in Euskirchen zusammengerufen.

Rudloff hatte sie gestern ermutigt weiterzumachen, zu kämpfen, und er hatte wahrscheinlich Recht damit. Dennoch fühlte sie sich furchtbar hilflos und leer. Sie hatten es hier mit einem tödlichen Ritual zu tun. Michaela hatte diese Wahrheit schlucken müssen, so bitter sie auch war. Aber brachte sie diese Erkenntnis näher an die Lösung des Falles heran? Selbst wenn es ihnen gelang, den wirklichen Verursacher der Todesfälle zu stellen. Wie geht man gegen jemanden vor, der über solche Kräfte verfügt?

»Eins nach dem anderen«, hatte Rudloff gesagt, als sie ihn heute Morgen bei der Vorbereitung dieses Treffens darauf ansprach. »Zuerst werden wir zusammentragen, was wir bisher in Erfahrung gebracht haben. Dann erst können wir über unser weiteres Vorgehen entscheiden.«

Dahinter standen grundlegende Regeln der Polizeischule, die Michaela selbst schon seit Jahren praktizierte. Aber im Gegensatz zu ihr war Rudloff mit solchen Fällen vertraut.

Hier zeigte er seine Stärken: eine geradezu stoische Ruhe und eine unerschütterliche Zuversicht. Michaela fragte sich, woher er seine Sicherheit nahm. Dennoch ließ sie sich von ihm aufrichten und schöpfte neuen Mut.

Jetzt stand sie den Kollegen gegenüber und überlegte, wie viel der »anderen Seite unserer Realität«, wie Rudloff sich gerne ausdrückte, ihnen zuzumuten war.

Gerald Wilden und Wolf Krüger hatten bereits eigene Erfahrungen auf diesem Gebiet gemacht. Thomas Schmidt schien sogar regelrecht begierig zu sein, Beweise für übersinnliche Phänomene zu finden. Doktor Kastenholz wäre sicher erleichtert, eine Lösung für die Rätsel zu finden, die ihm die Leichen aufgaben.

Aber der Rest des Teams, Silvia Wollenweber und die anderen Kripobeamten aus Bonn und Euskirchen, waren sicherlich immer noch davon überzeugt, irgendwann auf eine natürliche Ursache für die seltsamen Morde zu stoßen.

Silvia meldete sich zu Wort. »Michaela, du weißt, dass ich ein Mensch bin, der sich so schnell nichts vormachen lässt. Aber ...« Sie geriet ins Stocken, überlegte offensichtlich, wie sie das, was sie ausdrücken wollte, am unverfänglichsten formulierte.

Michaela nickte ihr aufmunternd zu. Dabei spürte sie jedoch, wie sich ihr Magen verkrampfte.

»Ich glaube nicht, dass wir hier jemanden finden, der die Morde ... nun ja ... selbst ... also mit eigenen Händen begangen hat.«

Hilfe suchend sah sie sich nach ihren Kollegen um. Diese nickten zustimmend.

Michaela sah die Entschlossenheit in ihren Gesichtern und musste unwillkürlich lächeln. Sie war von ihrer eigenen Sturheit ausgegangen und hatte die Kollegen offensichtlich unterschätzt. Sie wusste allerdings auch nichts von den Gesprächen der Kollegen untereinander.

»Hat es denn überhaupt einen Sinn, dass wir weitermachen?«, fuhr Silvia fort. »Ich meine, was können wir hier mehr ausrichten als nur die Leichen aufzusammeln, die dieser Irrsinn hinterlässt?«

»Wir können es aufhalten!« Rudloff war aufgestanden, um der sich ausbreitenden Resignation der Kollegen entgegenzutreten. »Noch ist nichts verloren. Wir haben ein reelle Chance, denn es gibt Mittel und Wege, ein solches Ritual zu stoppen.«

Erstaunt stellte Michaela fest, mit welcher Selbstverständlichkeit sie bald darauf von Dingen sprachen, deren bloße Erwähnung noch vor wenigen Tagen Spott und Hohn hervorgerufen hätte.

Ein Kontrakt, bei dem die Vertragspartner zustimmten, einen fremden Tod zu sterben, einen Tod, den bereits jemand anderes hatte erleiden müssen.

Dreizehn Bücher, die so etwas wie Vertragsausfertigungen waren, darüber hinaus jedoch in irgendeiner Form eine Verbindung zwischen den Vertragspartnern und einem uralten Ritual herstellten.

Der Weg der dreizehn Tode.

Warum diese Zahl und warum die über alle Maßen grausamen Hinrichtungsweisen? Je höher die Zahl, desto schmerzhafter der Tod.

Das Versprechen der Unsterblichkeit.

Gabriel Frentzen hatte versucht, es so darzustellen, dass die Menschen, die sich dem Ritual freiwillig unterworfen hatten, glaubten, jeder von ihnen würde diesen Preis bekommen. Aus der Befragung Ingeborg Steinbüschels schloss Michaela, dass die meisten davon ausgegangen waren, dass die Unsterblichkeit nur für einen von ihnen erreichbar war.

Für denjenigen, der bis zuletzt überlebte.

Daraus würde sich ein Motiv ergeben, den Tod der »Konkurrenten« früher herbeizuführen. Eine Erklärung für die Unfälle. Wenn diese nicht genauso rätselhaft wären wie die dreizehn Tode.

Wolf Krüger meldete sich zu Wort. »Das Gedicht war so gut verschlüsselt, dass selbst Gabriel Frentzen erst durch unsere Übersetzung an seinen Inhalt gekommen ist. Woher wussten die Leute überhaupt, was sie erwartete?«

»Der Text des Buches war so geschickt angelegt, dass man einiges hineininterpretieren konnte.« Michaela hatte sich diese Frage selbst schon ein paarmal gestellt. »Gabriel Frentzen muss so darauf fixiert gewesen sein, die Unsterblichkeit zu erlangen, dass er die vagen Andeutungen, die das Buch macht, als eindeutige Zusagen wertete.«

Silvia stellte daraufhin die Frage, warum er seinen eigenen Vertrag erst so spät besiegelt hatte.

»Darüber können wir im Moment nur Vermutungen anstellen«, antwortete Rudloff. »Er war nicht im Besitz seines Buches. Ob es ihm abhanden gekommen war oder ob er es freiwillig abgegeben hatte, wissen wir im Moment noch nicht zu sagen. Vielleicht gibt er uns selbst Auskunft.«

Was blieb, war die Frage, was man gegen einen Fluch unternehmen konnte. Rudloff zeigte eine Möglichkeit auf. »Es gibt kein allgemeingültiges Mittel, aber jeder Fluch hat seinen wunden Punkt. Das Medium, mit dem er von der geistigen in die materielle Ebene wechselt.«

»Die Bücher!«, warf Gerald ein.

»Richtig«, bestätigte Rudloff. »Wir müssen an die fehlenden Bücher herankommen und versuchen, die Verbindung, die sie herstellen, zu unterbrechen.«

»Würde es reichen, sie zu zerstören?«

Michaela hatte wie Silvia, die diese Frage jetzt stellte, auch schon daran gedacht. Aber sie glaubte nicht daran. Wer oder was auch immer dahinter stand, er oder es würde versuchen, die Aufhebung seines Fluchs zu verhindern. »Ich weiß es nicht«, antwortete sie. »Aber wir müssen es wohl versuchen. Von Ingeborg Steinbüschel haben wir die Namen der beiden neben Gabriel Frentzen noch verbleibenden Opfer des Fluchs. Wir werden sie aufsuchen und gemeinsam mit ihren Büchern hierher holen. Frentzens Buch haben wir zum Glück immer noch. Er hat es uns freundlicherweise hier gelassen.«

»Trotzdem sollten wir ihn ebenfalls herholen«, schlug Rudloff vor.

Michaela schaute ihn nachdenklich an, stimmte dann aber zu. »Vorausgesetzt er ist überhaupt transportfähig. Ich habe die Kollegen befragt, denen er hier begegnet ist. Er muss schlimm ausgesehen haben. Eigentlich gehört er immer noch ins Krankenhaus.«

Die Zeit drängte, jeden Moment konnte das Ritual sein nächstes Opfer fordern. Daher wurden je zwei Beamte eingeteilt, Söhns und Rebmann ausfindig zu machen und zur Polizeidienststelle zu geleiten. Michaela und Rudloff wollten sich selbst um Frentzen kümmern.

Als der Versammlungsraum sich geleert hatte, wandte sich Rudloff an Michaela. »Es gibt da etwas, über das wir reden müssen.«

Michaela wusste sofort, worauf er hinauswollte. Der Schatten! Rudloff hatte ihr die Filmaufnahmen, auf denen Gerald und Wolf ihr Albtraumgespenst entdeckt hatten, gegeben.

»Haben Sie sich den Film angesehen?«

»Dazu war keine Zeit! Wir müssen erst dafür sorgen, dass das Ritual ...«

»Sie werden nichts ausrichten können, wenn Sie sich nicht vorher Ihren Ängsten stellen.«

»Unsinn! Das eine hat mit dem anderen nichts zu tun. Ich kann mich hinterher darum kümmern.«

»Dann ist es zu spät! Möglicherweise wird es kein Hinterher mehr geben.«

»Lassen Sie das mal ruhig meine Sorge sein.« Michaela kramte mit zitternden Fingern in ihrer Tasche. Was sie da drin suchte, wusste sie schon nicht mehr. Es war ihr auch egal. Dieser Rudloff sollte endlich aufhören, sie zu bedrängen. Bis jetzt war es doch so gut gelaufen. Sie hatte offen über die mysteriösen Aspekte ihrer Arbeit gesprochen und sie akzeptiert. Das war es doch, was er wollte. Warum ließ er sie jetzt nicht einfach in Ruhe?

»Wollen Sie, dass weitere Menschen sterben, nur weil Sie Angst haben, das anzusehen, was Sie schon seit Ihrer Kindheit mit sich herumschleppen?«

Wütend fuhr Michaela hoch. »Was wissen Sie schon von meiner Kindheit? Sie haben doch keine Ahnung!«

»Nein«, antwortete Rudloff mit ruhiger Stimme. »Aber ich weiß, wie Ihr Albtraum aussieht. Und das, womit wir es hier zu tun haben, weiß es auch. Und es wird sein Wissen gegen Sie verwenden. Ihre Schwäche wird seine Stärke sein.«

Michaela spürte, wie ihre Wut genauso schnell verging wie sie aufgetaucht war. Sie fürchtete sich vor dem, was Rudloff von ihr verlangte, aber ihr Verstand musste ihm Recht geben. Das, was hinter dem Ritual stand, hatte sie bereits mehrere Male mit dem Schattengeist konfrontiert, und es war jedes Mal schlimmer geworden.

»Also gut«, sagte sie schließlich. »Ich werde mir den Film ansehen. Sind Sie jetzt zufrieden?«

»Fast«, antwortete Rudloff und holte eine DVD aus seiner Tasche. »Unangenehme Pflichten sollte man besser sofort erledigen.«

Michaela öffnete ihren Mund, um zu protestieren, ergab sich dann jedoch in ihr Schicksal und nahm ihm die Scheibe aus der Hand.

Sie benutzten ihren Laptop und den Beamer, den auch Gerald und Wolf verwendet hatten, und warfen den Film an die weiße Wand.

Es war schlimm, das Schattending so nahe und so groß zu sehen, aber nicht so schrecklich wie die Visionen, in denen sie ihm selbst gegenübergestanden hatte.

Hinzu kam Rudloffs beruhigende Stimme. Er schaffte es sogar, der Erscheinung so etwas wie Normalität zu verleihen.

»Eigentlich ein alter Trick: Finde die Ängste deines Gegners heraus und konfrontiere ihn damit. Das, was Sie sehen, ist nur die Kopie einer Schreckensvision aus Ihrem Gedächtnis. Es ist nicht real. Diesen Geist hat es vielleicht nie gegeben.«

»Doch!«, fiel ihm Michaela ins Wort. »Ich bin ihm begegnet, als ich vier Jahre alt war. Er hat meine Eltern getötet.« Sie schluckte den Kloß herunter, der sich in ihrem Hals gebildet hatte, und erzählte Rudloff die Geschichte des Unfalls, bei dem ihre Eltern ums Leben gekommen waren.

Es war jetzt schon das zweite Mal, dass sie offen darüber sprach, und Michaela merkte, dass es ihr deutlich leichter fiel.

»Ich glaube nicht, dass diese Erscheinung Ihre Eltern getötet hat«, sagte Rudloff hinterher. »Sie mag die Katastrophe erahnt haben und aufgetaucht sein, weil sie sich von Tod und Leid angezogen fühlt.«

Michaela nickte und dachte darüber nach. Irgendwie war es tröstlich. Ihre Eltern waren bei einem Unfall gestorben, das war schon schlimm genug. Aber die Vorstellung, dass etwas Unnatürliches dabei seine Hände im Spiel gehabt hatte, hatte den tragischen Vorfall zu einer dauerhaften Bedrohung für sie werden lassen. Jetzt erst wurde ihr klar, dass sie immer in Angst davor gelebt hatte, irgendwann ebenfalls von dem Schattengeist getötet zu werden.

Du bist mein, hatte der Schatten gesagt.

»Nein«, flüsterte Michaela. »Du wirst mich nicht bekommen. Niemals!«

Söhns' Ende

Wolf Krüger und Thomas Schmidt waren gemeinsam unterwegs, um Helmut Söhns abzuholen. Seine Adresse führte sie in die Nähe von Daun nach Rheinland-Pfalz. Die Vulkaneifel, in der das Eifelstädtchen lag, war durchsetzt von dicht bewaldeten, runden Hügelkuppeln, die von der Präsenz unterirdischer Kräfte zeugten. An einigen Stellen konnte man immer noch sehen, wie diese Kräfte am Werke waren, zum Beispiel an dem in halbstündlichen Intervallen sprudelnden Brunnen in Wallenborn, der dem kleinen Ort seinen Namen gab. Wolf, der als Beifahrer neben Thomas saß, versuchte sich vorzustellen, wie die Landschaft ausgesehen haben musste, als die jetzt erloschen Vulkankegel noch Asche und Feuer gespien hatten.

Im Ortskern von Daun gab es sogar ein Museum, das sich mit dem Vulkanismus in der Eifel auseinander setzte. Im Gedanken plante er es schon als Ziel für einen Wochenendausflug mit seiner Familie ein, als Thomas genervt fragte, wie lange sie noch durch diese Einöde fahren müssten.

»Es muss hier irgendwo sein«, antwortete Wolf und schaute auf der Karte nach. Sie hatten Daun hinter sich gelassen und folgten der B 257 in Richtung Bitburg.

»Stopp! Wir müssen hier rein.«

Die Abzweigung war von der Straße aus fast nicht zu erkennen. Thomas war bereits vorbeigefahren. Er hielt an, setzte den Wagen zurück und bog in den Feldweg ein. Dieser war geteert und wurde offensichtlich regelmäßig geräumt, aber eine dünne Schneedecke hatte sich doch noch darauf gehalten. Dadurch war er nur schwer auszumachen. Er führte nach gut einhundert Metern in einen lichten Laubwald, um sich zwischen den kahlen Bäumen in schmalen Serpentinen den Berg hinaufzuschlängeln. Hinter der letzten Biegung beendete ein hohes doppelflügeliges Tor aus fast armdicken, mattsilbern glänzenden Stahlrohren ihre Fahrt. Dahinter erstreckte sich eine parkähnliche Gartenanlage.

Wolf stieg aus und suchte eine Sprechanlage. Ein großer Blitz fiel ihm sofort ins Auge. Er prangte auf einem Schild, das vor dem Starkstrom warnte, der durch die Gitter des Zauns fließen sollte.

»Das glaubt der ja wohl selbst nicht«, kommentierte Thomas, der ebenfalls ausgestiegen war und neben Wolf getreten war.

»Ich würde es nicht ausprobieren«, meinte Wolf und streckte die Hand nach der Taste der Sprechanlage aus, die er gerade entdeckt hatte. Eine rote Lampe leuchtete auf, als er sie betätigte, sonst passierte nichts.

»Bitte lächeln, wir werden gerade gefilmt.« Thomas zeigte auf eine Kamera, die gut drei Meter über ihnen auf einem Mast befestigt war. Sie schwenkte gerade herum und zielte mit ihrem Objektiv auf die beiden Polizisten.

Wolf warf nur einen kurzen Blick nach oben und steckte die Hände in die Taschen seines Mantels. Es war empfindlich kalt, und er hoffte, dass Helmut Söhns, den sie hier in seinem Anwesen besuchen wollten, nicht lange auf sich warten ließ.

»Schau dir mal diese Sicherungen an. Da fehlt nur noch die Selbstschussanlage.«

Das Grundstück war, soweit sie es einsehen konnten, von einem drei Meter hohen Zaun umgeben, der oben durch stachelbewehrten Natodraht abgesichert war. In regelmäßigen Abständen waren Masten mit Scheinwerfern und Überwachungskameras aufgestellt. Ein Trampelpfad, der außen an der Umzäunung vorbeiführte, ließ auf Kontrollgänge einer Sicherungsfirma schließen. Das Haus selber war nicht zu erkennen. Krüger schüttelte missbilligend den Kopf, als er überlegte, wie viel Geld diese Anlage gekostet haben musste.

Was den Schutz ihrer Häuser vor Einbruch anbelangte, waren die Leute meist zu unbedarft. Aber das hier zeugte in seinen Augen von einer handfesten Paranoia.

Thomas drückte ein zweites Mal auf den Knopf der Sprechanlage. »Hoffentlich ist der überhaupt zu Hause.«

Die Kamera surrte leise, als sie sich weiterbewegte. Es schien, als habe sie genug gesehen von den zwei armseligen Gestalten, die sich in der klirrenden Kälte vor dem Tor herumdrückten.

»Mir reicht's«, rief Wolf laut, »Herr Söhns, wenn Sie uns nicht reinlassen, holen wir uns einen Beschluss vom Staatsanwalt und kommen mit zwei Mannschaftswagen zurück. Ich kann Ihnen versichern, Sie werden Ihr kleines Anwesen danach nicht wieder erkennen.«

Es klackte metallisch, dann schwang der rechte Flügel des Tores auf.

»Na also, geht doch.«

Thomas machte eine angemessen beeindruckte Miene, dann ging er zum Wagen.

Wolf machte sich zu Fuß auf den Weg. Ein paar Schritte hinter dem Tor blieb er abrupt stehen. Es war merkwürdig still hier, selbst der Wind schien ausgeschlossen zu sein. Der Weg war mit einer jungfräulichen Schneeschicht bedeckt. Er war seit mindestens zwei Tagen nicht befahren worden. Mit erhobener Hand gab er Thomas, der mit dem Wagen nachrückte, zu verstehen, dass er das Fahrzeug im Bereich des Tores abstellen sollte. Er wollte verhindern, dass es sich wieder schloss. Etwas Bedrohliches lag über diesem Ort, und er war sicher, dass es nicht nur an der übertriebenen Sicherungseinrichtung lag.

Thomas hatte andere Bedenken. »Wenn sich das Tor trotzdem schließt, gibt's hässliche Kratzer.«

»Und wenn schon«, antwortete Wolf. »Das ist mir lieber, als von einem durchgeknallten Psychopaten eingesperrt zu werden.«

»Was ist los mit dir?« Thomas griff Wolf in den Arm und sah ihn forschend an. »Weißt du etwas, das ich vielleicht auch wissen sollte?«

Er kannte den Polizisten von früher, als er noch nicht für den undurchschaubaren Rudloff gearbeitet hatte. Damals hatte Wolf sich nicht so seltsam verhalten. Er hatte auch nicht diesen stechenden Blick draufgehabt, der einem kalte Schauer über den Rücken jagte.

Genau wie sein neuer Chef, durchfuhr es Thomas.

»Du spürst es nicht?« Wolfs Frage war gleichzeitig eine Feststellung.

Thomas horchte einen Moment in sich hinein, schaute sich dann um, konnte jedoch nichts Besonderes feststellen und schüttelte ratlos den Kopf.

Wolf dagegen fühlte sich plötzlich wie elektrisiert. Sein ganzer Körper schien Gefahr zu brüllen. Irgendetwas war im Gange. Irgendetwas sehr Mächtiges und sehr Böses.

»Schnell, wir müssen zu Söhns, bevor es zu spät ist.«

Sie hatten die Spitze des Hügels erreicht, von dem aus sie das Haus sehen konnten, als sie plötzlich einen Schrei hörten, der ihnen das Blut in den Adern gefrieren ließ.

* * *

Ingeborg Steinbüschels Tod hatte Helmut Söhns den letzten Rest an Selbstbeherrschung geraubt. Wieder ein Unfall. Der Polizei war es diesmal gelungen, ihre Ermordung vor den

Medien zu vertuschen, aber er hatte es natürlich dennoch erfahren. Von einer Agentur, die sich ihre Zuverlässigkeit und Diskretion gut bezahlen ließ.

Söhns war ein vorsichtiger Mensch und ein weit vorausschauender Planer. Er hatte schon früh erkannt, dass die Unsterblichkeit, die Frentzen ihnen versprochen hatte, einen mächtigen Pferdefuß besaß.

Irgendeiner würde die Nerven verlieren und handeln. Soweit die Theorie. Die Realität sah jedoch anders aus. Die Einzigen, die jetzt außer ihm selbst noch für die Unfälle verantwortlich sein konnten, waren Gabriel Frentzen und Walter Rebmann. Der eine kaum bewegungsfähig und selber ein Opfer eines Unfalls, der andere seit kurzem nicht mehr ansprechbar.

Die Umstände ließen nur einen Schluss zu: Ein Außenstehender mischte sich ein. Jemand, der vielleicht sogar weiter außerhalb stand, als es allgemein hin für möglich gehalten wurde.

Als Söhns der Gedanke kam, dass der Urheber des Rituals dahinter stecken könnte, begann seine mühsam aufgebaute Sicherheit zu bröckeln.

Die Unsterblichkeit, war sie wirklich für diejenigen bestimmt, die die dreizehn Tode des Rituals starben? Auch nur für einen von ihnen?

Wieder und wieder hatte er das Gedicht gelesen, und mit jedem Mal war seine Zuversicht ein Stück gewichen, um einem bösen Verdacht Platz zu machen.

Führt dich aus der ew'gen Nacht.

Diese Zeile stieß ihn zuletzt in schreckliche Zweifel. Waren sie alle betrogen worden?

öffnet sich das Tor zur Welt
nimmer dich der Tod behält.

Sie würden die Tode sterben, aber wem gehörte das Leben? Vielleicht demjenigen, der vor vierhundert Jahren das Ritual erdacht und die Bücher geschrieben hatte?

Söhns´ Zweifel stürzten ihn zuerst in schreckliche Angstzustände, dann jedoch entfachte sich seine Wut. Er hatte sich zum Narren machen lassen, aber damit war jetzt Schluss! Er würde nicht tatenlos zusehen, bis er am Ende abgeschlachtet würde. Entschlossen sprang er auf, lief in die Küche und holte dort ein scharfes Schlachterbeil. Das Gewicht der Waffe stachelte seine Wut noch mehr an.

Es gab einen Weg, das Ritual zu unterbrechen. Das Buch musste zerstört werden. Er musste es nur noch finden.

Plötzlich setzten Kopfschmerzen ein. Ein Druck, als habe man ihn in einen Schraubstock gespannt.

»Oh nein!«, schrie er auf. »Du wirst mich nicht aufhalten.«

Das Buch, wo habe ich es versteckt?

Das Beil wie eine Standarte vor sich haltend, stürmte Söhns die Treppe hoch in sein Studierzimmer. Auf der vorletzten Stufe rutschte der Boden unter ihm weg. Söhns wedelte mit den Armen, um seinen Schwung aufzufangen, dabei glitt das Beil aus seiner Hand.

Mit kreisenden Bewegungen schraubte es sich vor seinen Augen hoch. Söhns verlor das Gleichgewicht und stürzte rückwärts die Treppe hinunter. Das Beil schien zu einem Eigenleben zu erwachen. Es folgte ihm wie ein anhänglicher Hund. Jetzt hatte es seinen Höhepunkt erreicht und senkte sich zum Fall. In gleichmäßiger, drehender Bewegung stürzte es auf ihn zu.

Im letzten Moment hob Söhns den rechten Arm und wehrte das Beil ab, bevor es ihm den Schädel spalten konnte. Dann wurde es schwarz vor seinen Augen. Er war mit dem Kopf auf einer Treppenstufe aufgeschlagen.

Als er wieder zu sich kam, fühlte er sich müde und schlapp. Eine Wasserleitung musste undicht geworden sein, der Boden, auf dem er lag, war nass. Mit äußerster Willensanstrengung öffnete er die Augen. Etwas glänzte rot vor ihm auf dem Boden. Söhns Gedanken bewegten sich nur sehr träge, eine bleierne Schwere zog ihn immer wieder in einen schwarzen Abgrund.

Rot – Nass – Blut.

Irgendwo tief in seinem Unterbewusstsein meldete sich eine Region, die sich für Söhns' Überleben verantwortlich fühlte. Sie feuerte so lange Neuronen und elektrische Impulse, bis sein Körper sich in einer letzten Anstrengung aufbäumte.

Söhns kämpfte sich langsam hoch und sah sich nach Hilfe um. Dabei fiel sein Blick auf den Bildschirm, der hier im Treppenhaus die Bilder der Überwachungskamera am Eingangstor zum Grundstück zeigte. Zwei Gestalten waren auszumachen. Dahinter stand ein Dienstwagen der Polizei.

»Hilfe«, flüsterte Söhns und wankte auf die Konsole mit der Bedienungseinrichtung zu. Er schaffte es gerade noch das Tor zu öffnen, bevor sein Körper von unsichtbaren Kräften auseinander gerissen wurde.

Als die beiden Polizisten auf sein Haus zurannten, war es für Helmut Söhns bereits zu spät. Sein Bewusstsein wurde fortgetrieben, in eine andere Zeit, an einen weit entfernten Ort.

* * *

Eine Hinrichtungsstätte, umgeben von rauchenden Ruinen und den Überresten eines furchtbaren Gemetzels. Im Süden Frankreichs des zwölften Jahrhunderts hatten die Ketzer, die sich selbst die Katharer nannten, lange genug ihr schändliches Unwesen treiben können. Als der Papst in Rom zu einem Kreuzzug aufrief, zum Kampf gegen das Unwesen in den eigenen Reihen, war ihr Schicksal besiegelt.

Die Bauern und Handwerker hatten keine Chance gegen die anrückenden, schwer bewaffneten Heere der aufgerufenen Adelshäuser. Zehntausende Männer, Frauen und Kinder fielen den Rittern zum Opfer. Es wurde bald kein Unterschied mehr gemacht, ob sie Ketzer oder Unschuldige töteten. Das war auch nicht mehr möglich.

Der Feldzug hatte sich verselbstständigt und zog wie eine Seuche über das Land. Wen man dennoch lebend aufschnappte, richtete man hin. Die meisten wurden bei lebendigem Leibe verbrannt, aber an einem wollte man ein Exempel statuieren.

An Händen und Füßen gefesselt. An zwei Pfählen hing er mit dem Kopf nach unten und starrte entsetzt auf das Hinrichtungswerkzeug: eine riesige Säge.

Der Henker und sein Gehilfe, schwitzende, muskelbepackte Gestalten, die Köpfe mit ledernen Masken verhüllt, stellten sich vor und hinter ihm auf. Sie wuchteten das schwere Gerät über seinen Körper und senkten es herab, bis die scharfkantigen Zähne der Säge seinen Schritt berührten. Dann wandten sie ihre Köpfe zu dem Richter, der sich auf ein Podest gestellt hatte, um von allen gesehen und gehört zu werden.

»Im Namen Seiner Majestät des Königs von Frankreich und im Auftrag Seiner Heiligkeit tun wir hier kund, dass der der Ketzerei und schändlichsten Häresie überführte Jean Marie Leclair zu richten sei auf folgende Weis: Er ist aufzuhängen mit dem Kopfe zur Erde. Sodann ist ihm der Leib entzwei zu sägen von dem Gesäße bis zu dem Kopfe. Der Leichnam ist nit zu vergraben in geweihter Erd, sondern zu geben den Rabenvögeln als Fraß. Dies soll Warnung und Lehr sein für alle, den Namen unseres Heiligsten Herrn Jesus Christus nit mehr zu entehren. Das Urteil ist sofort zu vollstrecken.«

Jean Marie hatte sich fest vorgenommen, seinen Schmerz für sich zu behalten. Er wollte den teuflischen Papisten, die sein Land mit Tod und Leid heimgesucht hatten, nicht den Triumph eines vor Schmerzen schreienden Feindes geben.

Als die Zähne der Säge jedoch in sein Fleisch schnitten und seine Knochen unter ihrer Wucht splitternd zerbrachen, raubte der Schmerz ihm jede Form der Selbstachtung. Jean Marie verwandelte sich in blutendes, schreiendes Fleisch. Ein Bündel aus Schmerz und Qual.

* * *

Wolf und Thomas mussten ein Fenster einschlagen, um in das prächtige Landhaus eindringen zu können. Die Schreie, die sie hierher getrieben hatten, waren mittlerweile verstummt. Dafür jaulte eine schrille Sirene los, genau in dem Moment, als das Fensterglas zu Bruch ging. Wolf kümmerte sich nicht darum, zupfte eine gefährlich spitze Scherbe aus dem Rahmen und stieg in das Haus ein. Thomas folgte ihm fluchend. Er hatte nicht aufgepasst und sich an einer Scherbe geschnitten.

In dem Zimmer, in das sie zuerst gelangten, herrschte Dämmerlicht. Schwere Brokatvorhänge waren vor den Fenstern zugezogen. Aus einer angelehnten Tür, die zum Treppenhaus führte, drang etwas Licht herein.

Wolf zog witternd Luft durch die Nase. Ein verdächtiger süßlicher Geruch lag in der Luft. »Scheiße! Schnell, Thomas, hier entlang.«

Schon auf den ersten Blick sahen beide, dass sie zu spät gekommen waren. Vor ihnen auf dem Boden lag Helmut Söhns, alle viere von sich gestreckt, als hätte man ihn an seinen Gliedmaßen auseinander gezogen.

Seine Haut war bleich wie eine frisch gekalkte Wand. Dafür glänzte der Fußboden unter ihm in einem satten Rot.

Thomas sah die Treppe hinauf und entdeckte ein Küchenbeil, an dessen Schneide Blutspritzer zu sehen waren. Er wies Wolf auf die tiefe Wunde an Söhns rechtem Unterarm hin. »Die Schlagader. Er ist verblutet. Sieht nach einem klassischen Haushaltsunfall aus.«

»Ja«, bemerkte Wolf. »Wenn das hier nicht wäre, würde ich dir Recht geben.«

Erst jetzt fiel Thomas die feine Narbe auf, die vom Scheitel an Kopf und Hals in zwei Hälften teilte. Lebesch in Blankenheim war ähnlich gezeichnet gewesen. Wolf holte ein Paar Einweghandschuhe aus seiner Jackentasche und begann mit der Untersuchung des Leichnams. Dabei stellte er fest, dass sich die Narbe über den ganzen Körper erstreckte.

»Elfe säget dich entzwei«, sprach Thomas aus, was beide dachten. »Ich mache mich auf die Suche nach dem Buch.«

»Es muss in einem der oberen Zimmer sein.«

Thomas, der sich zuerst in der unteren Etage umsehen wollte, blieb abrupt stehen. »Woher weißt du ...?« Sein Blick wanderte von Wolf zu Söhns und weiter die Treppe hinauf, dann zeigte er auf das Beil. »Du meinst, er wollte damit ...?«

Wolf nickte.

»Eigentlich ein schlauer Bursche, nur dass ihm da wohl jemand einen Strich durch die Rechnung gemacht hat.«

»Aber das würde bedeuten ...«

»... dass wir wahrscheinlich die Schwachstelle des Fluchs gefunden haben.«

Eingesperrt

Herr Rebmann befindet sich seit letzter Woche in diesem Zustand. Seine Reflexe sind normal, er ist in der Lage, feste Nahrung zu sich zu nehmen und selbstständig sein Geschäft zu verrichten. Sie wissen, was ich meine. Bis zu einem gewissen Grad ist er auch ansprechbar, aber sein Bewusstsein hat sich völlig zurückgezogen. Es ist, als wäre er in seinem eigenen Körper eingesperrt.«

Gerald und Silvia folgten der Schwester in das Zimmer, in dem man Walter Rebmann untergebracht hatte. Ihre Recherche nach seinem Verbleib hatte sie nach einigen Telefonaten zur psychiatrischen Abteilung des Kreiskrankenhauses in Mechernich geführt.

Dort hatte man Walter Rebmann eingeliefert, nachdem seine Frau ihn am Abend in der gleichen steifen Haltung vorgefunden hatte, mit der er sie am Morgen verabschiedet hatte.

Erklären konnte man sich seinen Zustand nicht. Die Ärzte vermuteten einen schweren Schock, konnten jedoch nicht ausmachen, was ihn ausgelöst hatte.

Rebmanns Verhalten glich dem eines Autisten. Seine Bewegungen hatten etwas Roboterhaftes, er reagierte nur, wenn er zu etwas aufgefordert wurde.

Die Krankenschwester trat an den Stuhl heran, auf dem Rebmann mit durchgedrücktem Rücken vor einer aufgeschlagenen Tageszeitung saß, und beugte sich an sein Ohr.

»Hallo, Herr Rebmann, hier sind zwei Herrschaften von der Polizei. Sie möchten Ihnen ein paar Fragen stellen.«

»Eigentlich habe ich erst einmal eine Frage an Sie«, wandte sich Gerald an die Schwester.

Die Angesprochene zog fragend die Augenbrauen hoch und legte den Kopf schief. »Wenn ich Ihnen irgendwie behilflich sein kann?«

»Nur ganz kurz. Hat der Patient ein alt aussehendes Buch bei sich?«

»Wir sichten die Sachen aller Patienten dieser Station«, antwortete die Schwester »Nicht wenige sind suizidgefährdet. Daher kann ich Ihnen tatsächlich weiterhelfen. Ein Buch ist ganz bestimmt nicht bei Rebmanns Sachen.«

Gerald nickte und machte eine entsprechende Notiz. Von Rebmann war ein unverständliches Murmeln zu hören. Silvia sah zu ihm hinüber. Er wiegte den Oberkörper in schnellem Rhythmus vor und zurück, dabei brabbelte er unablässig vor sich hin. Seine Augen schauten jedoch weiterhin fest auf die Zeitung. In Silvia bildete sich ein Verdacht, den sie bestätigt sah, als sie das Datum der Zeitung las. Es war die Ausgabe, in der die Übersetzung des Gedichtes veröffentlicht worden war.

»Das passt genau«, bestätigte Gerald, als sie ihn darauf aufmerksam machte. »Er gehört garantiert zum gesuchten Personenkreis. Möglicherweise hat das Gedicht einen Schock bei ihm ausgelöst. Wenn sein Buch nicht hier ist, ist es in seinem Haus. Wir müssen sofort dahin, um es sicherzustellen.«

»Aber was machen wir mit ihm?«, warf Silvia ein. »Sollten wir ihn nicht mitholen?«

Gerald überlegte einen Moment und schüttelte den Kopf. »Er ist hier genauso sicher wie im Revier. Wenn es sein muss, schicken wir jemanden hierher. Das Buch ist erst einmal wichtiger.«

Mit skeptischer Miene folgte Silvia Gerald, der unterwegs sein Handy aus der Tasche nahm, um ihren Besuch bei Frau Rebmann anzukündigen.

Ein halbe Stunde später standen sie vor einem geöffneten Wandsafe und nahmen ein fest verschnürtes Päckchen entgegen, das Walter Rebmanns Frau ihnen überreichte. »Mein Mann hat mir von der Dummheit erzählt, die er in jungen Jahren begangen hatte«, erklärte sie, »ich habe das ganze für Unsinn gehalten, aber wenn es Walter in diesen Zustand bringen kann, ist vielleicht doch etwas Wahres an der Geschichte dran.«

Gerald nickte ihr aufmunternd zu und vermied es, Silvia in die Augen zu sehen. Als er Frau Rebmann erklärte, sie könnten möglicherweise ihren Mann aus seiner Lethargie befreien, brauchten dafür jedoch das Buch, hatte sie ihm empörte Blicke zugeworfen.

Hinterher, im Auto, platzte es dann wütend aus ihr heraus. »Ich finde das unverantwortlich! Wie kannst du die Ängste der Frau so skrupellos ausnutzen? Was wirst du ihr sagen, wenn ihr Mann dennoch stirbt?«

Gerald zog den Kopf zwischen die Schultern und wartete, bis Silvia ihrer Wut Luft gemacht hatte. Dann wies er in ruhigem Tonfall darauf hin, dass Walter Rebmann auf jeden Fall sterben würde, wenn es ihnen nicht gelänge, das Ritual aufzuhalten. »Das Buch ist der Schlüssel dazu, und mir fiel im Moment kein besseres Argument ein, die Frau zur Zusammenarbeit zu bewegen. Außerdem glaube ich wirklich, dass er wieder gesund werden kann, wenn alles überstanden ist.«

Silvia funkelte ihn immer noch böse an, aber seine Argumente begannen bereits, ihre Wut aufzulösen.

Die Rückfahrt verlief schweigend, Silvia hing ihren Gedanken nach, und Gerald musste sich voll auf die Straße konzentrieren. Er hatte das Blaulicht und die Sirene des Dienstwagens eingeschaltet und trat mit Bleifuß auf das Gaspedal.

Rudloff hatte ihm eindringlich zu verstehen gegeben, dass er keine Zeit verlieren durfte. Auch wenn Rebmanns Leben nach außen hin geschützt zu sein schien. Das Buch und der damit verbundene Tod konnten jeden Moment aktiv werden.

Kontakt

Alina saß vor ihrem Schreibtisch und kaute lustlos auf ihrem Stift herum. Sie fühlte sich nicht in der Lage, die geforderten Hausaufgaben zu erledigen. Die Fragen, die sie für Deutsch beantworten sollte, erschienen ihr lächerlich. Mathematik, völlig überflüssig, Englisch, Bio, Physik, alles belanglos. Was die Lehrer an der Schule erzählten, hatte absolut nichts mit dem wirklichen Leben zu tun. Wie viel mehr hatte sie da von Hedwigs Tagebuch lernen können!

Der Laptop lag aufgeklappt vor ihr und lieferte den eigentlichen Grund für Alinas Frustrationen. Hedwigs Programm hatte sich offensichtlich aufgehängt. Es reagierte weder auf ihre Eingaben noch auf das, was sie in das Mikrofon des Gerätes sprach. Sie konnte noch nicht einmal in das Lernprogramm einsteigen. Alina hatte den Rechner mittlerweile zum dritten Mal neu gestartet, ohne dass es etwas geändert hatte.

»Verdammter Mist!«, fluchte sie ungehalten und schlug mit der Faust auf die Tischplatte. Etwas fiel klappernd zu Boden. Missmutig schaute Alina nach und entdeckte das Funkmodul, das bis zu Rudloffs Besuch am Rechner angeschlossen war. Sie erinnerte sich daran, dass sie es noch immer nicht geschafft hatte, die Verbindung zu der Geheimorganisation herzustellen, der Hedwig angehört hatte. Zwar sprachen die Wahrscheinlichkeiten dagegen, dass sie damit Erfolg haben würde, dennoch entschied sich Alina, es noch einmal zu versuchen.

Der Rechner reagierte sofort, als sie ihn mit dem Internet verband. Der Browser öffnete sich selbstständig, und Alina konnte am Bildschirm mitverfolgen, wie die Suchautomatik des Programms seine Stichworte ins World Wide Web sandte und die Antworten auswertete.

Dann, mit einer Plötzlichkeit, die Alina erschreckt zusammenfahren ließ, öffnete sich das Fenster zu einer Webseite, die den Bildschirm mit einem warmen Rot-Ton einnahm.

Gesellschaft zur Integration magischer Geschöpfe las sie und dachte sofort an die Harry-Potter-Romane. Ein kleines Windows-Fenster fuhr hoch und warnte sie, dass die Seite versuche, auf ihre Dateien zuzugreifen. Entgegen dem, was jeder vernünftige Mensch geraten hätte, stimmte sie dem Zugriff zu. Hedwig hatte ihr bei den ersten Versuchen, den Bund über das Internet zu erreichen, entsprechende Instruktionen gegeben.

Der Bund überprüfte den Rechner, um festzustellen, ob es eines seiner Mitglieder war, das den Kontakt aufzunehmen versuchte.

Zutritt gewährt.

Der Schriftzug verschwand mit einem Mausklick, und Alina las staunend den Willkommensgruß.

Hallo, junge Dame, wir haben dich schon ungeduldig erwartet.

Alinas Hände zitterten, und sie musste mehrmals korrigieren, als sie eine Antwort eintippte.

Könnt ihr mir helfen?

Sie wollte etwas anderes eingeben, fragen, ob es wirklich der Bund war und woher sie von ihr wussten, aber irgendetwas in ihr mahnte sie zur Eile.

Mitten in ihren Gedanken geriet Alina ins Stocken. Wieso rufe ich um Hilfe?, fragte sie sich irritiert. Sie hatte das geheimnisvolle Buch abgegeben, Onkel Gabo hatte damit jedes Interesse an ihrer Person verloren. Außerdem war er so schlimm zugerichtet, dass sie trotz seiner Angriffe auf sie Mitleid mit ihm empfand. Sie war also in Sicherheit.

Der Bildschirm flimmerte, Schriftzeichen wurden sichtbar und setzten sich zu Sätzen zusammen.

Wir sind mit unseren Gedanken und Gebeten stets bei dir, liebes Kind. Aber den Weg, der vor dir liegt, wirst du alleine beschreiten müssen. Aus den Informationen, die unsere Schwester Hedwig, die wir schmerzlich vermissen, hinterlassen hat, wissen wir, dass große Kräfte in dir stecken, die jedoch noch geweckt werden müssen.

Du kannst eine von uns werden, schon sehr bald. Du wärst dann eine der Jüngsten, die je dem Bund beigetreten sind. Aber vorher musst du eine wichtige Aufgabe erledigen. Eine gefährliche Aufgabe, die dich im schlimmsten Fall das Leben kosten kann – das möchten wir dir nicht verschweigen.

Alina hatte das Gefühl, eine Woge würde über ihr zusammenschlagen und den letzten Rest an Normalität, den sie bewahren konnte, fortspülen. Machten diese Leute sich gerade über sie lustig? Oder wollten sie einer Jugendlichen tatsächlich einen lebensgefährlichen Auftrag erteilen?

»Scheiße, was mache ich jetzt?«, stieß sie hervor.

Dich entscheiden, antwortete die Schrift auf dem Bildschirm und machte ihr klar, dass das Mikrofon des Laptops eingeschaltet war.

Alina unterdrückte einen weiteren Fluch, spitzte die Lippen und blies stattdessen die angestaute Luft aus. »Das stellt ihr euch so einfach vor!«, sagte sie schließlich laut. »Ihr wisst Gott weiß was von mir, aber ich habe nichts über euch in der Hand.«

Für deinen Auftrag benötigst du kein besonderes Wissen, du sollst lediglich das Polizeirevier in Euskirchen aufsuchen und dort auf Jürgen Rudloffs Ankunft warten. Alles Weitere wird sich von selbst ergeben.

»Und wenn ich mich weigere?«, stieß Alina in trotzigem Tonfall hervor. So hatte sie sich den Kontakt mit Hedwigs

Geheimorganisation nicht vorgestellt. Das war ja schlimmer als in den billigsten Agentenfilmen. Es fehlte nur noch, dass sie irgendetwas aufessen sollte oder der Laptop vor ihren Augen in Flammen aufging. Und das sagte sie dann auch.

Die Antwort verblüffte sie. Es war ein Lachen. Ein hohes, weibliches Lachen, aus dem ihr erstaunlich viel menschliche Wärme entgegenschlug.

»Danke«, sagte die Stimme anschließend. »Jemanden wie dich haben wir wirklich dringend nötig.« Dann wurde ihr Tonfall jedoch wieder ernst. »Es ist letztlich deine Entscheidung, ob du dich der Aufgabe und der damit verbundenen Gefahr stellen willst. Aber ich will dir nicht verheimlichen, dass deine Weigerung den Tod mehrerer Menschen nach sich ziehen würde.«

Mit einem letzten Gruß verabschiedete sich die Stimme, und der Rechner schaltete sich automatisch ab.

Alina hatte eine unbestimmte Ahnung, dass er so lange ausgeschaltet blieb, bis sie ihren Auftrag erledigt hatte. Bei dem Gedanken fiel ihr auf, dass sie sich bereits entschieden hatte. Wenn die Frau sie nicht belogen hatte, hingen Menschenleben davon ab! Hatte sie da eine Wahl?

Gabriels Dämon

Großvater?«

»Es tut mir Leid, mein Junge, dein Großvater ist gestorben. Er ist jetzt oben beim lieben Gott und hat es gut.«

»Aber nein, ich habe ihn doch eben gesehen, und es ging ihm gar nicht gut.«

»Kind, bitte, fang nicht wieder damit an.«

»He, Junge, komm mal her. Ich glaube, ich habe mich verlaufen. Eben war ich noch auf der Arbeit, und jetzt bin ich plötzlich hier. Kannst du mir sagen, wie ich wieder zurückkomme? He, warum redest du nicht mit mir?«

»Meine Kinder, ich finde meine Kinder nicht mehr. Sie brauchen mich doch. Bitte, du musst mir helfen. Ich kann sie nicht alleine finden. Meine Kinder, ich finde meine Kinder nicht mehr. Sie brauchen mich doch. Bitte, du musst mir helfen. Ich kann sie nicht alleine ... Bleib doch hier. Ich will dir nichts tun. Ich will doch nur zurück zu meinen Kindern.«

»Soll ich dich vor denen beschützen? Ich kann das, schau, die anderen müssen mir gehorchen, wenn ich es will.«

»Wer bist du?«

»Ich bin ein Zauberer, aber auch ein Suchender.«

»Was suchst du denn?«

»Die Unsterblichkeit. Willst du mir dabei helfen?«

»Ich weiß nicht.«

»Du weißt nicht? Ha! Junger Mann, kein Ziel ist lohnender als das ewige Leben. Schau mich an, ich habe vor vierhundert Jahren gelebt, und es gibt mich immer noch.«

»Aber du bist einer von denen. Du bist ein Geist.«

»Ein Geist? Einer von denen? Dass ich nicht lache! Ich bin viel mehr als das. Ich besitze etwas, das die niemals besitzen werden. Ich habe den Schlüssel zum richtigen Leben. Du und ich, wir können gemeinsam die Welt erobern.«

»Das hört sich verlockend an, aber was muss ich dabei tun?«

»Nicht viel, gar nicht viel. Du musst mich nur in dich reinlassen. Es ist ganz einfach, alles andere geht dann wie von selbst.«

»Und wenn ich das aber nicht will?«

»Schau, ich mache dir ein wirklich tolles Angebot. Du darfst nicht nur teilhaben an der Unsterblichkeit, ich befreie dich auch für immer von den lästigen Geistern. Du wirst sie nicht mehr sehen und endlich wie ein ganz normaler Mensch leben können. Wolltest du das nicht schon immer?«

* * *

Gabriel Frentzen hatte das Angebot angenommen und dem Dämon erlaubt, sich in ihm einzunisten. Er hatte ja nicht gewusst, dass Dämonen lügen.

Die unsichtbaren Leute verschwanden, soweit hatte er Wort gehalten. Aber er hatte sich an Frentzens Erinnerungen zu schaffen gemacht und so dafür gesorgt, dass Frentzen ihn und seine Fähigkeit, Geister zu sehen, vergaß. Im Verborgenen hatte er weiter agiert und Frentzen dazu getrieben, die dreizehn Bücher zu suchen, die der Dämon zu einer Zeit geschrieben hatte, als er noch ein Mensch war. Von ihm stammte auch die trügerische Gewissheit, dass die Erfüllung des Rituals Frentzen ewiges Leben verleihen würde. Jetzt hatte sich der Dämon wieder gezeigt und Frentzen die verlorenen Erinnerungen zurückgebracht.

Noch trieb Frentzen haltlos durch die bizarre Wirklichkeit seiner Ohnmacht, aber nach und nach kehrte sein Bewusstsein zurück. Die Gesetze der Logik, die in seiner Traumwelt außer Kraft gesetzt waren, erlangten langsam wieder ihre Gültigkeit.

Aber nur bis zu einem gewissen Grad. Etwas aus seinen Albträumen blieb haften.

Es brauchte einen Moment, bis Frentzen völlig wach war. Dann jedoch traf es ihn wie ein Schwall eiskaltes Wasser. Er fuhr mit einem Ruck hoch, was er jedoch sofort bereute. Die gebrochenen Rippen sandten heftige Schmerzen durch seinen Körper. Schlimmer noch war sein gebrochener Arm. Er glühte vor Hitze und pochte wie ein Hammerwerk. Die Schläge setzten sich über den Oberarm bis in sein Herz fort. Mit banger Ahnung schaute Frentzen nach und entdeckte einen roten Streifen, der sich am Arm hochzog. Blutvergiftung! Wenn der Streifen sein Herz erreichte, würde er sterben.

Die Wahrscheinlichkeit, dass sich die Verletzung entzündete, war eigentlich gering. Frentzen wusste sofort, wer dahinter stecken musste.

»Wo steckst du, du Ungeheuer?«, presste er mit vor Schmerz zusammengebissenen Zähnen hervor.

»Hier bin ich, mein Herr und Gebieter«, die Stimme troff vor bösartigem Sarkasmus.

»Du hast mich belogen.«

»Hab ich das? Ja, ich glaube, du hast Recht, ich habe dich belogen. Aber was sollte ich machen? Ihr Menschen hängt ja so sehr an eurem armseligen Leben. Ich habe lange genug warten müssen, bis ich jemanden wie dich fand.«

Frentzen schaute sich hektisch um. Die Stimme schien aus allen Richtungen gleichzeitig zu kommen. »Du hast mich also nur benutzt.«

»Jaaaaaaaa!« Die Antwort des Dämons war ein lang gezogener, klagender Ton. Seine Stimme wechselte anschließend in eine Frequenz, die Frentzens Bauchdecke vibrieren ließ. »Du warst mir eine sehr nützliche Hilfe. Ohne deine Überzeugungskraft hätte ich es nicht vollbringen können, weitere zwölf Menschen dazu zu bewegen, sich für mich zu opfern. Sei dir meines Dankes gewiss.«

»Dank?«, stöhnte Gabriel auf. »Das nennst du Dank?«

»Aber sicher. Denn ich werde dir die Gnade zuteil werden lassen, nur den zweitschlimmsten der dreizehn Tode zu sterben. Deine Seele wird nicht angerührt werden.«

»Seele?«

»Dreizehn, nimmer endend Pein, die Seele zieht zur Hölle ein. Dank der Polizei kennst du inzwischen ja den kleinen verborgenen Teil unseres Kontraktes. Ganz schön schlau diese Frau Kommissarin, die Übersetzung des Rituals in die Zeitungen zu setzen. Ich werde mich später eingehender mit ihr darüber unterhalten, ob es ratsam ist, sich mir in den Weg zu stellen. – Du warst so besessen davon, unsterblich zu werden, dass dich selbst die Übersetzung meiner bescheidenen Verse nicht davon abhalten konnte, den Kontrakt mit deinem Blut zu unterzeichnen. Aber eins verstehe ich nicht, warum hast du so lange gewartet? Hattest du doch Zweifel gehabt? Wenn ja, dann habe ich nichts davon gemerkt.«

Frentzen fühlte, wie sich Verzweiflung in ihm breit machte. Zweifel? Nein, er hatte bis heute nicht eine Sekunde an dem Vertrag gezweifelt. Wie hatte er nur so verblendet sein können? »Ich wollte es nicht für mich«, flüsterte er. Laut sprechen konnte er nicht, die Entzündung in seinem Arm war dabei, mit rasender Geschwindigkeit den Rest seines Körpers zu befallen.

»Hedwig ... aber sie wollte es nicht.«

»Ah, jetzt verstehe ich alles. Die Hexe hat dein Buch behalten. Ein Glück, dass sie rechtzeitig gestorben ist, nicht wahr?«

»Nein, kein Glück. Ich hatte nie wirklich Glück gehabt.«

»Eine tragische Figur. Du hast es wohl immer noch nicht begriffen? Deine Angebetete hat dein Leben und das der anderen um Jahrzehnte verlängert. Glaubst du im Ernst, ich hätte freiwillig darauf gewartet, dass ihr von selber sterbt?«

»Aber der Text in den Büchern ...«

»Papperlapapp. Hokuspokus, alles unwichtiges Beiwerk. Das Ritual war der Vertrag, den ihr mit eurem Blut besiegelt habt. Ich habe euch angelogen.«

Frentzen holte zischend Luft. Die ersten Fieberschübe ließen ihn erschauern. »Hedwig hat dir einen Strich durch die Rechnung gemacht!« Trotz seines elenden Zustandes fühlte er einen Anflug von Triumph.

»Sie hat die Bezahlung der Zeche nur herauszögern können«, fuhr die Stimme des Dämons ihn mit tiefem Grollen an. »Jetzt ist meine Stunde, und ich werde mir meinen Lohn von niemandem streitig machen lassen. Deshalb wirst du leider etwas früher sterben müssen, auch wenn der Teufel sich über deine Seele ganz besonders gefreut hätte. Du weißt zu viel. Stirb wohl, mein Diener, ich muss dich leider verlassen.«

Frentzen spürte sofort, dass der Dämon ihn tatsächlich verlassen hatte. Ihm kam es vor, als habe sich in seinem Geist ein Fenster geöffnet, durch das endlich Licht und frische Luft in ihn hineingelangen konnte. Die Erleichterung darüber währte jedoch nicht lange. Ein stechender Schmerz in seinen Fingern ließ ihn aufschreien. Keuchend hielt er sich die Hände vor das Gesicht. Die Fingerkuppen wiesen direkt unter den Fingernägeln tiefe Schnitte auf, aus denen dickflüssiges Blut trat. Schnell stellte sich für ihn heraus, dass das nur der Auftakt war. Ein unsichtbarer Henker machte sich daran, seinen Körper Stück für Stück aufzuschneiden. Es war ein kundiger Fachmann, ein virtuoser Spieler auf dem Instrument menschlicher Schmerzen. Der Beste, den das riesige Reich der Mitte zu bieten hatte, und ihm stand ein besonders geschulter Mediziner zur Seite. Dieser hatte dafür Sorge zu tragen, dass der Delinquent den Tod der dreitausenddreihundertsiebenundfünfzig Schnitte, die Höchststrafe, die nur der Kaiser persönlich verhängen durfte, bis zum letzten Schnitt bei vollem Bewusstsein überlebte.

* * *

Sie waren mit dem Wagen unterwegs, als das Handy klingelte. Rudloff schaltete die Freisprechanlage ein und meldete sich.

»Wolf hier. Jürgen, wir kamen leider zu spät, Söhns ist tot. Aber dafür haben wir einen Hinweis, wie das Ritual vielleicht doch noch zu stoppen ist.«

Gespannt lauschten Rudloff und Michaela, die am Steuer saß, Wolfs Schilderungen.

»Das bestätigt meine Vermutungen«, stellte Rudloff mit grimmiger Zufriedenheit fest. »Bringt Söhns' Buch ins Revier und wartet dort auf uns. Wir sind gerade auf dem Weg zu Frentzen. Ich will von ihm hören, welche Rolle er in der Sache spielt.«

»Hast du schon etwas von Gerald gehört?«, fragte Wolf.

»Er hatte mehr Glück als ihr. Walter Rebmann lebt noch, und seine Frau hat ihm das Buch gegeben. Er erwartet uns in Euskirchen. Sobald wir Frentzen haben, kommen wir nach und bereiten dem Spuk ein für allemal ein Ende.«

Michaela fragte sich, ob Rudloff wirklich so sicher war, wie er Wolf Krüger gegenüber vorgab. Was wollte er tun? Das

Buch zerhacken, wie Söhns es vermutlich vorgehabt hatte? Oder es verbrennen?

Die Straße beschrieb eine Rechtskurve, und sie erkannte, dass hier der kleine Waldweg abging, der zu Frentzens Mühle führte.

Das Handy klingelte erneut. Am anderen Ende meldete sich eine aufgeregte Stimme. »Jürgen, Gerald hier. Ich glaube, es gibt Probleme.«

»Was ist los?«

»Das Buch ist aktiv geworden.«

Michaela schaltete sich ein. »Hallo, Herr Wilden. Rufen Sie sofort im Krankenhaus an und lassen Sie jemand nach Rebmann schauen.«

»Nein. Es ist nicht Rebmanns Buch, sondern das von Frentzen.«

»Wir sind gleich bei ihm, wenn wir mehr wissen, melden wir uns«, sagte Rudloff und unterbrach die Verbindung.

Michaela drückte sofort auf das Gaspedal und jagte den Wagen die letzten hundert Meter auf Frentzens Mühle zu.

Es war grabesstill, als sie ausstiegen. Nur der Bach plätscherte leise. Rudloff drückte den Knopf der Klingel, ohne wirklich eine Reaktion zu erwarten. Sollte Frentzen hier sein, war er wahrscheinlich nicht in der Lage, ihnen die Türe zu öffnen.

»Lassen Sie mich das machen.« Michaela schob ihn zur Seite und machte sich an der Tür zu schaffen. Als sie mit einem Knacken aufsprang, ließ Rudloff einen anerkennenden Pfiff hören.

»Sind Sie sicher, dass Sie auf der richtigen Seite arbeiten?« Er sagte es, während sie schon im Laufschritt die Treppe hinaufstürmten.

Eine der Türen oben war nur angelehnt – das Schlafzimmer.

Rudloff ging als Erster hinein und stieß zischend die Luft aus. »Wir kommen zu spät.«

Michaela warf nur einen kurzen Blick auf Gabriel Frentzens vernarbten Körper und holte ihr Handy aus der Tasche. »Ich rufe die Kollegen von der Spurensicherung. Die sollen sich um das hier kümmern. Wir müssen sofort zurück.«

Rudloff stimmte ihr zu. Sie hatten keine Zeit zu verlieren. Der Fluch konnte jeden Moment erneut zuschlagen und das Ritual vollenden.

Was dann passieren würde, wollte er sich lieber nicht ausmalen.

Der letzte Kampf

Alina kauerte sich unsicher auf ihrem Stuhl zusammen, schaute den leeren Flur entlang und fragte sich zum wiederholten Male, ob es eine gute Idee war, den Auftrag des Bundes anzunehmen und hierher zu kommen. Sie sollte in das Polizeirevier gehen und nach Rudloff fragen. Dieser Teil ging erstaunlich leicht. An der Wache gab sie ihren Namen an, zeigte ihren Personalausweis und wurde in den ersten Stock geschickt. Hier hatte ein Polizist sie erwartet, der sich ihr als Gerald Wilden vorstellte. Der Beamte am Eingang hatte sie ihm vorgemeldet. Er hatte sie interessiert gemustert, jedoch nicht weiter nachgefragt, als sie ihm erklärte, dass sie nur mit Rudloff über ihr Anliegen sprechen könne.

Er hatte ihr gesagt, dass Rudloff noch unterwegs sei und möglicherweise erst spät wieder zurückkehren werde. Als sie darauf bestanden hatte zu warten, führte er sie zu einer Sitzgruppe im Flur und verschwand hinter der gegenüberliegenden Bürotür.

Eine Zeit lang hatte sie dagesessen und auf die Geräusche, die aus den Büros drangen, gelauscht. Das Klingeln der Telefone, das dumpfe Murmeln von Stimmen, alles klang wie aus weiter Ferne und seltsam unwirklich.

Jetzt tauchten zwei Männer auf. Sie rannten im Eilschritt den Flur herauf auf sie zu. Ihre Gesichter trugen entschlossene Mienen, die Augen des einen waren so hart, dass Alina erschrak. Die Männer schienen sie erst zu bemerken, als sie unmittelbar vor ihr standen.

»Wer sind Sie?«, fragte der mit den harten Augen. Sein Ausdruck änderte sich sofort, als sie ihm ihren Namen nannte.

»Herr Rudloff wird in etwa zwanzig Minuten hier eintreffen. Ich weiß allerdings nicht, ob er dann Zeit für Sie haben wird.«

Die Tür des Büros öffnete sich, und Gerald Wilden trat heraus. »Gott sei Dank, ihr seid schon da. Habt ihr das Buch dabei?«

Worte wechselten hin und her, aber Alina verstand kaum, worum es ging, nur, dass jeden Moment irgendetwas Schlimmes passieren würde.

Dann brach Hektik aus. Kartons wurden herbeigebracht, Gerätschaften und etwas, das wie ein Schutzanzug aussah. Alina hatte das Gefühl, auf ihrem Stuhl immer mehr zusammenzuschrumpfen. Was war hier los?

Endlich erschien Rudloff. Er trat in Begleitung einer auffallend gut aussehenden Frau auf den Flur. Als er Alina bemerkte, stutzte Rudloff und sah sie mit fragendem Blick an.

Sie setzte zu einer Erklärung an, aber Rudloff ließ sie gar nicht erst zu Wort kommen. »War es jemand vom Bund, der dich hierher geschickt hat?«

Auf ihr Nicken fluchte er leise und erntete einen erstaunten Blick seiner Begleiterin.

»Ich halte das eigentlich für keine gute Idee, aber ich befürchte, mir bleibt keine andere Wahl, als dich zu beteiligen. Sei dir bewusst, dass das, was wir vorhaben, gefährlich ist!«

Alina schluckte, sagte aber nichts. Als sie Rudloff zum ersten Mal getroffen hatte, war er nett und fürsorglich, ja geradezu väterlich gewesen. Jetzt jedoch schüchterte er sie ein.

Die Frau meldete sich zu Wort. »Sind Sie die junge Dame, von der wir Gabriel Frentzens Buch haben?«

»Ja«, antwortete Alina. Die Kripobeamtin, die sich ihr als Michaela Stark vorstellte, hatte eine energische, aber warme Ausstrahlung. Sie stritt sich anschließend leise mit Rudloff.

Offensichtlich war sie dagegen, dass Alina mitmachen sollte. Eine Zeit lang sah es so aus, als würde sie sich durchsetzen. Alina war beeindruckt, sie hatte Rudloffs starker Persönlichkeit einiges entgegenzusetzen. Dann fiel Alina jedoch ein, dass es ihr Auftrag war, um den sich die beiden stritten, da hatte sie schließlich auch ein Wort mitzureden.

Entschlossen stand sie auf und trat zwischen sie. »Hören Sie auf. Sie können mich nicht mehr aus der Sache heraushalten. Ich habe das Buch mit bloßen Händen berührt, ich bin wie Sie damit verbunden.«

Rudloff trat einen Schritt zurück und musterte sie angespannt. »Woher weißt du das?«

»Der Bund ...« Alina war auf die Schnelle keine bessere Antwort eingefallen, ohne Hedwigs Tagebuch zu verraten.

»Gut«, nickte Rudloff, er gab sich zu ihrer Erleichterung mit ihrer Andeutung zufrieden. »Dann ist es beschlossen. Kommt mit, wir müssen uns beeilen.«

* * *

Seit er die Gefahr in Söhns' Garten gespürt hatte, befand sich Wolf Krüger in einem eigenartigen Schwebezustand. Adrenalin im Überfluss, aber dennoch ruhig und beherrscht. Es war ein Gefühl von Macht, das seine Adern durchpulste, als wäre er mit bewusstseinserweiternden Drogen vollgepumpt worden. Er nahm alles um ihn herum überdeutlich war, nichts schien seiner Aufmerksamkeit entgehen zu können.

Weder die Nervosität des Mädchens, das sie im Flur antrafen, noch die in ihr schlummernde Kraft, die nur darauf zu warten schien, endlich freigelassen zu werden.

Bewegung, Mimik und Tonfall machten die Kollegen plötzlich zu offenen Büchern, in denen er ohne Schwierigkeiten lesen konnte. Am stärksten von allem war seine unbezwingbare Entschlossenheit. Das Gefühl in dieser Intensität war ihm fast schon unheimlich. Wie weit würde er in diesem Zustand gehen, um sein Ziel zu erreichen?

Das also ging in Jürgen Rudloff vor, wenn seine Augen diesen harten Ausdruck bekamen. Kein Wunder, dass er ihnen seltsam und fremd vorgekommen war.

Wolfs Zustand blieb den anderen nicht verborgen. Gerald zuckte genau wie zuvor Thomas zusammen, als er ihn direkt ansah. Auch das Mädchen hatte sich bei seinem Anblick erschreckt. Erst als Jürgen Rudloff und Michaela Stark eintrafen und er dem Blick seines Chefs begegnete, normalisierte er sich etwas. Beide wussten sofort, was mit dem anderen los war.

Rudloff stellte sich neben Wolf, um ihm etwas zuzuflüstern, das die anderen nicht hören sollten. »Das kommt gerade Recht. Ich werde deine Hilfe brauchen.«

Walter Rebmanns Buch musste zerstört werden, das war die einzige Möglichkeit, ihn vielleicht noch zu retten. Aber wie? Zerschneiden, verbrennen, verätzen? Was war angebracht und wirksam genug? Vielleicht reichte es nicht, nur das eine Buch zu zerstören. Also ließen sie sich auch die anderen Bücher aus der Asservatenkammer bringen. Einen Brenner, Säure, eine Axt, Teppichmesser, einen Aktenvernichter – der Beamte, der zuvor Geralds Eilbestellung entgegengenommen hatte, musste am Verstand seines Kollegen zweifeln. Dennoch wurde alles innerhalb kurzer Zeit geliefert, sogar ein Asbestanzug, den die Feuerwehr zur Verfügung stellte. Der Fall der mysteriösen Tode war Gesprächsthema Nummer eins auf der Polizeidienststelle Euskirchen, und die beteiligten Ermittler hatten einen Sonderstatus.

Rudloff verkündete jetzt, dass Wolf Krüger den Schutzanzug anziehen und das Buch zerstören sollte. »Wir nehmen den Schweißbrenner. Das ist die sicherste Methode.«

Auf einem herbeigeholten Podest lag das Buch so aufgeschlagen, dass das verschlüsselte Gedicht zu sehen war. Es stellte den Kern des Vertrages dar. Wolf sollte sich ihm nähern, dabei aber so lange wie möglich den Gedanken an das, was er vorhatte, unterdrücken.

»Es gibt eine bestimmte Schwelle, ab der wir mit einer Abwehrreaktion rechnen müssen. Je später die Reaktion, desto besser unsere Chancen.«

Außerdem schärfte er Wolf ein, sein Vorhaben auszuführen, ganz egal, was er sehen oder empfinden würde.

»Es wird dich mit aller Macht, über die es verfügt, attackieren, um dich davon abzuhalten. Michaela und ich werden versuchen, es abzulenken, aber ich weiß nicht, wie viel wir dabei ausrichten können.«

Wolf atmete tief ein, bevor er den Schutzhelm überzog, und nickte. Rudloff hatte das Gefühl, in einen Spiegel zu sehen, als sich ihre Augen ein letztes Mal kreuzten.

Egal was passierte, Wolf Krüger würde die Sache durchziehen.

Michaela kämpfte mit einem aufsteigenden Würgereiz. Irgendetwas ging gerade vor sich. Da tauchte der Schatten auf und grinste sie aus den aufgeschlagenen Seiten des Buches höhnisch an.

Der Kampf hatte begonnen.

Sie sah Wolf Krüger, der in seinem unförmigen Anzug wie ein Astronaut aussah. Er hatte den Schweißbrenner fest in seiner Rechten gepackt. Rudloff war gerade dabei ihn anzuzünden.

Das Gesicht streckte ihr die Zunge heraus und verdreht wie irr die Augen.

Wolf hielt den Brenner von sich gestreckt und stakste langsam vorwärts.

Rudloff dreht sich zu ihr um, wandte dem Buch seinen Rücken zu.

Der Schatten drehte sich, reckte sich aus den Seiten des Buches heraus und wuchs zu einer dreidimensionalen Gestalt, einer großen schwarzen Schlange, die auf Rudloff zuschnellte.

Michaela riss den Mund auf, wollte auf ihn zu, ihn warnen, aber irgendetwas geschah mit der Zeit. Ihre Bewegungen froren ein, sie konnte sich nur noch ganz langsam bewegen. Der Schatten aber raste mit unverminderter Geschwindigkeit weiter, durchbohrte Rudloffs Rücken, trat zu seiner Brust wieder heraus und jagte mit geiferndem Grinsen auf Michaela zu. Lange, silbern glitzernde Reißzähne traten aus seinem Maul hervor.

»Du bist mein.«

Rudloff sah das entsetzte Aufblitzen in Michaelas Augen und ahnte, dass sie wieder etwas sah, das für alle anderen unsichtbar war. Fast gleichzeitig erfasste ihn eine eisige Kälte. Etwas drang in ihn hinein und ging durch ihn hindurch. Michaelas Blick war auf seine Brust geheftet. Er wusste jetzt, was sie sah. Der Dämon, den er hinter dem Ritual vermutete, setzte zum Angriff an. Zuerst würde er ihre Schwachpunkte suchen, um sie darüber ihres Willens zu berauben.

Ein Glück, dass Krüger gerade heute den Durchbruch geschafft hatte: Er hatte zum ersten Mal den Punkt erreicht, an dem er es mit Kräften wie dem Dämon aufnehmen konnte.

Um ihn brauchte er sich keine Sorgen zu machen. Aber Michaela war in Gefahr. Das, was sie sah, der schattenhafte Dämon, würde ihre tiefsten Ängste hervorholen und bis ins Unendliche steigern. Er musste versuchen, ihn daran zu hindern.

Rudloff schloss die Augen, denn das, was hier passierte, war mit dem menschlichen Sehorgan nicht zu erfassen, und konzentrierte sich. Die Kälte in seinem Inneren breitete sich sofort aus. Dieser Dämon verfügte über ungeheure Kräfte.

»Jürgen, du bist schon wieder ungehorsam gewesen. Du weißt, dass es mir genauso weh tut wie dir, aber Strafe muss sein.«

Verdammt, was war das?

Der Gürtel! Vater zieht den Gürtel aus. Was habe ich denn so Schlimmes getan?

»Es ist jetzt schon das zweite Mal, Sohn. Die erste Strafe war wohl zu sanft für dich, du hast sie offensichtlich vergessen. Daher werde ich dafür sorgen, dass du deine Lektion diesmal behältst.«

Ganz ruhig. Das ist nicht echt. Er stöbert nur in meinen Erinnerungen herum.

Schmerz durchfuhr seinen hageren Körper, jagte vom Rücken, auf dessen Haut sich dunkelrote Striemen bildeten, bis in die zu Fäusten geballten Hände. Er wollte ihn loswerden, ihn herausschreien, aber der Stolz und die Wut über die erniedrigende Strafe ließen ihn die Zähne fest zusammenpressen. Er würde ihm gegenüber keine Schwäche zeigen. Keine Schwäche, keine Zuneigung, überhaupt keine Emotionen mehr. Von diesem Moment an nahm er sich vor, der Welt, die ihn so misshandelte, seine wirklichen Gefühle vorzuenthalten.

Rudloff spürte die Schläge, die vor vielen Jahren die Haut seines Rückens hatten aufplatzen lassen, als würde er ein zweites Mal bestraft. Der damalige Anlass war eine Lappalie gewesen, etwas, das im Grunde völlig unwichtig war. Es war seinem Vater dabei nur darum gegangen, die Kontrolle über seinen Sohn zu behalten. Denn das war eines der Dinge gewesen, die Vater und Sohn gemeinsam hatten. Sie waren besessen davon, ihr Leben und alles, was dazu gehörte, zu kontrollieren.

Die Erinnerung war so intensiv, dass Rudloff alles um sich herum vergaß. Er merkte nicht, dass seine Knie einknickten.

Alina sah Rudloff entsetzt zu, wie er sich auf dem Boden krümmte und leise wimmerte. Der Mann im Schutzanzug sah ihn auch, stutzte jedoch nur kurz und ging unbeirrt weiter. Sie ahnte, dass er das tun musste, aber es kam ihr so unmenschlich vor.

Aber was war mit den anderen? Warum unternahm niemand etwas?

Sie sah sich um.

Die Kommissarin, Michaela Stark, stand neben ihr. Alina wandte sich an sie, stellte jedoch fest, dass auch sie unter einem fremden Einfluss stehen musste. Sie hatte die Augen weit aufgerissen und starrte ins Leere. Nein, von ihr war keine Hilfe zu erwarten.

Die anderen Polizisten schienen in eine Art Starre verfallen zu sein. Nur Wolf Krüger setzte seine Arbeit unbeirrt fort.

Ich soll doch helfen, dachte Alina. Aber wie?

Sie überlegte fieberhaft, was sie von ihrer Tante gelernt hatte. War da etwas dabei, das ihr jetzt weiterhelfen könnte?

Wenn du die Kraft erreichen willst, die in dir verborgen ist, musst du ruhig werden. Konzentriere dich auf deine Atmung und verbanne jeden Gedanken aus deinem Kopf. Lass dich in die Leere hineinfallen. Lerne zu vertrauen, und du bist niemals allein.

Alina schloss die Augen. Sie hatte schon oft versucht, so wie es ihre Tante im Tagebuch beschrieben hatte, zu meditieren. Leider bisher immer nur mit mäßigem Erfolg.

Umso erstaunter war sie, als sie nach den ersten Atemzügen tatsächlich ruhiger wurde. Dort wo Hedwigs Amulett ihren Körper berührte, entstand ein warmer Punkt, der wie eine Sonne seine Strahlen durch ihren ganzen Körper sandte. Plötzlich schien sich ein Tor zu öffnen, ein Tor, hinter dem eine ungeheure Kraft zum Vorschein kam.

Wolf Krüger sah Jürgen Rudloff am Boden liegen. Sein erster Impuls war, sofort zu ihm zu geben und ihm zu helfen, aber eine eisige Stimme befahl ihm, weiterzumachen. Das Buch musste zerstört werden!

Der Anzug war sperrig und behinderte sein Vorwärtskommen. Rudloff hatte jedoch darauf bestanden, dass er ihn anzog. Wolf dachte an Söhns, der von seinem eigenen Beil getroffen verblutet war, und stimmte dieser Vorsichtsmaßnahme zu.

Mit zusammengebissenen Zähnen ging er den nächsten Schritt auf das Buch zu. Nur noch wenige Augenblicke, dann würde er es in Brand setzen und das Spiel hätte ein Ende. Er hatte den Gedanken kaum ausgedacht, als es schlagartig dunkel wurde.

»Ich Idiot!«, zischte Krüger wütend. Rudloff hatte ihm eingeschärft, nicht daran zu denken, was er vorhatte. Auch wenn der Dämon nur Menschen direkt angreifen konnte, die eines seiner Bücher berührt hatten, wusste er offensichtlich Mittel und Wege, Wolf wirksam zu behindern. Er blieb einen Moment stehen, um sich zu sammeln, dann tastete er sich vorsichtig vorwärts. Sein Tastsinn war noch in Ordnung, zumindest konnte er den Boden spüren. Der Schweißbrenner lag schwer in seiner Hand. Wolf wusste, dass er schon mit kleiner Flamme brannte. Wenn er den Griff in der Hand betätigte, würde sie sich in eine fauchende, gefräßige Feuerschlange verwandeln.

Du wirst mir nicht entkommen, dachte er grimmig, als die Spitze seines Stiefels an den Fuß des Podestes stieß.

Da wurde die Luft von einem schrillen Kreischen erfüllt, dass er befürchtete, das Trommelfell würde ihm platzen. Zu spät bemerkte Krüger, dass er in einer instinktiven Bewegung die Hände auf die Ohren gelegt hatte. Dabei hatte er den Brenner losgelassen.

»Verdammtes Scheißvieh!«, schimpfte er laut. »Ich werde dich trotzdem kriegen!«

Vorsichtig ging er in die Knie und tastete mit seinen Händen die Umgebung ab. Jetzt war er heilfroh, einen Schutzanzug zu tragen.

Das Auto! Ein Wrack, grotesk zusammengedrückt. Michaela sträubte sich mit aller Macht, aber sie wurde unbarmherzig darauf zu geschoben.

»Da drin sind deine Eltern«, flüsterte ihr eine hämische Stimme zu. »Willst du sie nicht besuchen? Sie freuen sich doch so sehr darauf, endlich ihre liebe Tochter wiederzusehen.«

Näher und näher rückte das Unfallauto heran, wuchs dabei zu einem haushohen Ungetüm aus verbogenem Blech, stinkendem Gummi und zersplittertem Glas.Ein schmales rotes Rinnsal floss unterhalb der Beifahrertür heraus.

»Du musst dich schon beeilen, ich glaube, es geht ihnen nicht gut. Aber wem sage ich das? Du weißt doch selber am besten, was mit ihnen los ist.«

Die Beifahrertür bewegte sich. Dahinter saß ihre Mutter. Sie war tot. Michaela wusste von den Zeitungsberichten, die sie Jahre später bei ihrer Großmutter in einer Kiste gefunden hatte, dass ihre Eltern sofort gestorben waren. Es war auch ein Foto dabei gewesen. Ihre Mutter war darauf zu erkennen gewesen. Das Haar wirr durcheinander, die Stirn voller Blut, die Augen schrecklich leer. Sie wollte nicht, dass sich die Tür öffnete, sie wollte das nicht ein zweites Mal sehen. Das Wrack wuchs mit einem ekelhaften Knirschen auf Wolkenkratzergröße. Wie ein Berg ragte es vor ihr auf. Das Rinnsal, Mutters Blut, war zu einem reißenden Strom angeschwollen.

»Sie vermissen dich so sehr. Hör nur, sie rufen nach dir.«

»Nein! Sie sind tot. Geh weg! Lass mich in Ruhe!«

Lautes Lachen war die Antwort des Dämons. »Aber sicher, mein Goldstück. Du brauchst nur aufzustehen und zu gehen. Lass mich mein Ritual beenden, und ich werde sofort von dir ablassen.«

Das Angebot war so verlockend, die Angst vor dem, was sie im Wrack erwartete, so groß. Michaela überlegte, dass niemand es ihr übel nehmen könnte, wenn sie aufgab.

Die Schläge prasselten unablässig und mit steigender Härte auf seinen Körper herab. Längst schon hatten sie das Ausmaß der Prügel überschritten, die ihm sein Vater in der Vergangenheit tatsächlich verpasst hatte.

Rudloff wand sich hin und her. Wenn das nicht bald aufhörte, würde er sterben. Er hatte die Macht des Dämons sträflich unterschätzt. Mit Halluzinationen hatte er gerechnet, mit Ängsten und starken negativen Gefühlen, nicht aber mit körperlichen Schmerzen.

»Du bist mein Sohn. Erweise mir die Achtung, die ich verdiene!«

»Nein, Vater. Du hast mich geschlagen und erniedrigt. Dafür hasse ich dich.«

Die Schläge wurden noch härter. Rudloff spürte sein Blut, wie es den Rücken herunterrann. So schlimm hatte ihn sein Vater niemals geschlagen.

»Aber er hat dich erniedrigt«, flüsterte ihm der Dämon zu. »Er hat dich brechen, zu einem willenlosen Werkzeug machen wollen. Dafür darfst du ihn verfluchen. Schau hin, schau dir sein hochmütiges Gesicht an. Er ist hartherzig und ungerecht. Verfluche ihn, verjage ihn für immer aus deinem Herzen, und du wirst endlich frei sein.«

Es war völlig unmöglich. Rudloff sah seinen Vater vor sich stehen und spürte gleichzeitig das Leder seines Gürtels, das seinen Rücken peinigte. Beides hatte der Dämon aus seinen Erinnerungen genommen und ins Unerträgliche gesteigert. So wie der Schmerz auf seinem Rücken, so unerträglich war die herablassende Ablehnung auf dem Gesicht seines Vaters.

»Dein ganzes Leben hat er dir verdorben. Sieh doch nur, was er aus dir gemacht hat. Einen einsamen, armseligen Menschen, nicht fähig zu echten Gefühlen. Wirf ihn hinaus, verbanne ihn aus deinem Bewusstsein, erst dann kannst du zu einem wahren Menschen heranwachsen.«

Es klang logisch, was der Dämon ihm einflüsterte. Er hatte Recht, das sah Rudloff jetzt ganz deutlich. Sein Vater hatte ihm Hass, Ablehnung und Misstrauen eingeimpft, und er steckte immer noch in ihm. Spritzte weiter Gift in seine Gedanken und hinderte ihn so, am wirklichen Leben teilnehmen zu können. Ihn hinauszuwerfen, alles zu ändern, erschien ihm plötzlich ganz einfach. Rudloff brauchte dazu nur eine kleine Geste, er musste ihn verfluchen.

Schon setzte er dazu an, diesen Teil seiner Persönlichkeit zu zerstören.

Alina fiel.

Tosende Stille erfüllte ihre Ohren, und eine Schwärze war um sie herum, dass sie geblendet ihre Augen schließen musste. Paradoxien fügten sich zu Wirklichkeiten, Kausalitäten entlarvten sich als Trug und lösten sich auf. Die Welt war im Fluss, alles veränderte sich, ständiger Wandel war die einzige Konstante.

Zu Anfang hatte sie noch Angst vor dem unvermeidlichen Aufprall, der jedem Fall folgen musste. Dann jedoch erkannte sie, dass auch dieses Gesetz nur ein menschliches Vorurteil war. Jetzt wusste sie, dass sie nicht fiel, sondern schwebte. Sie war allein und doch mit allem verbunden. Es fühlte sich so gut an. Endlich war sie an einem Ort, an dem sie sich vollkommen richtig fühlte, keine Zweifel, keine Ängste, kein Leiden. Wie einfach erschien es ihr, sich in diesem Schwebezustand für immer aufzulösen. Sie könnte alles vergessen und hinter sich lassen. Sich auflösen im göttlichen Nirwana.

Da erreichten sie die Hilferufe. Tiefe Verzweiflung lag in den Stimmen, die plötzlich zu ihr sprachen, und sie wusste, dass sie ihre Welt noch nicht verlassen durfte.

Zwei Menschen, zwei Seelen, die sich im Griff des Dämons wanden. Alina konnte sie als helle Lichter in den Schattenhänden des Dämons ausmachen. Das bösartige Wesen wühlte in ihren vernarbten Wunden und riss sie unbarmherzig auf. Sie brauchten Hilfe, sonst würde er ihnen schrecklichen Schaden zufügen.

Aber wie? Den Dämon direkt anzugreifen war ihr nicht möglich, dazu reichten ihre Kräfte nicht aus.

Alina fühlte sich plötzlich hilflos. Alleine konnte sie nichts ausrichten.

»Du bist nie allein.«

»Hedwig?«

»Deine Tante ist tot, leider. Aber du hast Freunde.«

Gabriel! Seine Stimme war tonlos, aber sie erkannte ihn an der Art, wie er sprach. »Bist du wirklich ein Freund?«

»Ich kann verstehen, dass du zweifelst, aber glaube mir, bei allem, was ich tue, habe ich immer nur dein Wohl im Sinn.«

»Diesen Satz habe ich viel zu oft von meinen Eltern gehört. Lass dir etwas Besseres einfallen.«

»Ich werde dir meine Freundschaft beweisen, indem ich dir verrate, wie du den beiden helfen kannst.«

Zu Anfang skeptisch, dann jedoch begeistert, hörte Alina Gabriels Stimme zu. Es war ganz einfach, aber auch riskant, denn sie musste sich dem Dämon offenbaren. Noch war der Dämon zu sehr mit seinen Opfern beschäftigt und beachtete sie nicht. Das würde sich jedoch bald ändern.

Alina steckte ihre Hand zwischen die dunklen Finger des Dämons, griff in das flackernde Licht dahinter und zog einen leuchtenden Faden hervor. Mit diesem schwebte sie zu seiner anderen Hand und verband ihn mit der Seele, die sich dort befand. Sofort begann der Faden zu pulsieren und schwoll zu einem hell strahlenden Band an. Gabriel hatte Recht, sie liebten einander.

Wolf Krüger tastete immer hektischer den Boden ab. Die Zeit lief ihm davon. Er hörte Rudloff immer erbärmlicher wimmern, aber auch Michaela schien es erwischt zu haben, sie stöhnte gequält auf.

Wo war der Brenner? Dieses verdammte Teil schien sich in Luft aufgelöst zu haben. Erst als sein Knie plötzlich heiß wurden, wusste Wolf, wo er suchen musste. Mit dem Brenner in der Hand stand er wieder auf, fest entschlossen, sich durch nichts mehr ablenken zu lassen.

Da erhob sich ein brüllender Sturm, der ihn erfasste und einige Meter zurückschleuderte. Krüger fing sich wieder, aber jetzt hatte er die Orientierung verloren. Er konnte immer noch nichts sehen. Welche Richtung sollte er einschlagen?

»Gegen den Sturm«, flüsterte ihm eine Stimme zu.

Ja! Das ist die Lösung, dachte er, unterdrückte den Gedanken jedoch wieder, um sich nicht zu verraten, und kämpfte sich voran.

Rudloff stand mit erhobener Hand da, bereit, einen vernichtenden Fluch gegen seinen Vater zu schleudern, als eine Hand in seinen Arm griff.

»Tu das nicht. Sieh erst genau hin, bevor du ihn für immer verdammst.«

Michaela stand plötzlich neben ihm. Sie hatte das spöttische Lächeln aufgesetzt, das ihn immer verwirrte. Machte sie sich über ihn lustig? Die verblassende Stimme des Dämons versuchte, ihm genau das einzureden, aber er sah die Wärme in ihren Augen und wusste, dass er log. Sein Vater, oder besser das Bild, das der Dämon ihm vorgegaukelt hatte, veränderte sich. Ein alter, müde gewordener Mann mit traurigem Gesicht schaute ihn unsicher an. Rudloff stellte erleichtert fest, dass die Schläge aufgehört hatten. Der Dämon hatte die Macht über ihn verloren. Er wollte sich von dem Bild seines Vaters abwenden, um einen Weg in die Realität zu finden.

Michaela hinderte ihn jedoch daran. »Du kannst noch nicht gehen, du hast hier noch etwas zu erledigen.«

Rudloff schaute von ihr zu seinem Vater und wieder zurück.

Sie lächelte ihm aufmunternd zu. »Söhne dich mit ihm aus.«

Rudloff schüttelte abwehrend den Kopf.

»Weißt du denn nicht, was er mir angetan hat?«

»Jürgen, sieh ihn doch an. Er hat Fehler gemacht, das ist menschlich, das tun wir alle. Ihm nicht zu verzeihen, das wäre unmenschlich.«

Jürgen! Sie hatte ihn bei seinem Vornamen genannt. Er hätte ihr schon lange das Du angeboten, aber er hatte Angst davor. Es klang viel zu vertraut, viel zu gefährlich. Ihre Stimme, so fürchtete er, hatte die Macht die fest verschlossenen Schleusen in seinem Inneren zu öffnen und all das freizusetzen, was sich dahinter angestaut hatte.

»Du darfst deine Gefühle nicht ewig unterdrücken.«

Das war die Stimme seines Vaters. Es war doch seine Schuld, er hatte das doch zu verantworten. Plötzlich durchströmte ihn eine heftige Wut. Mit welchem Recht kritisierte er immer noch an ihm herum?

Rudloff wandte sich dem Bild seines Vaters zu und schrie ihm seine Wut, seine Enttäuschung und seinen Schmerz ins Gesicht. Der kleine, alte Mann blieb ruhig stehen, schaute ihn aus traurigen Augen an und meldete sich erst zu Wort, als Rudloff erschöpft schwieg.

»Du hast in allem Recht, mein Sohn, aber jetzt möchte ich, dass du mir verzeihst, damit ich endlich gehen kann.«

Rudloff schaute ihn an und erkannte, dass es stimmte, was Michaela gesagt hatte, auch sein Vater war nur ein Mensch.

»Ja, Vater, geh heim. Eigentlich habe ich dir bereits vor langer Zeit verziehen, ich habe es nur noch nicht gewusst.«

Die riesige Autotür öffnete sich immer weiter. Dabei gab sie ein hässliches metallisches Quietschen von sich. Gebannt starrte Michaela nach oben. Sie zitterte am ganzen Körper. Angst vor dem, was da gleich zu sehen war, schnürte ihr die Kehle zu. Sie wollte wegrennen, aber der Dämon hielt sie in seinem Griff gefangen.

»Du musst das nicht ertragen. Gib auf«, flüsterte er ihr leise zu.

»Ja«, antwortet Michaela. »Ich gebe auf.«

»Nein! Michaela lass dich nicht von ihm täuschen. Du bist stark genug das auszuhalten.«

Jürgen Rudloff stand plötzlich neben ihr. In seinen Augen lag die Sicherheit, die sie bei sich vermisste.

»Du hast gut reden, du weißt nicht, wie das ist.«

»Weißt du es denn? Hast du deine Angst ausgehalten? Bist du ihr jemals auf den Grund gegangen?«

Wut kochte in ihr auf. Wie konnte er es wagen, so zu ihr zu reden. Der Angst auf den Grund gehen, so ein Blödsinn.

»Wie Recht du hast«, wisperte ihr der Dämon zu. Seine Stimme wurde schwächer, und er sprach schneller, um seine Botschaft noch anbringen zu können. »Der Angst darf man nicht begegnen. Weiche ihr aus, sonst wird sie dich vernichten.«

Rudloff trat einen Schritt auf Michaela zu und legte seinen Arm um ihre Schultern. »Du brauchst sie nicht alleine auszuhalten. Ich bleibe bei dir.«

Michaela wusste nicht, ob sie seinen Annäherungsversuch abwehren oder sich in seine Arme schmiegen sollte. Aus dem Augenwinkel sah sie eine Bewegung. Das Wrack schrumpfte zusammen, bis es seine Originalgröße erreicht hatte.

Dann jedoch schien es sie regelrecht aufzufordern. »Komm her und sieh nach. Erkenne, wovor du wirklich Angst hast.«

Michaela holte zitternd Luft. Sollte sie es wirklich wagen? Sie schaute noch einmal zu Rudloff und erkannte etwas in seinen Augen, das ihr mehr als alles andere Mut machte.

Schade nur, dass es nicht real ist, dachte sie und gab sich einen Ruck. Sie überwand den letzten Widerstand und griff beherzt nach dem Griff der Beifahrertür. Trotz seiner Deformierungen ließ sie sich spielend leicht öffnen.

Michaela sah hinein und erkannte, dass der Wagen leer war. Ihre Eltern waren nicht da. Das Rinnsal, das herausfloss, war auch kein Blut, sondern rostiges Wasser.

Und davor hatte sie sich gefürchtet?

Alina bemerkte die wachsende Wut des Dämons. Seine Opfer hatten sich mit eigener Kraft aus seinem Griff befreit, unmittelbar nachdem sie die Verbindung zwischen ihnen hergestellt hatte. Soweit hatte Gabriels Plan funktioniert, aber was sollte sie tun, wenn er jetzt sie angriff?

Viel Zeit darüber nachzudenken blieb ihr nicht, denn der Schatten löste sich endgültig von den beiden Seelen und jagte auf sie zu.

»Gabriel, bitte, unternimm etwas.«

Kälte durchfuhr sie, als der Dämon sie berührte. Es war, als würde alle Wärme aus ihr herausgesaugt werden. Wo war Gabriel? Er wollte ihr doch beistehen.

»Er hat dich im Stich gelassen, meine Kleine.«

Der Dämon! Er hatte sie vollständig umschlungen und zehrte nun wie ein Schmarotzer an ihren Kräften.

»Ich habe leider noch nicht die Gelegenheit gehabt, dich besser kennen zu lernen, sonst ließe ich mir etwas Vergnüglicheres einfallen, um dir deinen Tod zu versüßen.«

Meinen Tod? Nein! Alina schlug nach allen Seiten aus, aber ihre Hände drangen wirkungslos durch den Schatten des Dämons.

Es wurde immer kälter, bleierne Schwere senkte sich auf sie herab und drohte sie in den Abgrund zu ziehen. Alina wollte kämpfen, sich wehren, aber wie sollte sie etwas bezwingen, das sich nicht greifen ließ?

»Suche die Stille!«

War das Gabriels Stimme? Oder Hedwigs?

Sie wusste es nicht zu sagen, es war im Moment auch nicht wichtig. Sie meinte die Botschaft verstanden zu haben und konzentrierte ihre Aufmerksamkeit auf einen Punkt, so wie sie es vorhin schon einmal getan hatte.

Der Dämon erkannte zu spät, dass er in eine Falle getappt war.

Sein neues Opfer, das er eingefangen hatte, begann plötzlich zu leuchten und eine Hitze auszusenden, die er nicht mehr absorbieren konnte. Mit einem jähen Aufschrei ließ er los und versuchte zu fliehen.

Da tauchte plötzlich ein rotglühendes Loch über ihm auf und verschluckte ihn. Dies war der Anfang seines Abstiegs in die Hölle.

Die Dunkelheit war mit einem Schlag verschwunden. Wolf Krüger konnte das Buch deutlich vor sich sehen, genauso wie die dunklen Flecken auf dem Anzug. Er war bei seiner Blindsuche mehrmals, ohne es zu merken, über den Brenner gekrochen. Ohne Schutzanzug würde er jetzt ziemlich übel aussehen. Darüber verschwendete er jedoch keinen Gedanken, er hatte einen Auftrag zu erledigen.

Der Brenner fauchte laut und spuckte seine blaue Flamme über das uralte Papier. Krüger spannte in Erwartung eines weiteren Angriffs seinen Körper an. Aber entgegen seinen Befürchtungen passierte nichts. Das Buch war knochentrocken und ging sofort in Flammen auf. Sekunden später war davon nur noch ein Häuflein schwarzer Asche übrig.

Jürgen Rudloff und Michaela Stark wachten gleichzeitig auf und sahen sich mit schwer zu deutenden Mienen an. Wolf dachte jedoch nicht weiter darüber nach. Er war jetzt wieder der, der er vorher gewesen war, ein völlig normaler Mensch – ein fast völlig normaler Mensch.

Alina, das Mädchen, das so unvermittelt aufgetaucht war, kam ebenfalls zu sich. Sie wirkte etwas verwirrt, schien aber sonst in Ordnung zu sein.

Silvia schaute nach Michaela, während Thomas und Gerald auf Wolf zustürmten. »Alles in Ordnung? Geht es dir gut?«

»Ja, ja, schon gut«, wehrte Krüger sie ab. »Mir fehlt nichts, kümmert euch lieber um die anderen.«

»Uns könnte es nicht besser gehen«, meldete sich Rudloff zu Wort. Seine verkrampfte Haltung und die Hand, die er auf den Rücken hielt, straften seine Worte Lügen, aber bald darauf wirkte er wieder völlig entspannt.

Bis ihm ein wichtiger Gedanke kam.

»Rebmann! Wir müssen nachfragen, wie es ihm geht.«

Wie sie schnell erfuhren, hatte Rebmann nicht nur überlebt, er war sogar aus seinem seltsamen Dämmerzustand erwacht. Die Schwester, die mit Rudloff am Telefon sprach, war noch ganz überrascht von Rebmanns plötzlicher Genesung.

»Ich kann natürlich noch nichts mit Bestimmtheit sagen, aber wenn er so bleibt, können wir ihn sicher bald entlassen.«

»Ich trau mich kaum es auszusprechen«, sagte Krüger, »aber ich glaube, wir haben es tatsächlich geschafft.«

»Das war's«, schloss Thomas Schmidt den Fall für sich verbal ab und ballte die rechte Hand zu einer Faust. »Die Guten haben gewonnen.«

Alina machte ein skeptisches Gesicht, sie hatte in ihrer Trance etwas gesehen, das ihr ganz und gar nicht gefiel. Aber sie sagte nichts weiter.

Michaela gehörte das letzte Wort. »Wenn wir etwas aus der Sache gelernt haben, dann dass wir einander brauchen.«

Rudloff, den sie dabei kurz ansah, stimmte ihr insgeheim zu. Er hatte noch einiges zu verarbeiten und im Moment genug mit sich selbst zu tun.

Michaela ging es genauso. Was ist da mit mir passiert?, fragte sie sich. Es musste mehr als eine bloße Halluzination gewesen sein. Sie fühlte sich wie betäubt, aber auch ungewohnt frei, so als würde ihr Leben von jetzt an ganz neu beginnen.

Nach kurzer Besprechung entschieden sie sich, auch die restlichen Bücher zu verbrennen. Sie wollten absolut sicher gehen, dass das Ritual nicht von vorne beginnen konnte.

Rudloff blieb so lange, bis nur noch er und Michaela übrig waren. Wolf hatte sich bereit erklärt, Alina nach Hause zu fahren, Gerald wollte die Asche auf mögliche Aktivitäten untersuchen, und Thomas hatte die undankbare Aufgabe erhalten, den Abschlussbericht zu schreiben. Michaela hatte ihm eingeschärft, dass er keinerlei Hinweise auf wie auch immer geartete übernatürliche Phänomene enthalten durfte. Ansonsten seien seiner Fantasie keine Grenzen gesetzt. Er hatte etwas von einem Roman gemurmelt, den er schreiben wollte, und war dann abgezogen.

Jetzt, in der Stille, wusste Rudloff plötzlich nicht, was er sagen sollte. Er sah Michaela an und räusperte sich. »Ich, äh ... ich weiß nicht, ob Sie etwas Ähnliches erlebt haben, aber vorhin, da haben Sie mir sehr geholfen. Vielen Dank.«

Michaela war überrascht, obwohl sie so etwas geahnt hatte. »Ich vermute, wir haben uns gegenseitig geholfen. Seien Sie mir nicht böse, aber ich kann jetzt noch nicht darüber reden. Es war einfach zu viel auf einmal.«

Rudloff nickte. Er konnte sie gut verstehen und eigentlich war es ihm recht, dennoch fühlte er sich enttäuscht. »Später vielleicht«, sagte er leise und verabschiedete sich.

»Ja, vielleicht«, antwortete Michaela.

Eine Überraschung für Rudloff

Das Telefon klingelte viermal, dann schaltete sich der Anrufbeantworter ein. »Dies ist der Anschluss 91378. Wenn Sie sich nicht verwählt haben und mich tatsächlich sprechen wollen, können Sie nach dem Pfeifton Ihren Namen und Ihre Rufnummer hinterlassen, ich werde mich umgehend bei Ihnen melden.«

Es pfiff kurz, dann entstand eine Pause.

Rudloff, der mit seiner morgendlichen Meditation beschäftigt war, horchte mit einem Teil seines Bewusstseins auf die Stimme. Er erwartete nicht, wirklich eine Nachricht auf sein Gerät zu erhalten. Diejenigen, die wichtig waren, riefen ihn nur über sein Handy an, weil sie wussten, dass er nur selten zu Hause zu erreichen war. Die anderen kannten seine Rufnummer nicht, schließlich wollte er nicht durch unnötige Anrufe gestört werden.

»Einen wunderschönen guten Morgen, Herr Rudloff, es tut mir Leid, wenn ich Sie gerade bei Ihrer morgendlichen Tiefenversenkung störe. Wie mir aus gut unterrichteten Kreisen mitgeteilt wurden, pflegen Sie nie einen Anruf direkt entgegenzunehmen. Ich gehe aber davon aus, dass Sie meine Nachricht dennoch aufmerksam mitverfolgen.«

Eine weibliche Stimme, mit spöttischem Unterton, aber auch mit einem Hauch von etwas, das Rudloffs Gefühlsleben aus der Ruhe der Versenkung riss.

Michaela Stark. Was wollte sie von ihm? Woher hatte sie seine Rufnummer? Er stand in keinem Telefonbuch und war auch nicht über die Auskunft zu erreichen. Dann dachte er, dass sie immerhin Polizistin war und außerdem eine ausgezeichnete Ermittlerin.

»Sehen Sie, Herr Rudloff ...«

Wieder dieser Unterton. Besonders wie sie das Herr Rudloff aussprach. Spöttisch, aber auch irgendwie anzüglich. Rudloff konnte es regelrecht knistern hören.

»Sie haben mir vor einiger Zeit einen wirklich schönen Tag bereitet, und ich habe mich meinerseits noch gar nicht dafür bedankt. Das möchte ich heute nachholen. Diesmal werde ich Sie zu Hause abholen. Ich hoffe doch sehr, Sie haben noch nicht gefrühstückt.«

Unbewusst schüttelte Rudloff den Kopf, bis ihm auffiel, dass sie diese Geste gar nicht sehen konnte.

»Revanchieren möchte ich mich auch für Ihre, nun ja, sagen wir mal, unkonventionelle Art, eine Dame aus dem Bett zu werfen. Ich hoffe, es macht Ihnen nicht allzu viel aus.«

Verdammt, was hatte sie mit ihrer Stimme gemacht. Rudloff stellte erschrocken fest, dass sein Herz wie ein Dampfhammer arbeitete und das bisschen Selbstbeherrschung, das er noch aufrechterhalten konnte, geradezu wegprügelte.

»Sie gaben mir eine halbe Stunde, mich fertig zu machen, nun ja, bei den Herren der Schöpfung mag das sicherlich völlig ausreichen. Ich möchte fair sein, ich gebe Ihnen ... zehn Sekunden. Dann bin ich bei Ihnen.«

»Scheiße!«, entfuhr es Rudloff. Er war fast nackt und seine Wohnung alles andere als aufgeräumt.

»Neun.«

Rudloff rannte zum Kleiderschrank und riss wahllos Unterwäsche, Hose, T-Shirt und Pullover heraus.

»Acht.«

Dieses verdammte Luder. Ich sollte ihr einfach nackt die Türe öffnen. Mal sehen, was sie dann sagen würde.

»Sieben.«

Verdammt, wieso mussten Socken immer so sperrig sein, wenn sie frisch aus dem Trockner kommen.

»Sechs.«

Welcher Idiot ist auf die Idee gekommen, Markenjeans wieder mit Knöpfen zu versehen.

»Fünf.«

T-Shirt über, das geht wenigstens einfach und schnell.

»Vier.«

Scheiße! Ich hätte die Hose nicht vorher zuknöpfen dürfen.

»Drei.«

Pullover an, fertig.

»Zwei.«

Aufräumen? Zu spät, das Schlafzimmer wird eben abgeschlossen.

»Eins«.

Es klingelte an der Tür. Rudloff holte tief Luft, zupfte sich die Ärmel glatt, strich sich über die Haare. Fertig. Die Zähne hatte er zum Glück bereits geputzt.

Er überprüfte sein Gesicht kurz im Dielenspiegel. Ein bisschen rot, aber das musste ja nichts heißen.

Guten Morgen, Frau Stark, ich freue mich sehr, Sie zu sehen.

Etwas in der Art wollte Rudloff sagen. Stattdessen starrte er mit offenem Mund die Erscheinung an, die mit süffisantem Augenzwinkern lässig ihr Handy zuklappte und in ihrer Handtasche verstaute.

War das wirklich Hauptkommissarin Michaela Stark? Die stets korrekt gekleidete, auf Neutralität bedachte Polizeibeamtin?

Michaela trug ein warmes, aber tief ausgeschnittenes, dunkelblaues Kleid, das ihm einen geradezu unanständig wohlgeformten Busen offenbarte. Darüber eine passende

Strickjacke und einen flauschigen Schal. Ein langer Mantel, geöffnet, um ihre Kleidung zur Geltung kommen zu lassen, schützte sie vor der beißenden Kälte des frostigen Winters.

Diese blonden Locken, die strahlend blauen Augen, der makellose Teint. Ein Engel? Nein. Die rot geschminkten vollen Lippen ihres leicht geöffneten Mundes verhießen für einen Boten des Herrn eindeutig zu viel Sündhaftigkeit.

Jetzt lächelte sie und zauberte mehrere Grübchen im Mundwinkel und eins in ihrer linken Wange hervor.

»Ich ... äh ...«, stammelte Rudloff. Er fühlte sich, als hätte man ihm eins mit dem Vorschlaghammer übergezogen.

Michaela lachte. »Danke für das Kompliment. Ich denke, was den Schock am Morgen anbelangt, sind wir jetzt quitt. Darf ich reinkommen oder wollen Sie mich lieber hier draußen warten lassen, bis Sie sich fertig gemacht haben.«

»Fertig? Wofür?« Rudloff stand reglos im Türrahmen. Die Stark war aufgemacht, als wollte sie in die Oper gehen.

»Haben Sie es schon vergessen? Wir machen einen kleinen Ausflug und diesmal bestimme ich, wo es hingeht.«

Seine Gelassenheit erlangte Rudloff an diesem Tag nicht so recht wieder. Dafür fand er jedoch etwas anderes – etwas, das er in Zukunft nicht mehr missen wollte.

Epilog

Fasziniert schaute Horatio in den Spiegel. Er konnte immer noch nicht verstehen, warum, aber es hatte offensichtlich funktioniert. Das Ritual war trotz des fehlenden dreizehnten Todes vollendet worden, sonst wäre er nicht in das Leben zurückgekehrt.

Mit den Händen tastete er sein Gesicht ab, vorsichtig, denn er hatte immer noch Angst, dass sich alles als ein Trugbild herausstellen würde. Aber dem war nicht so. Er spürte sowohl den Druck seiner Finger im Gesicht als auch die Beschaffenheit der Haut, die er mit seinen Fingerspitzen berührte. Sie war glatt, weich und warm und eindeutig real.

Dennoch traute er sich nicht, in Jubel auszubrechen. Es gab zu viele Widersprüche.

Es war ein junges Gesicht, das ihn aus dem Spiegel ansah. Keiner der dreizehn, die den Vertrag besiegelt und sich dem Ritual unterworfen hatten. Unerklärlich, ein Wunder.

Horatio verrichtete seine Notdurft, wusch sich und ging zur Küche.

Nahrungsaufnahme, Frühstück, richtiges Essen!

Es schmeckte. Die Wurst war für seinen Geschmack zwar etwas fade, was an der seltsamen Verpackung liegen mochte. Dafür war dieses braune Zeug aus dem Glas unvergleichlich gut.

Schokolade. In seiner Zeit hatten sich nicht einmal Fürsten und Könige einen solchen Genuss erlauben können. Die Kakaobohnen, die für seine Herstellung nötig waren, mussten aus dem fernen Amerika nach Europa importiert werden.

Als Horatio genug gegessen hatte, lehnte er sich genüsslich zurück und ließ einen kräftigen Rülpser hören. Wie hatte er das vermisst!

Jetzt sah er sich genauer um. Der junge Mann, dessen Körper er übernommen hatte, schien allein zu leben. Es gab zwar mehr Gebrauchsgegenstände in dieser Wohnung als zu seiner Zeit Familien mit zehn und zwölf Kindern zur Verfügung standen, aber dennoch konnte er erkennen, dass die Einrichtung auf einen einzigen Menschen zugeschnitten war. Was Horatio vermisste, waren Dinge, die auf die Persönlichkeit des Bewohners hinwiesen. Ein Bild vielleicht, ein Schmuckstück, irgendetwas, dem man ansah, dass es dem jungen Mann etwas wert gewesen war, an dem vielleicht sogar sein Herz gehangen hatte.

Er stand auf, reckte sich und machte einen Rundgang. Vor einem schwarzen, metallischen Kasten blieb er stehen. Er hatte mehrere Schalter und einen Regler. Horatio probierte aufs Geradewohl ein paar aus und erschrak, als plötzlich ein lautes Geräusch entstand.

Sein Gesichtsausdruck entspannte sich jedoch, als er feststellte, dass es Musik war. Sie kam aus zwei hölzernen Schachteln an den Seiten, die über eine dünne Schnur mit dem Kasten verbunden waren.

Obwohl er viel über die Menschen, mit denen er in Kontakt geraten war, erfahren hatte, war ihm nicht bekannt geworden, zu welchen Leistungen ihre Technik mittlerweile im Stande war. Erstaunlich, ganz erstaunlich.

Das galt auch für die Musik. Ein Stück, gespielt von einem Streichorchester. Einem großen Orchester, er konnte sehr viele Instrumente heraushören. Die Musik war von einer ganz außerordentlichen Qualität, ungemein komplex, dabei von einer Leichtigkeit, die sich selbst zu verspotten schien.

Horatio entdeckte einen eigenartig geformten Stuhl. Obwohl er keine Federung besaß, schwang er nach, als er sich hineinsetzte. Die Oberfläche des Holzrahmens war absolut glatt. Ein Meisterstück.

Wie fast alles, was er sah. Perfekt bis ins Detail. Was er nur vermisste, war die Zierde. Für seinen Geschmack waren die Dinge viel zu einfach und kantig. Trotz der erstaunlichen Ausstattung wirkte die Wohnung fast schon spartanisch.

Nun, das würde er ändern. Aber vorher musste er sich einleben, die Gesetze dieser Gesellschaft kennen lernen. Da war es von Vorteil, dass er im Körper eines jungen Menschen steckte. Neben all den anderen Vorteilen, die dieser Umstand bot, verzieh man der Jugend leichter törichtes Verhalten.

Die Musik klang sanft in seinen Ohren. Der Sessel war trotz seiner eigenwilligen Form sehr bequem, und Horatio merkte, dass er müde wurde.

Ein Verdauungsschläfchen wäre jetzt eine gute Idee, dachte er und schloss die Augen.

»Nun, Horatio, wie hat es dir gefallen in meiner bescheidenen Bude?«

»Wer ist da?«

»Ich bin der Geist, der stets verneint und das mit Recht, denn alles was entsteht, ist Wert, dass es zugrunde geht.«

»Was soll das heißen?«

»Ach, Horatio, du hättest besser aufpassen sollen, in all den Jahrhunderten, die du in der Ebene zwischen Leben und Tod verbracht hast. Du hast Goethe verpasst, genauso wie Mozart, dessen Musik du eben gehört hast. Vielleicht hättest du dann gelernt, dass es gefährlich sein kann, mit Mächten zu spielen, die den eigenen Horizont übersteigen.«

»Wer bist du? Gebe dich zu erkennen oder verschwinde für immer.«

Laut schallendes Lachen füllte Horatios Kopf bis in den letzten Winkel aus. »Horatio, du Meister der dunklen Künste, meine Knie schlottern bereits vor Angst. Willst du wirklich wissen, wer ich bin?«

Horatio überlegte fieberhaft. War das der junge Mann, in dessen Körper er steckte? Möglich wäre es, aber wie konnte ein solch junger Mensch über diese Macht verfügen? Seine Stimme allein brachte ihn zum Beben. Wenn er wirklich herausfinden wollte, mit wem er es zu tun hatte, musste er sich daran erinnern, was zuletzt passiert war.

Der Kampf um das dreizehnte Buch. Die Ordnungshüter hatten es zerstören wollen, und er hatte versucht, das zu verhindern.

Alles war gut gelaufen. Er hatte diese Menschen schon vorher genau studiert und ihre Schwachstellen gekannt. Sie waren ihm hilflos ausgeliefert gewesen, bis eine neue Kraft eingegriffen hatte. War es derjenige, mit dem er es auch jetzt zu tun hatte?

Horatio spürte noch intensiver seinen Erinnerungen nach. Nein, entschied er schließlich, es war eine weibliche Kraft gewesen. Sie war zwar stark, hatte jedoch nicht über diese Macht verfügt.

Er hatte erkannt, dass sie ihm unterlegen sein musste, und sie angegriffen. Dann war etwas geschehen, an das er sich nicht erinnern konnte. Das musste der Moment gewesen sein, in dem sein jetziger Gegenspieler aufgetaucht war. Aber was war da passiert?

»Das ist eine gute Frage, Horatio«, dröhnte die Stimme in seinem Kopf. »Was war wirklich passiert? Ich werde es dir zeigen, aber du musst auch genau hinschauen, denn du wirst es nur ein einziges Mal zu sehen bekommen.«

Ein rotglühendes Loch tauchte plötzlich vor ihm auf. Horatio erschrak und versuchte, sich an irgendetwas festzuhalten, aber er konnte seinen Körper nicht mehr spüren. Es gelang ihm auch nicht mehr, seine Augen zu öffnen.

»Was geschieht mit mir?«, schrie er voller Angst. Das Loch wuchs zu einem riesigen, feurigen Schlund, der sich gierig auf ihn zu bewegte. Schon schlug ihm glühende Hitze entgegen.

Dreizehn nimmer endend Pein
die Seele zieht zur Hölle ein

»Erinnerst du dich, Horatio? Deine eigenen Verse. Nun richten sie sich gegen dich. Du wirst das letzte Opfer deines eigenen Rituals werden, und ich werde davon profitieren.«

»Nein!«, schrie Horation entsetzt auf. »Nein! Das darfst du nicht! Es ist mein Ritual!«

Die Stimme lachte ihn jedoch nur aus. Der Höllenschlund beschleunigte sein Wachstum, bis er den ganzen Horizont ausfüllte. Die Hitze, die er ausspie, war unerträglich.

»Machs gut, alter Knochen«, sagte die Stimme spöttisch, »und grüß mir den Chef. Er ist ein alter Freund von mir.«

Eine Feuerzunge raste auf Horatio zu, umfasste ihn und zog den in seiner Qual aufschreienden Dämon in die Tiefe.

* * *

Gabriel Müller öffnete die Augen, erhob sich aus dem Sessel und schaute sich in seiner Wohnung um. Kopfschüttelnd betrachtete er den bekleckerten Tisch in der Küche. Kein Sinn für Ordnung und Sauberkeit diese Dämonen.

Mit wenigen Handgriffen hatte er den alten, klinisch reinen Zustand wiederhergestellt.

Dann ging er zurück, setzte sich in den Sessel und wechselte die CD. Er brauchte jetzt etwas Härteres als Mozart.

»Rammstein«, flüsterte es daraufhin diabolisch aus den Lautsprechern. »Nun, liebe Kinder, gebt fein Acht. Ich bin die Stimme aus dem Kissen ...«

Ende gut, alles gut, dachte Gabriel zufrieden.

Jürgen Rudloff, der Einzige, vor dem er sich in Acht nehmen musste, hatte seinen Fall gelöst und würde endlich wieder Ruhe geben. Der Bund war ein Problem, aber kein unlösbares. Schließlich hatte er in Alina eine wunderbare Verbündete, auch wenn sie nichts von ihrem Glück wusste.

Die neue Macht, die ihm Horatios Ritual beschert hatte, durchströmte ihn bereits und verlieh ihm zusätzliche Kraft.

»Mein Herz brennt«, dröhnten die Lautsprecher, untermalt von sphärischen Keyboardklängen und sattem Gitarrensound.

Wer sollte ihn jetzt noch aufhalten?

»Sie wird kommen, die Nacht, und sie wird mein sein«, sang Gabriel Müller seinen eigenen Text zur Melodie und lachte, lachte, lachte ...

Dementi

Personen und Handlung dieses Romans sind frei erfunden. Übereinstimmungen oder Ähnlichkeiten mit lebenden oder verstorbenen Personen wären rein zufällig.

Na ja, fast ...

Natürlich habe ich es mir nicht nehmen lassen, die ein oder andere Liebenswürdigkeit der Eifel einfließen zu lassen. Sei es die nette dicke Pappmachédame aus dem *Café T* oder die wunderbare Registrierkasse bei *Hörnchen*.

Da es sich dabei um »kulturelles Allgemeingut« der Eifel handelt, bin ich mir keiner Schuld bewusst.

Danksagung

Bedanken möchte ich mich bei all den lieben Menschen, die mir bei der Entstehung des Romans in irgendeiner Weise geholfen beziehungsweise mich unterstützt haben. Als da wären:

Die fleißigen und prompten Lektoren Stefan Münzel und Anja Zurwerra. Außerdem Andreas Züll, meinem lieben Kollegen von der schreibenden Zunft, Stephan, der Klein heißt aber über zwei Meter groß ist, meine Tochter Miriam, die sich erst ganz zum Schluss gegruselt hat, Alina Noé, die ihren guten Namen für eine der Personen der Geschichte hergegeben hat, und zum Schluss Klaus Kuhnert für seine Tipps zur Organisation der Kripo.

KBV-KRIMI historisch

Ralf Kramp

...denn sterben muß David!

KBV-Krimi Nr. 82
Taschenbuch
229 Seiten

801 nach Christus. Karl der Große ist in Rom zum Kaiser gekrönt worden und befindet sich auf der Rückreise in seine Heimatpfalz Aachen. Zur gleichen Zeit werden in der Eifel einige ruchlose Morde verübt. Die Täter sind kahlgeschoren und grausam. Ihre Losung lautet: "...denn sterben muß David!"
Es geht um gefälschte Schriftstücke und um eiskalte Rache, und ihre blutige Spur führt nach Aachen, wo der Kaiser erwartet wird. Nur einer hat ihr Tun beobachtet: Enno, ein Eifeler Bauernjunge, den man fälschlicherweise des Mordes bezichtigt.
Kann er sie aufhalten?

»Kein Werk, das nur eine trockene Historie behandelt. Im Gegenteil, eine auf über 220 Seiten empfehlenswerte, spannende Geschichte.«
(Blickpunkt)

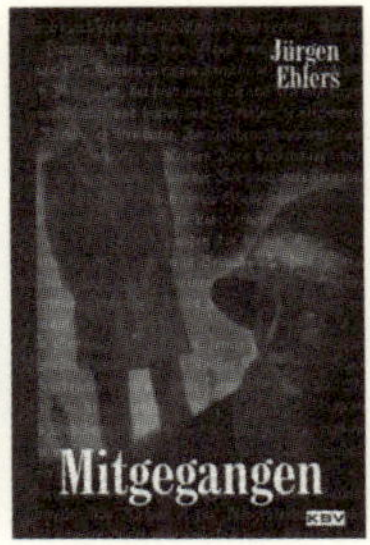

Jürgen Ehlers

Mitgegangen

KBV-Krimi Nr. 135
Taschenbuch
390 Seiten

Düsseldorf, Februar 1929. Am Zaun einer Großbaustelle wird die Leiche eines kleinen Mädchens gefunden. Gewürgt, missbraucht, erstochen, mit Petroleum übergossen und angezündet.
Kommissar Wilhelm Berger sieht sich rasch mit einer ganzen Reihe brutaler Überfälle auf Männer, Frauen und Kinder konfrontiert. Ist hier ein Wahnsinniger am Werk? Ein Verdächtiger wird schließlich gefasst und gesteht alles. Doch die grausamen Morde gehen weiter.

Jürgen Ehlers zeichnet in diesem Roman das bizarre Bild des triebhaften Serientäters Peter Kürten, der unter dem Namen »Der Vampir von Düsseldorf« in die Kriminalgeschichte einging.

F. G. Klimmek

Der Raben Speise

KBV-Krimi Nr. 89
Taschenbuch
356 Seiten

1534 - Die Wiedertäufer haben den Bischof aus Münster vertrieben und die Herrschaft übernommen. Wüste Exzesse sind an der Tagesordnung, und der Bischof sieht sich gezwungen, die eigene Stadt zu belagern. Umso härter trifft ihn die Nachricht, dass ein Geldbote unterwegs getötet worden und seine Fracht verschwunden ist.
Wieder einmal soll es Frederik von dem Kerkhof richten, Spion und professioneller Mörder im fürstbischöflichen Dienst. Der stößt bei seinen Nachforschungen gleich auf mehrere Verschwörungen.

»Es ist ein Riesenspaß, wie genau er das Lokalkolorit und die historischen Fakten nachzeichnet.«
(Westfälischer Anzeiger)